Rainer Kraft

Wolfram

3. Band aus
Jahrhundert -
Vier Generationen
in Deutschland

© 2017 Rainer Kraft
Verlag: tredition GmbH, Hamburg
ISBN: Paperback 978-3-7439-2713-1
ISBN: Hardcover 978-3-7439-2714-8
ISBN: e-Book   978-3-7439-2715-5

Bibliografische Informationen der Deutschen Nationalbibliothek: Die Deutsche Nationalbiblio-thek verzeichnet diese Publikation in der Deut-schen Nationalbibliografie; detaillierte bibliografi-sche Daten sind im Internet über http://dnb.d-nb.de abrufbar

Rückblick

In den beiden bisherigen Bänden der Familiengeschichte wird von Wilhelm, einem Bauernsohn aus Sachsen, und dessen Sohn Werner erzählt. Einblicke und Zusammenhänge von der Kaiserzeit bis zum Ende des 2. Weltkrieges erweitern den Blick in die deutsche Geschichte. Nach dem Zusammenbruch der zerstörerischen und menschenverachtenden Naziherrschaft muss der schwere Neuanfang bewältigt werden. Der Einheitsgedanke im Land wird schnell verdrängt, und bald gibt es zwei unterschiedliche Entwicklungen in Deutschland. Unspektakulär und bodenständig meistern die sächsischen Bewohner den Alltag und bauen neu auf. Wolfram, Sohn von Werner, bleiben zwar Chancen und Möglichkeiten versperrt, und doch gelingt auch sein Leben.

Der schreckliche Krieg war endlich vorbei. In Großtrona marschierten zunächst amerikanische Soldaten ein, aber schon wenige Tage später zogen sie wieder ab. Das Erstaunen darüber währte nicht lange, denn Einheiten der Roten Armee besetzten den Ort. Das Leben hatte sich grundlegend geändert. Zusätzlich zu den alteingesessenen Bewohnern gab es eine große Anzahl Flüchtlinge, die in den letzten Kriegsmonaten ihre schlesische Heimat verlassen mussten und nun in Großtrona unter beengenden Verhältnissen wohnten. Auch im Bauernhaus der Starkes wurde eine Familie, Mutter und Großmutter mit drei kleinen Kindern, untergebracht. Sie lebten nun in der Wohnung im Erdgeschoss, die viele Jahre für Fritz und seine Familie als Zuhause gedient hatte. Großmutter Anna half der Flüchtlingsfamilie wo sie nur konnte.

Fritz und seine Lina bewirtschafteten seit dem Wegzug von Willi sehr erfolgreich den Hof. Hungern musste deshalb niemand, denn der gut geführte Bauernhof war ertragreich. Die drei kleinen Flüchtlingskinder saßen oft im Stall, wenn Lina zum Melken der Kühe dort war. Nach dem Abgießen der frischen Milch in bereitstehende Milchkannen, die mit einem

Leinentuch bespannt waren, bekamen sie immer einen Becher der noch lauwarmen Milch aus der großen Kanne geschöpft, die sie dann langsam tranken.

Die Großmütter saßen an manchen Nachmittagen zusammen und erzählten sich gegenseitig aus vergangenen Zeiten.

In Schlesien gab es einen recht großen Bauernhof. Dort wohnte und arbeitete die Familie Rimkus. Als der Familienvater zum Kriegsdienst befohlen wurde, sorgte der deutsche Bürgermeister für einen Helfer für die täglichen Arbeiten. Ein zwangsdeportierter Weißrusse wurde täglich zum Arbeiten auf den Hof gebracht, abends wieder abgeholt und in einem Lager eingesperrt. Die Bauersfrau konnte in einem längeren Gespräch den Bürgermeister überzeugen, dass der junge Mann auf dem Hof wohnen müsse, denn gerade in der Milchviehzucht gab es auch nachts ungeplante Ereignisse, die kräftige Männerhände erforderten. Wenn eine Kuh ihr erstes Kalb gebar, war das oft mit Schwierigkeiten verbunden. Nach der Genehmigung des Bürgermeisters wohnte der junge Weißrusse auf dem Hof. Er bekam ein kleines Zimmer und saß mit den Bauersleuten am Tisch. Durch seine fürsorgliche Art mit den Kindern umzugehen, gewann er bald die Herzen der beiden Frauen. Wassili, so hieß er, erlernte schnell die deutsche Sprache und bald erzählte er von seinem Zuhause, von den recht alten Eltern, den acht Geschwistern und der weiten und schönen Landschaft, mit einem Flüsschen, Wäldern und Wiesen. Über die Umstände, weshalb er nach Schlesien gebracht wurde, konnte und wollte er offensichtlich nicht sprechen.

Dann kam die Zeit, als die deutschen Wehrmachtsverbände zurückgedrängt wurden und bald auch Schlesien aufgeben mussten. Der Bürgermeister hatte die Flucht in das Reichsgebiet angeordnet und befohlen, nichts zurückzulassen, was die Wehrkraft der Russen stärken könnte. Er befahl, die Gebäude und Gerätschaften niederzubrennen, aber der Widerstand dagegen war größer, als er erwartet hatte. Von ihm angeforderte SS - Truppen wurden in anderen Regionen eingesetzt, und so blieben die Höfe vor der Vernichtung verschont. Als die gefangenen Russen, Weißrussen und Ukrainer von den umliegenden land- und forstwirtschaftlichen Gütern abgeholt wurden, um sie mit einem Sammeltransport in eines der deutschen Konzentrationslager zu bringen, versteckten die

Rimkus - Frauen ihren Wassili. Als sie sich dem Rückzug anschließen mussten baten sie ihn, auf den Hof aufzupassen. Sie hofften, möglichst bald zurückkehren zu können. Großmutter Rimkus war sich inzwischen längst nicht mehr sicher, ihre Heimat wiedersehen zu können. Ihre Befürchtung, nicht mehr zurück zu kehren, bestätigte sich schon bald.

Werner begann noch während der letzten Kriegsmonate wieder in der Schreinerei bei Meister Esche seine Arbeit. In der näheren Umgebung gab es kaum Kampfhandlungen, und so blieben die Häuser und kleinen Ortschaften in der ganzen Region vor Zerstörungen verschont. Neuanfertigungen gleich welcher Art wurden nicht in Auftrag gegeben, aber es gab doch einige Reparaturen von Mobiliar, Türen und Fenstern. In vielen Häusern fehlten die Männer, die zum Kriegsdienst befohlen waren. Viele von ihnen starben im Krieg oder wurden vermisst. Deshalb waren die Dienste der Handwerker bei sehr vielen Frauen und Witwen erforderlich und gefragt.

Seit einigen Wochen waren russische Truppen in Großtrona. In der ehemaligen Schreitervilla wurde die Kommandantur eingerichtet, und der Befehlshaber hatte sein Büro im ehemaligen NSDAP-Parteibüro bezogen. Im Ort gab es Übergriffe auf Zivilpersonen, und russische Soldaten hatten einige Frauen vergewaltigt. Der Kommandant griff rigoros durch, er ließ die Vergewaltiger standrechtlich erschießen. Nun war eine gespannte Ruhe im Ort. Wie würde sich die Situation weiter entwickeln? Würde bald ein wenig Normalität einziehen und das Verhältnis zwischen der Bevölkerung und der Besatzungsmacht entspannen? Wenige Tage später kam ein neuer Bürgermeister, den die sowjetische Administration aus der Großstadt hatte kommen lassen. Es war ein ehemaliger KZ - Häftling, ein Kommunist, der in Buchenwald inhaftiert gewesen war, und nun den Auftrag hatte, eine neue Verwaltungsstruktur aufzubauen. Der neue Bürgermeister, er stellte sich im Ort als Herr Kreis vor, ging von Haus zu Haus und bat um Unterstützung für den Neuaufbau. Werner hatte schon bald die Gelegenheit, ihn näher kennen zu lernen, denn in der Schreinerei wurde dringend eine neue Lieferung Holz benötigt. Im Auftrag seines

Meisters bat er um die Zuteilung von Bauholz. Aber die alten und abgelagerten Vorräte für die holzverarbeitenden Handwerker waren für Kriegseinsätze nahezu aufgebraucht. Auch ein Transport hätte zunächst nicht organisiert werden können. Es fehlte an Zubehör und Material, an Transportmöglichkeiten und Fuhrwerken. Herr Kreis konnte nur empfehlen, selbst im oberen Erzgebirge auf die Suche nach Material zu gehen.

Werner und Hilde wohnten bei seinen Eltern. Das Haus bot einigermaßen Platz für alle. Renate, die jüngere Schwester, hatte sich mit einem Kriegsheimkehrer angefreundet und war von ihm schwanger. Nun planten sie ihre Verlobung, um möglichst bald zu heiraten. Die ganze Familie überlegte, wie sie das Wohnungsproblem für alle befriedigend lösen könnten. Werner kam an einem Abend aus der Schreinerei und berichtete von einem Angebot, was ihm am Vormittag unterbreitet wurde. Eine Witwe aus dem Ort, sie bewohnte ein ehemaliges Bauernhaus gleich hinter der Kirche, wollte ihr Grundstück mit Wohnhaus und Nebengebäude abgeben. Bei ihr waren noch Schlesier untergebracht, die sich aber bereits für einen Wegzug nach Leipzig entschieden hatten. Dort besaßen ihre Verwandten ein großes Haus, in das sie einziehen sollten. Der Umzug war für den Frühsommer 1946 geplant. Dann wäre genug Platz im Haus für Werner und Hilde und auch einmal für Kinder. Zwei Tage später besuchten die beiden die Witwe Fischer in ihrem Haus. Auch die noch belegte Wohnung in der ersten Etage wurde ihnen von den freundlichen Bewohnern bereitwillig gezeigt. Werner konnte sich nicht so schnell entscheiden, wie Hilde es sich gewünscht hätte, also ging sie nach zwei Tagen allein zu Frau Fischer und vereinbarte mit ihr den Kauf des Hauses. Am Abend berichtete sie während des Abendessens von ihrer Entscheidung. Willi und Inge hatten viel Verständnis, aber Werner reagierte zunächst nicht auf Hildes Bericht, dann stand er wortlos auf und verließ die Küche. Wenig später ging Hilde ihm nach in das gemeinsame Zimmer. Lange sah sie ihren Mann an, der stumm auf einem Stuhl saß. Nun wollte sie wissen, wie denn seine Meinung sei, und so bat sie um Antwort. Werner saß noch immer reglos und starrte auf den Fußboden. Dann sprach er leise aber mit deutlich bewegter Stimme. „Wie kannst du nur eine

Entscheidung treffen, wenn ich nicht mit dabei bin. Ich bin der Mann und trage die Verantwortung in unserer Ehe. Es ist Gottes Wille, dass die Frau sich unterzuordnen hat. Und du gehst hinter meinem Rücken einfach hin, und entscheidest? Das geht so nicht, und ich dulde auch keine solchen Alleingänge." Dann schwieg er wieder, jetzt sah er aber mit zornigen Augen in Hildes Gesicht. Sie wollte gerade zu Erklärungen ansetzen, aber mit einer abwehrenden Handbewegung schnitt er förmlich die ungesagten Worte ab. „Geh, ich will jetzt allein sein", sagte er zu seiner Frau. Hilde wandte sich zur Tür, griff noch ihren Mantel und verließ das Zimmer, um kurz darauf in die klare Abendluft hinauszugehen. Werner war seit dem Krieg und seiner Verwundung nicht mehr der Mann, den sie immer gekannt hatte. Ihr machte es manchmal Angst, wenn er abends über seiner aufgeschlagenen Bibel brütete und an sie nur noch Forderungen, Verbote und Regeln stellte. Seit der Hochzeit Ende 1944 hatte er sie nur einmal angerührt und mit ihr geschlafen. Hilde suchte in den folgenden Wochen immer wieder seine Nähe, aber Werner wehrte regelmäßig ab. Er begründete seine Ablehnung damit, dass die körperliche Liebe von Gott nur für die

Zeugung neuen Lebens vorgesehen sei. Es machte Hilde unsicher aber auch ängstlich, denn wie wollten sie denn ihre Ehe in Harmonie und Freude führen, wenn Werner sich gegen alles Schöne sperrte?

Fast eine Woche gab es zwischen den Beiden keine wirklichen Gespräche. Willi sah die Barriere, die sein Sohn aufgerichtet hatte, und als es immer eisiger zwischen den jungen Eheleuten wurde, sprach er deutliche Worte mit ihm. Dann endlich schien sich alles wieder einzurenken. Werner ging wenig später mit seiner Frau noch einmal in das Haus, das ja vertraglich ihnen gehören sollte. Ausgerüstet mit Stift und Papier notierte er die nötigen Baumaßnahmen, skizzierte den Grundriss der zukünftigen Wohnung und begann in Gedanken das neue Zuhause einzurichten. Meister Esche hatte gut abgelagertes Holz besorgt und ermunterte Werner, endlich mit dem Bau von drei Stühlen zu beginnen. Tisch und Stuhl von seiner Gesellenprüfung standen noch immer auf dem Dachboden, es fehlten nur noch drei Stühle für die ersten Stücke der eigenen Wohnungseinrichtung.

Werner verbrachte einige Abende in der Schreinerei, bis er seine neuen Stühle fertig hatte. Auch ein Sofagestell stand bald bereit, um in der Polsterei des Nachbarortes fertiggestellt zu werden. Willi konnte Stoff besorgen, und so entstanden die ersten eigenen Möbel für das neue Zuhause.

Im Ort hatten sich drei Kriegsheimkehrer und acht Frauen zusammengefunden, um zusätzlich zu den Sonntagsgottesdiensten an einem Abend in der Woche gemeinsam in der Bibel zu lesen und darüber zu sprechen. Werner hatte diese Zusammenkünfte angeregt und wurde einstimmig zum Sprecher des Bibelkreises bestimmt. Er fühlte sich nun als ein von Gott berufener und beauftragter Verkünder des Evangeliums. Sorgsam bereitete er sich an mindestens drei Abenden zu Hause auf dieses Treffen vor. Er saß dann im gemeinsamen Zimmer an einem Tisch, den er in eine Zimmerecke geschoben hatte. Bei Dunkelheit schaltete er eine Tischlampe ein, deren Lampenschirm er zusätzlich mit einem Tuch bedeckte, und die nur die Tischplatte ausleuchtete. Von seiner Frau verlangte er Rücksicht und Verständnis, und vormals noch zaghafte Berührungen und Küsse vor dem Zubettgehen unterblieben ganz. Wenn er zu sehr später Stunde endlich in das Ehebett kam, um sich zur Nachtruhe zu legen, war Hilde schon längst eingeschlafen.

Werner war während seiner Arbeit in der Schreinerei und abends am Küchentisch, während des Abendessens mit der ganzen Familie, schweigsam und in sich gekehrt. Während der Bibelstunden, die im Gemeindesaal des Pfarrhauses stattfanden, schien er dagegen richtig aufzublühen. Er konnte freundlich zuhören und reden, machte Mut für die Alltagsaufgaben und schien für alle Probleme eine Lösung zu kennen.

Es war inzwischen Ende April. In Berlin hatten sich die KPD und die SPD in der sowjetischen Besatzungszone zur SED, der Sozialistischen Einheitspartei Deutschlands, zusammengeschlossen. Der Bürgermeister von Großtrona warb für den Beitritt zur neuen Partei, aber es gab nur wenige Interessierte, alles ehemalige Kommunisten, die Mitglieder wurden. Mühsam kam die Produktion in der Textilfabrik in Gang. Es gab kaum Stoffe, und so nähte man aus alten Wehrmachtsbeständen

Wintermäntel. Die Textilfirma wurde in einer angesetzten Betriebsversammlung in einen volkseigenen Betrieb umbenannt und direkt der Kreisleitung der SED unterstellt. Die weitere Entwicklung und damit zusammenhängende Leitungsfragen sollten im Laufe des Jahres geklärt werden. Wilhelm Starke erhielt den Auftrag, kommissarisch die Firmenleitung wahrzunehmen.

Für alle Veränderungen im Ort hatte Werner kaum Interesse. Er plante für Großtrona eine Glaubensoffensive. Dazu sollte ein Pfarrer kommen und an acht aufeinanderfolgenden Abenden über christliche Lebensfragen sprechen. Eigentlich war der Umzug in das eigene Haus geplant, aber Werner verschob kurzerhand alle Termine. Hilde konnte nicht verstehen, weshalb ihr Ehemann immer weniger Rücksicht auf sie nahm. Der Umzug hätte nicht nur für sie mehr Freiraum und Platz gebracht, sondern auch für Werners Schwester ein zusätzliches Zimmer im Elternhaus. Sie hatte inzwischen einen gesunden Jungen geboren und wollte möglichst bald heiraten. Immer wenn Hilde den kleinen Jungen im Haus sah, krampfte sich ihr Herz zusammen. Wie sehr sehnte sie sich nach einem Kind, aber wie sollte es denn geboren werden, wenn ihr Werner nicht einmal zur Zeugung bereit war.

Seit einigen Tagen beschäftigte sich Hilde mit einer Anfrage, die ein ehemaliger Schulkamerad an sie gestellt hatte. Sie waren sich in der nahen Stadt begegnet, als Hilde auf der Suche nach Schürzenstoff unterwegs war. Unerwartet stand sie in einem Geschäft plötzlich Roland gegenüber. Er ging als Kind mit ihr in die gleiche Schulklasse. Durch seinen Umzug hatten sie sich aus den Augen verloren, und nun sahen sie sich nach Jahren das erste Mal wieder. Roland berichtete, er sei auf der Suche nach einer Sekretärin. Er sei von seiner Partei, der SED, als Leiter des Schulamtes eingesetzt. Spontan fragte er Hilde, ob sie diese Stelle in seinem Amt übernehmen würde. Die Anfrage kam so überraschend, dass Hilde erst einmal schwieg. Dann erklärte sie ihm, dass sie nicht allein entscheiden könne, aber bereit sei, mit ihrem Mann darüber zu sprechen. Sie bat um ein paar Tage Bedenkzeit und versprach, spätestens in einer Woche bei ihm vorzusprechen. Ort und Zeit für das

Treffen wurden vereinbart, dann verabschiedeten sie sich voneinander.

Hilde hatte nun schon zu lange gewartet,
aber heute musste sie mit Werner über diese
Anfrage sprechen, denn in zwei Tagen war der
vereinbarte Termin mit Roland. Am Abend
saßen alle in der großen Wohnküche und
sprachen über die Neuigkeiten des Tages. Der
Tisch war nach dem Essen schon abgeräumt,
nur noch die Teegläser standen vor ihnen.
Hilde nahm allen Mut zusammen und berichtete in großer Runde von der Begegnung mit
Roland. Dann kam sie auf das Arbeitsangebot
zu sprechen und fragte zaghaft, was denn
Werner dazu meine. Von ihr unerwartet nickte
er mit dem Kopf und sprach: „Das ist ja ein
gutes Angebot. Wir werden im Haus einige
Veränderungen und Umbauten machen müssen. Da ist es gut, wenn du mit dazuverdienen
kannst. Wenn du das gerne tun möchtest,
dann nimm diese Arbeit ruhig an. Außerdem
kenne ich Roland noch aus seiner Zeit hier im
Ort. Er war immer ein feiner und anständiger
Kerl. Du könntest ja mit der neuen Busverbin-
dung in die Stadt fahren und abends wieder
zurück." Hilde freute sich über diese positive

Antwort. Sie hatte es sich gewünscht, endlich eine Aufgabe für sich zu finden, um vielleicht auch so den vielen Ungewissheiten ihrer Ehe zu entkommen. Am Ende des Abends, sie lag schon wieder allein im Bett, fragte sie sich, ob Werner wieder einen Schritt auf sie zugegangen sei. Aber warum hatte er sie dann doch wieder ignoriert, als sie ihm eine gute Nacht wünschte? Werner hatte von seinem Schreibpapier und der aufgeschlagenen Bibel nur kurz aufgesehen und ihr zugenickt.

Für Hilde begann eine neue Lebensphase. Mit ihrer neuen Arbeit ergaben sich unzählige neue Kontakte. Es gab neben Schreibarbeiten auch viele Außentermine, um die Schulen im gesamten Kreis zu besuchen und deren Ausstattung mit Lehrmitteln zu überprüfen. Altes musste radikal entfernt werden, Schulbücher und Lehrtafeln aus den vergangenen Jahren wurden vernichtet. Auch die Personalfrage war ungeklärt, es gab viel zu wenige Lehrkräfte. Neulehrer und unerfahrene Kriegsheimkehrer wurden auf Intensivlehrgänge geschickt, bevor sie dann, nur spärlich mit Lehrmaterial ausgerüstet, in den Schuldienst übernommen wurden. Hilde arbeitete oft länger, als vertraglich vereinbart. Aber es gab auch zu viel zu tun, und Verbesserungen für die Schüler griffen nur sehr langsam. Werner hatte stillschweigend zur Kenntnis genommen, dass seine Frau ihre Arbeit mit großer Hingabe tat. Sie fand keine Zeit, ihn in den Vorbereitungen für die Evangelisation in Großtrona zu unterstützen. Aber eigentlich erwartete er auch nichts von ihr. Werner hatte seine Aufgabe und Berufung gefunden, und seine Hilde hatte eigentlich keinen Platz dabei. Er musste sich so auch nicht mehr ihren kritischen Fragen stellen. Im Kreis der Gemeinschaft gab es keinen Widerspruch, und er war der anerkannte Leiter der Gruppe.

Endlich fand der erste Abend im Gemeindehaus statt. Nach intensivem Einladen und Bekanntmachen der Bibelabende waren am ersten Abend fast einhundert Gäste im Raum zusammengekommen. Der Redner der Abende verstand es, ansprechend und lebensnah zu sprechen. Aus der Stadt war ein Kirchenchor gekommen, der nun für den richtigen Rahmen der Versammlungen sorgte. Werner hatte für die ganze Woche Urlaub genommen, so dass er auch tagsüber für Anfragen und Gespräche zur Verfügung stand. Das Ende der acht Abende, man hatte an einem Samstag begonnen und endete in der Folgewoche wieder am Samstag, bescherte dem Bibelkreis noch einmal eine gut besuchte Veranstaltung. Am darauffolgenden Sonntag gab es im Rahmen des Gottesdienstes in der Kirche noch einen besonderen Höhepunkt. Die neuen Gemeindeglieder wurden vorgestellt. Es waren immerhin 36 Männer und Frauen, die sich für einen Mitgliedschaft in der Gemeinschaft entschieden hatten, und das im Gottesdienst öffentlich bekundeten. Werner empfand so etwas wie befriedigende Glücksgefühle. Er fühlte sich auf seinem Weg in der Nachfolge Christi, so nannte er es selbst, bestätigt. Bedauerlich war nur für ihn, dass seine Hilde so wenig Interesse an seinem entschiedenen Christsein hatte. Intensiver über seine Ehe und ihre Beziehung dachte er kaum nach, dazu fanden sich für ihn ohnehin wenige Gelegenheiten. Entweder arbeitete er in der Schreinerei, oder er saß am Abend über seinen Vorbereitungen für die kommenden Bibelstunden.

Der bevorstehende Umzug in das eigene Haus war schon mehrfach verschoben worden, aber jetzt endlich sollte gemeinsam mit allen männlichen Verwandten das Möbel aufgestellt werden. Die Wohnung hatte Renates Mann, er war Maler und arbeitete in der Stadt, inzwischen frisch gestrichen und renoviert. Im Haus gab es in der ersten Etage vom Treppenhaus aus vier Zimmer. Zwei Räume hatten jeweils zwei Sprossenfenster, die in den hinter dem Haus liegenden Garten zeigten, die anderen beiden Räume, zur Straße gelegen, besaßen zu ihren einfach verglasten Sprossenfenstern noch von außen vorgehangene Doppelfenster. Nach vorn lagen Wohnzimmer und Küche, hinten, jeweils mit separatem Zugang, befanden sich das Schlafzimmer der Eheleute und ein späteres Kinderzimmer. Dieser Raum war noch nicht möbliert, und es war auch nicht abzusehen, wie schnell dort ein Kinderzimmer eingerichtet werden sollte. Im Erdgeschoß, neben der nach oben führenden breiten Holztreppe, gab es einen Zugang zu den unteren Räumen. Aus einem ehemals als Wohnküche eingerichteten Zimmer war nach umfangreichem Renovieren ein Bad entstanden. Die schwere, freistehende und weiß emaillierte Badewanne stand an einer

Zimmerwand. Daneben hatten Werner und sein Schwager den zylinderförmigen Badeofen aufgestellt. Von unten mit Kohle beheizt, sammelte sich das erwärmte Wasser im großen runden Aufsatz. Es reichte gut für eine randvolle Badewanne heißen Wassers. Im Badezimmer war der Fußboden mit braunem Linoleum ausgelegt, nur unter dem Badeofen lag noch zusätzlich ein silberfarbenes Ofenblech. Die Wände, mit einer hellblauen Ölfarbe gestrichen, glänzten im Schein der hellen Lampe. Gegenüber vom Bad gab es zwei Zimmer. Eines davon, das Kleinere, hatte nur ein kleines Kippfenster. Es war der kühlste Raum des Hauses, und so sollte es zukünftig als Vorratsraum und Speisekammer dienen. Holzregale boten Platz für Konserven und in mehreren Holzkisten mit Deckel konnten Zwiebeln und Kartoffeln aufbewahrt werden. Das andere Zimmer, mit zwei Fenstern auf die Straße zeigend, war als Gästezimmer vorgesehen. Es war frisch gestrichen und mit einer Gummiwalze mit bunten Mustern versehen. Nötige Möbel sollten aber erst in absehbarer Zeit angeschafft werden. Die Toilette des Hauses lag im Quergebäude. Man musste den Hof durch den Hinterausgang überqueren, um in das mit einer einfachen Holztür verschlossene Plumpsklo zu gelangen.

Hilde war zufrieden, denn endlich konnte sie ihr eigenes Zuhause einrichten. Sämtliche Gardinen hatte Schwiegermutter Inge in der Fabrik nähen lassen, und nun war alles soweit vorbereitet, dass Werner und seine Frau die erste Nacht im neuen Heim schlafen konnten. Die weiße Bettwäsche roch angenehm frisch, und als sich Hilde über ihren Mann beugte, um ihm einen Kuss zur Nacht zu geben, umfasste er mit beiden Händen ihre Schulter. Dann richtete er sich etwas auf, küsste seine Frau lange auf den Mund und legte sie sanft neben sich in das Ehebett. Dann öffnete er die Knöpfe ihres Nachthemdes, während er mit der anderen Hand gleichzeitig den unteren Teil der Nachtwäsche nach oben schob. Tastend schoben sich seine Finger über die Brust, langsam die Brustwarzen umkreisend. Erneut beugte er sich über seine Frau und küsste sie lange und zärtlich. Hilde konnte es zunächst gar nicht richtig fassen, dass ihr Werner sie sexuell stimulierte. Aber dann gab sie sich einfach hin und genoss die angefachten Gefühle. Als Werner nach seinem

Samenerguss noch auf ihr ruhend liegen blieb, gingen Hildes Gedanken und Hoffnungen nur noch in eine Richtung: Ob heute ein lange ersehntes Kind gezeugt wurde? Die erste gemeinsame Nacht im neuen Zuhause, und dann nach unendlich lange erscheinender Zeit wieder körperliche Nähe und sexuelle Verei-nigung, waren das nicht gute Zeichen für einen Neuanfang zwischen den Eheleuten? Hilde war glücklich, auch wenn sie selbst keinen Höhepunkt erlebt hatte, dazu war Werner viel zu schnell in ihr gekommen. Werner schlief schon tief und fest, während Hilde noch immer nachdenklich neben ihm im Ehebett lag.

Am darauffolgenden Wochenende trafen nach und nach einige Gäste ein, um zum Einzug in das eigene Heim zu gratulieren. Werner hatte in seinem Gebetskreis eingela-den, und nun saßen am Sonnabendnachmittag vierzehn Männer und Frauen um den großen Küchentisch. Hilde stellte drei Kannen mit frisch gefiltertem Kaffee auf den Tisch. Auch der Streuselkuchen fand noch zwischen Kaffeegeschirr und Bibeln einen Platz. Nach dem Tischgebet erhob sich eine ältere Frau, sie war die stellvertretende Gemeinschaftsleiterin, und bat um Ruhe. Dann sprach sie Werner direkt an: „Wir sind so froh, dass du unsere Gemeinschaft mit Weisheit und von Gott gesegnet leitest. Zu eurem Einzug in euer schönes Heim haben wir ein Geschenk mitgebracht. Es wird euch hier unter diesem Dach begleiten und stärken. Gottes Segen für dich und deine Frau." Damit überreichte sie einen länglichen flachen eingewickelten Gegenstand. Als Werner das Geschenkpapier entfernte, kam ein flacher Holzgegenstand zum Vorschein. Es war ein Spruch, der in großen künstlerisch gestalteten Buchstaben auf einem Holzbrett eingeschnitzt war. Hilde nahm den Spruch aus Werners Händen und las laut: „Ich aber und mein Haus, wir wollen dem HERRN dienen. Josua 24, 15." Stumm reichte sie das Geschenk an Werner zurück, bevor sie ihre Tasse hoch hob und einen kräftigen Schluck daraus trank. Nun setzte wieder das Stimmengewirr ein, alle redeten wie wild durcheinander, und jeder versuchte den anderen zu übertönen. Hilde saß auf ihrem Stuhl und ahnte, dass es mit ihrem Werner noch viele ungewisse Situationen geben würde. Sie selbst fühlte sich nicht zu einem besonders religiösen Leben berufen, und deshalb würde sie wohl nicht in der strengen Lebensweise mittun können. Auch die schon jetzt seltenen Gemeinsamkeiten mit ihrem Mann würden wahrscheinlich noch mehr schrumpfen. Sollte sie sich dagegen auflehnen, dass Werner offenbar seinen Platz und seine Berufung gefunden hatte? War es nicht einfacher, ihn freizugeben und möglichst wenig von ihm zu erwarten? Er sorgte vorbildlich in seinem Beruf für die finanzielle Sicherheit, aber das war ja ohnehin kein Problem für sie. Hilde selbst verdiente im Schulamt gut, und blieb so in allen finanziellen Dingen unabhängig.

Am Abend gingen alle Gäste, mit Werner in ihrer Mitte, gemeinsam zur Gemeinschaftsstunde in das Pfarrhaus. Hilde spülte das Geschirr, legte den restlichen Kuchen auf einen flachen Teller und stellte diesen in die Speisekammer neben der Küche. Eine Porzellanschüssel wurde noch auf den Kuchenteller gestülpt, bevor sie die Tür wieder schloss. Dann setzte sie sich in einen Sessel im Wohnzimmer, schaltete das Radio ein, es war ein alter Volksempfänger, und lauschte der Musikübertragung mit Mozartklängen. Die beschwingten Töne konnten sie nicht aufmuntern, denn Hildes Gedanken drehten sich noch immer um die Bibelgruppe, die ihr Werner leitete. Was würde die Zukunft bringen? Ob sie endlich ein Kind haben würde? Wie könnte in ihrer Ehe wieder mehr Freude einziehen? Es waren viele Fragen, die auch an diesem Abend ohne Antwort blieben. Hilde schaltete das Radiogerät aus und bereitete sich auf die Nachtruhe vor. Werner würde nicht vor elf Uhr in der Nacht nach Hause kommen, und so lange wollte sie nicht warten. Am anderen Morgen gab es viel zu viel Arbeit im Schulamt, wie immer, wenn eine neue Woche begann.

Hilde war sich sicher, dass sie nicht schwanger sei, denn in der Nacht hatte ihre Regelblutung eingesetzt. Schade, dachte sie, schade, denn wer weiß, wann sie wieder mit Werner schlafen würde. Er war in seinem gewohnten Rhythmus gefangen. Drei Abende Vorbereitungen für die Bibeltreffen, die jeden Mittwoch und Sonntag stattfanden. An diesen Abenden kam er ohnehin nicht vor Mitternacht nach Hause. Auch die Familientreffen wurden immer weniger. Hilde ging manchmal allein zu ihren Schwiegereltern. Inge nahm sie dann oft in die Arme und hielt die traurige junge Frau einfach nur fest. Sie litt mit unter der Veränderung, die ihr Sohn vollzogen hatte. Werner hatte sich einmal leidenschaftlich darüber beschwert, dass seine eigene Familie nicht an den Bibeltreffen teilnahm. Großmutter Anna hatte nur mit dem Kopf geschüttelt und ihrem Enkel über den Kopf gestrichen. „Ach Werner, wir sind regelmäßig in der Kirche. Meinst du, man wird besser, wenn man mit der Bibel argumentiert, aber den Alltag versäumt? Die vielen Treffen machen aus dir keinen anderen Menschen. Du brauchst, genauso wie ich, jeden Tag die Gnade Gottes. Du kannst dich darauf verlassen, wir bleiben Christen." Werner wusste darauf nichts zu erwidern, und so verabschiedete er sich bald darauf und verließ das Haus.

Das erste Nachkriegsjahr ging zu Ende. Das Leben in Großtrona hatte sich in diesem Jahr nicht wesentlich verändert. Die vielen Flüchtlingsfamilien versuchten ihren Alltag so normal wie möglich zu gestalten. An die Lebensmittelkarten hatten sich alle gewöhnt. Hungern musste niemand, denn die Bauern versorgten an den Markttagen die Käufer mit allem, was nötig war. Hilde arbeitete gern im Schulamt. Abends fuhr sie nach Hause, aber sie wusste nie, ob Werner da war, oder schon wieder unterwegs, um seine Bibelgruppe zu betreuen.

Es war der Mittwoch vor dem vierten Advent, als Hilde gerade ihre Einkäufe aus der Stadt auspackte und wegräumte. Ob Werner noch arbeitete, wusste sie nicht, als es an der Haustür klopfte. Sie ging die Treppe hinunter, öffnete die große Tür und stand einem Mann gegenüber, der sie lachend ansah. Dann sagte er: „Hallo Hilde", kam einen Schritt auf sie zu, umarmte sie und hob sie einfach nach oben. Dann drehte er sich um seine eigene Achse und rief dabei: „Wie schön, dich zu sehen, Hilde!" Als er sie wieder auf den Boden gestellt hatte, sah sie endlich in sein Gesicht, es war Gerhard. Nun war es Hilde, die ihre Arme um seinen Hals legte und ihn herzlich umarmte. Dann zog sie den Jugend-freund in das Haus und führte ihn in die Wohnung im ersten Stock. Schnell setzte sie Wasser auf den Herd, den sie gerade erst eingeheizt hatte, legte noch ein paar Stücke Holz in den Feuerraum, bevor sie sich am

Waschbecken die Hände wusch. Es dauerte nicht lange, und der duftende Kaffee stand auf dem Tisch. Hilde drängte: „Gerhard, nun erzähl, was machst du hier? Wo kommst du her? Wir dachten, du wärst im Krieg gefallen." Die Worte und Sätze sprudelten aus der jungen Frau heraus, bis sie selbst merkte, dass Gerhard ja gar nichts sagen konnte, weil sie ununterbrochen gesprochen hatte. Als sie sich etwas beruhigt hatte, erzählte Gerhard seine Geschichte.

„Als der Krieg begann, musste ich auch zur Musterung. Weil ich nur bedingt kriegstauglich war, kam ich zum Bodenpersonal der Luftwaffe. Im Dezember 1940 bekamen wir den Befehl zur Verlegung nach Sizilien. Für uns war der Krieg eigentlich weit weg, und dadurch hatten wir relativ oft die Möglichkeit, von unserem Standort, das war das kleine Dorf Buseto Palizzolo, in die nahegelegene Hafenstadt Marsala zu gehen. Wir hatten schon nach kurzer Zeit eine kleine Hafenkneipe entdeckt, in der es immer fangfrischen Fisch gab. Dazu wurde ein Landwein aus der westsizilianischen Region ausgeschenkt. Zum Abschied gab es dann immer noch einen Marsalawein, ein Likörwein mit einem Geschmack, dass man sich in einer himmlischen

Region wähnte. In den Wochen, die wir dort waren, hatten wir mit jungen Fischern einen guten Kontakt aufgebaut. Wir redeten, lachten, aßen und tranken zusammen. Es war einmalig schön und von allem Elend so weit weg, dass man es fast vergessen konnte. Im Februar 1941 besetzten deutsche Truppen Tripolis, die Hauptstadt Libyens. Anfang März kam der Befehl für unsere Einheit, im Libyschen Bengasi einen Luftstützpunkt zu errichten. Wenige Tage später war das Schiff im Hafen von Marsala beladen und für die Überfahrt bereit. Etwa eine halbe Stunde nach dem Auslaufen lief unser Schiff auf eine Mine und wurde schwer zerstört. Es sank sehr schnell, und neben einer großen Anzahl Geretteter in den Rettungsbooten und in eilig herbeigekommenen kleineren Schiffen, gab es leider auch viele Tote zu beklagen. Mit zwei Kameraden wurde ich aus dem Wasser gefischt und landete auf einem kleinen Fischkutter. Wir staunten nicht schlecht, als wir unseren Rettern danken wollten und einigen Fischern aus unserer kleinen Fischerkneipe gegenüber standen. Wir umarmten sie und bekamen eine Decke um die Schulter gelegt, bevor wir uns im Boot hinhockten. Luigi, einer von ihnen und offensichtlich auch noch der

Schiffsführer, setzte sich zu uns. Dann machte er uns ein Angebot, was uns fast umhaute. Er bot uns an, uns nicht zurück nach Marsala zu bringen, sondern nach Santa Croce Camerina in der Provinz Ragusa. Wir hatten diesen Namen noch nie gehört und wollten näheres wissen. Also erklärte uns Luigi, diese kleine Stadt liege an der Südküste der Insel, etwa 50 Kilometer südwestlich von Syrakus. Von dort würden uns Kuriere in das Innenland begleiten. Wir könnten eine andere Identität annehmen, untertauchen und so dem Krieg und dem Zugriff der Deutschen entgehen. Aber, so betonte Luigi, es gibt keine Bedenkzeit. Wir können hier in der Nähe des Schiffsunglückes nicht lange bleiben. Also ja oder nein! Wir mussten nicht überlegen, sondern nahmen dankbar diese Hilfe an. Eine Nacht verbrachten wir noch auf dem Schiff. Am nächsten Morgen landeten wir noch vor fünf Uhr im kleinen Hafen von Santa Croce Camerina, wo uns schon zwei junge Männer erwarteten. Wir gingen gemeinsam aus dem Ort und wurden in die Monti Iblei, auch die Hybläischen Berge genannt, geführt. Was uns dort erwartete, hatten wir nicht vermutet und auch vorher noch nie gesehen. Im kleinen Ort Palazzolo Acreide angekommen, vermuteten wir, dort in einem der Häuser unterzukommen. Aber wir wurden aus dem Ort geführt. Kurz darauf bestaunten wir Häuser, die aus einer natürlichen Grotte entstanden und mit einer Fassade, Hauseingang und Fenstern versehen waren. Diese Häuser, sie heißen Dammuso, so erklärte man uns, führen im Inneren oftmals in Hohlräume, in denen man sich gut verstecken konnte. Wir bekamen eines der Häuser gezeigt, es gehörte einer alten Frau, die uns bei sich aufnehmen wollte. Unsere Pflicht war es, für sie zu sorgen und ihr mit den Handreichungen zu helfen, die sie aus Altersgründen nicht mehr selbst tun konnte. Dort, in diesem sizilianischen Höhlenhaus haben wir Hilfe bekommen. Wir wurden versorgt, und alle Dorfbewohner bürgten für unsere Sicherheit. Wir arbeiteten in der Landwirtschaft mit, hüteten Kühe und Schafe und sammelten Honig, der besonders edel und lecker schmeckte, denn er entstand aus den Blüten des Johannisbrotbaumes. Natürlich hatten wir in den vielen Monaten dort Heimweh und Sehnsucht nach unseren Familien. Aber wir konnten uns nicht melden, sonst wäre alles aufgeflogen und wir hätten vielleicht unser Leben lassen müssen. Der Krieg war in Italien früher aus, als hier in der Heimat, also mussten wir uns weiter in Geduld üben. Vor drei Wochen, es war nach einem Abschiedsfest, das uns die Bewohner des Ortes geschenkt hatten, begann unsere Heimreise. Es war zum Teil beschwerlich und auch gefährlich. Aber wir kamen glücklich in Deutschland an. Meine beiden Kameraden sind in Bayern geblieben, aber mich hat es wieder hier her nach Großtrona gezogen. Meine Mutter konnte ich schon gestern begrüßen, aber leider lebt Vater ja nicht mehr. Und heute wollte ich meinen Freund besuchen. Es ist so schön, dich zu sehen, Hilde. Aber wo ist Werner? Arbeitet er immer so lange? Jetzt musst du aber erzählen, was bei euch alles so geschehen ist."

Hilde hatte ruhig dem Bericht des Freundes zugehört. Nun berichtete sie, wie die letzten Jahre hier im Ort gewesen waren. Sie erzählte von Werners Verwundung und seiner Genesung, von der Hochzeit und dem Umzug in das eigene Haus. Auch Werners Berufung und seine Bibelgruppe kamen zur Sprache. Dann berichtete Hilde von ihrer Arbeit und den vielen Schwierigkeiten im Schulamt. „Wir haben den Krieg überlebt, den Neuanfang angepackt und werden unser Leben schon bewältigen. Wenn nur nicht Werners Distanz so schwer zu ertragen wäre. Aber ich habe ja versprochen, in guten und in schlechten Tagen ..." Hilde brach ab und wischte sich Tränen aus ihren Augen.

Als Werner endlich nach Hause kam, saßen die drei noch bis weit nach Mitternacht in der Küche zusammen. Es gab so viel zu erzählen, dass sie gar nicht mitbekamen, wie schnell die Zeit verrann. Als sie sich verabschiedeten und Werner seinen Freund an die Haustür brachte, nahm der ihn noch einmal in die Arme und drückte ihn an sich. „Werner, am Sonntag muss ich mit dir reden. Allein. Ich komme gegen elf Uhr und hole dich ab. Wir gehen dann in den Wald. Keine Widerrede! Auch wenn du deinen Sonntagsgottesdienst versäumst, kommst du nicht gleich in die Hölle. Also bis Sonntag."

Der vierte Advent schien ein sonniger aber sehr kalter Tag zu werden. Die Kirchenglocken erklangen pünktlich neun Uhr und kündigten den Gottesdienstbeginn an. Werner saß immer noch mit seiner Hilde am Frühstückstisch. Wann hatte es so etwas überhaupt gegeben, dass er nicht zur Kirche gegangen war? Als Hilde ihn erstaunt fragte, ob er heute nicht aus dem Haus gehen würde, hatte

Werner nur kurz geantwortet, er würde auf Gerhard warten, der ihn sprechen wolle und am Vormittag käme. Kurz vor zehn Uhr räumte Hilde den Küchentisch ab und begann das Geschirr abzuwaschen. Dann verschwand sie im Schlafzimmer, denn sie wollte so kurz vor Weihnachten noch einmal die Bettwäsche wechseln. Als sie wieder in die Küche kam, saß Werner noch immer am Tisch. Es war inzwischen fast elf Uhr, als es an der Haustür klopfte. Werner zog seine Winterjacke an, ging zur Tür, öffnete sie und begrüßte Gerhard. Kurz darauf verließen sie gemeinsam das Grundstück, um den Weg zum Wald einzuschlagen. Gerhard zog den Kragen seines Mantels weiter nach oben, denn die kalte Winterluft griff nach seinem Hinterkopf. Er blickte zu seinem schweigsamen Freund, bevor er zu sprechen begann. „Werner, ich bin so froh, dass du den Krieg überlebt hast. Du musst die Hölle an der Front erlebt haben. Ich hatte da viel mehr Glück als du. Ich hatte in Sizilien viel Zeit, über mein Leben nachzudenken, über meine Heimat, meine Eltern und auch über dich. Weißt du noch, wie wir uns begegneten und dann gegenseitig unsere Lust aneinander entdeckten? Bereust du diese Zeit? Ich nicht. Wir waren jung und unerfahren, wussten nicht mit unseren Gelüsten und Gefühlen umzugehen. Es war eine schöne Zeit, auch wenn wir immer mit der Angst lebten, irgendjemand könnte unser Geheimnis entdecken. Ich erinnere mich noch genau an dein Glied, wie es sich in meiner Hand so versteifte, dass es nicht gerade nach vorn ragte, sondern eher wie ein Fahnenmast nach oben zeigte. Wir haben in dieser Zeit einiges entdeckt und ausprobiert. Ist dir das jetzt unangenehm, wenn ich darüber spreche? Kann ich weiterreden? Dann kam unsere Einberufung. Unsere Wege trennten sich. Hast du nach uns noch mit einem anderen Mann deine Lust ausgelebt?" Werner schüttelte den Kopf, aber sagte nichts zu dem, was Gerhard alles benannt hatte. Es war ihm schon unangenehm, aber er traute sich nicht, Gerhard zu unterbrechen. Also ging er weiter schweigend neben seinem Freund durch den Wald. „Ich habe mich mit einem Kameraden angefreundet, der mit mir nach dem Untergang unseres Transportschiffes gerettet und in den Bergen versteckt lebte. Wir haben dort unten angefangen, miteinander zu reden, und keine Geheimnisse für uns zu behalten. Rudi wusste bald auch von unserer Freundschaft, ohne dass er deinen Namen erfuhr. Irgendwann fragte er ganz direkt, ob wir uns gegenseitig befriedigt hätten. Ich zögerte zunächst, aber dann sprach ich sehr offen über meine Erfahrungen mit dir. Er nickte nur dazu und sagte, genau das seien auch seine Jugenderfahrungen gewesen. Wir sprachen in den folgenden Tagen und Wochen über alles, was uns bewegte, was uns verunsichert hatte oder auch noch immer unklar war. Rudi ist fast 10 Jahre älter als ich. Er hatte ein Technikerstudium abgeschlossen, bevor er zur Luftwaffe in den technischen Bereich kam. Er war eigentlich mein Vorgesetzter, aber in den Bergen von Sizilien gab es keinen Unterschied mehr zwischen uns. Je mehr ich aus seinem Leben erfuhr und ihn dadurch kennen lernte, umso mehr wünschte ich mir, ihn als Freund zu erleben. An einem Sommertag waren wir beide in den Bergen unterwegs. Wir stiegen in ein Tal hinab, um dort nach den Bienenstöcken zu sehen, die von den Dorfbewohnern aufgestellt wurden. Es war heiß, und wir setzen uns in den Schatten eines Baumes. Rudi hatte sich nach hinten gelehnt und saß nun, halb sitzend und halb liegend mit seinem weit aufgeknöpften Hemd vor mir. Ich kann nicht sagen, warum, aber ich musste mich einfach über ihn beugen und ihn küssen. An diesem Sommertag entstand zwischen uns eine Verbindung, die mit der Zeit immer fester wurde. Wir wissen heute, dass wir uns lieben. Rudi ist noch in Bayern, aber wir werden uns nach Weihnachten sehen. Ich gehe mit ihm nach Amerika. Rudi hat ein Arbeitsangebot von einer Firma, die sich mit Raketentechnik beschäftigt. Werner, wir werden uns vielleicht nicht so schnell wieder sehen, deshalb musste ich heute mit dir über alles reden. Aber da gibt es noch eine Sache, die mich sehr beschäftigt. Deine Hilde klang bei meinem Besuch nicht sehr glücklich, als sie von euch berichtete. Sie versteht nicht, warum du sie so oft allein lässt. Oder liebst du auch Männer, so wie ich?" „Gerhard, ich denke nicht, denn ich habe mir ja keinen anderen Mann gesucht, um mit ihm zu ..., na du weißt schon. Wenn ich mit Hilde schlafe, dann mag ich das schon. Aber warum kann sie mich nicht in meinem Glauben unterstützen? Das trennt uns, vielleicht auch im Bett, wenn wir nicht die gleichen Werte und Überzeugungen haben." Werner schwieg, und so gingen beide weiter in den Wald hinein. „Weißt du", sagte Gerhard plötzlich, „auch die Lust auf einen Menschen, die Begierde und das Glücksgefühl der Vereinigung sind doch von Gott so in uns gelegt. Wenn du das Christsein ernst meinst, und davon bin ich bei dir überzeugt, dann darfst du deine Hilde nicht vernachlässigen. Außerdem wirst du älter und irgendwann ist vieles vielleicht nicht mehr möglich. Willst du dann enttäuscht zurückschauen und auf verpasste Gelegenheiten blicken? Nutzt gemeinsam eure Körper und gebt euch hin. Mach Hilde bald ein Kind, denn sie wünscht es sich so sehr. Sie denkt schon seit längerer Zeit, sie sei keine vollwertige Frau. Gib ihr mit deiner Zuwendung auch ein Stück ihrer Würde zurück."

Schweigend gingen Werner und Gerhard wieder den Waldweg zurück. Jeder hing seinen Gedanken nach. Es war   inzwischen fast halb zwei, als die Männer wieder am Haus ankamen. Gerhard wollte nicht erst mit hinein kommen, denn für seine Vorhaben an diesem Adventssonntag war es schon reichlich spät. Lange umarmten sich die beiden Männer beim Abschied. Werner hatte das Gefühl, seinen Freund irgendwie verloren zu haben.

Hilde hatte den Tisch gedeckt und mit dem Essen auf die beiden gewartet. Als ihr Mann ihr sagte, Gerhard sei schon gegangen und er lasse herzlich grüßen, stellte sie keine Fragen.

Schweigend aßen sie das noch einmal erwärmte Essen. Dieser vierte Advent, das ahnte Hilde, hatte irgendeine Wende gebracht. Was daraus entstehen würde, war völlig ungewiss. Gutes oder Schlechtes – alles war möglich. Die Ungewissheit machte Hilde Angst, aber sie wagte es nicht, über ihre Gefühle, Befürchtungen und Hoffnungen zu reden.

Weihnachten wurde wie in jedem Jahr mit der ganzen Familie im Haus bei Großmutter Anna gefeiert. Zum Jahreswechsel hatte Werner für die Bibelgruppe eine Feier organisiert. Hilde wollte mit dabei sein, und sie war einverstanden, dass alle zu ihnen kommen könnten. Anders als sie es befürchtet hatte, wurde es ein schöner und fröhlicher Abend. Sie war ganz angetan von den Frauen der Gruppe, die sich mit Spielen, Liedern und vielen lustigen Geschichten beteiligten. Hilde musste sich selbst eingestehen, dass sie viele Vorurteile genährt hatte. Als das neue Jahr begann, alle gratulierten sich gegenseitig und Werner sprach einen Segensspruch, wurden noch ein paar Flaschen Wein geöffnet. Es war fast fünf Uhr morgens, als sich die letzten

Gäste verabschiedeten, und Werner und Hilde müde in ihr Bett sanken.

Was würde das neue Jahr 1947 bringen? Würde es gelingen, das Alltagsleben in normale Bahnen zu lenken? In Großtrona wurde gelebt und gelacht, geliebt und verwünscht, gebaut und abgerissen. Letzteres war ein Bauernhaus, das nun Platz machen sollte für ein neues Einfamilienhaus. Bauen stellte sich noch immer als sehr schwierig heraus, weil es an fast allen Materialien fehlte.

Im Bauernhaus der Familie Starke machten sich Sorgen breit. Oma Anna lag nun schon seit Mitte Januar mit einer Lungenentzündung im Bett. Lina wechselte sich mit Inge in der Versorgung und Betreuung ab. Auch Willi war jeden Tag im Haus und kümmerte sich um das Holz für die Öfen. An manchen Abenden half er Fritz im Stall bei den Kühen, denn dort konnten die beiden Männer gut miteinander reden. Sie hofften sehr, dass sich Anna schnell erholen würde, um ihren Alltag wieder selbst zu gestalten. In wenigen Tagen war der 26. Todestag von Ernst, der viel zu jung verstorben war. Anna hatte es nicht wirklich verarbeiten können, dass sie so früh Witwe wurde. Auch wenn sie sich nie etwas anmerken ließ, saß sie abends oft allein und im Dunkel der Küche und dachte über die Zeit mit ihrem Ernst nach. Willi hatte in den letzten Tagen bei seinen Besuchen den Eindruck, dass seine Mutter mit ihrem Leben abgeschlossen hatte und nun darauf wartete, gehen zu können. Sie sagte an einem Abend zu ihm: „Ach mein Junge, ich denke, es ist genug. Ernst wartet auf mich." Willi wehrte diesen Gedanken heftig ab, aber seine Gefühle sagten etwas anderes. Als er mit Fritz darüber sprach, bestätigte auch er diese Überlegungen. Natürlich taten sie gemeinsam alles, um Anna wieder Lebensmut zu vermitteln. Sie konnte und sie durfte noch nicht gehen, sie war doch erst 63 Jahre alt! Da sich der Gesundheitszustand nicht verbesserte, kamen in den folgenden Tagen nach und nach alle Familienmitglieder, um nach der Großmutter zu sehen.

Es war inzwischen Mitte Februar, und das nasskalte Wetter mit Regen und viel Wind steckte allen in den Knochen. Anna war in den letzten Tagen immer schwächer geworden. Inge hatte für sich ein Bett in der Stube

aufgestellt, um jederzeit für ihre Schwiegermutter da sein zu können. Lina unterstütze sie
in allem, und so konnten sie gemeinsam Hilfe
und Erleichterung für die Kranke geben.

Es war Montag, der 3. März, als Inge nach
Hause lief, um ihren Willi zu holen. Renate
übernahm es, Werner und seine Hilde zu
holen, denn Anna lag im Sterben. Schon nach
kurzer Zeit standen alle im Zimmer um das
Bett und blickten auf die ruhig und friedevoll
aussehende Frau. Anna hatte die Augen
geschlossen und atmete gleichmäßig und
ruhig. Minuten später öffnete sie ihre Augen
und suchte mit ihren Blicken nach ihrem Sohn.
Sie bat ihn, ihr etwas aufzuhelfen. Er hob ihren
Oberkörper etwas an, und Inge schob das
Kissen, zusätzlich unterstützt von einer
Schlafdecke, als Stütze in den Rücken. Anna
saß nun, leicht aufgerichtet, in ihrem Bett, sah
von einem zum anderen und lächelte. „Ich bin
so stolz auf euch alle", sagte sie, „es waren
gute und harte Zeiten, aber wir waren
zusammen, Papa wäre zufrieden mit allem,
was ihr getan habt. Willi, mein Junge, achte
auf die Familie. Und ihr alle, seid gesegnet auf
eurem Weg. Habt keine Angst vor dem, was

kommen kann, denn ihr habt euch." Noch einmal lächelte sie in die Runde, dann sank sie leicht in sich zusammen. Inge trat an das Bett neben ihren Willi, strich mit ihrer Hand über die Stirn und die Augen, beugte sich über die eben verstorbene Frau und küsste sie auf den Mund und die Stirn. Nach ihr taten alle im Zimmer das Gleiche. Willi trat zum Fenster des Schlafzimmers, öffnete es weit und schaute hinaus. Während dessen hatte Lina eine Kerze geholt und angezündet, heftete sie mit einem Wachstropfen auf eine Untertasse und stellte sie auf die Fensterbank vor das offene Fenster. Die Flamme wurde durch einen leichten Luftzug bewegt, als Werner ein Kirchenlied zu singen begann. Nach wenigen Tönen sangen alle mit:

„So nimm denn meine Hände, und führe mich bis an mein selig Ende und ewiglich. Ich mag allein nicht gehen, nicht einen Schritt: Wo du wirst gehen und stehen, da nimm mich mit."

Die Trauerfeier fand unter großer Anteilnahme in der Kirche statt. Nicht nur alteingesessene Bauern und Handwerker waren anwesend, sondern auch viele zugezogene Fabrikarbeiter, Flüchtlingsfamilien und

Bewohner der angrenzenden Dörfer. Es war ein trüber Märzsonntag, und die Kirchentüren waren weit geöffnet, denn so viele Trauergäste passten einfach nicht in die Kirche. Als der Sarg von den sechs Trägern an Seilen in die offene Grabstelle hinabgelassen wurde, weinten nicht nur viele Frauen, sondern auch Männer, die in irgendeiner Form die Hilfsbereitschaft von Anna erlebt hatten. Lange stand die ganze Familie am offenen Grab, um die Beileidsbekundungen entgegenzunehmen. Inzwischen hatten viele fleißige Frauen in der Kirche eine lange Tafel mit Kuchen aufgestellt. In Körben lagen Tassen und Töpfe für den Kaffee bereit. Um alles das hatten sich die Bibelkreisfrauen gekümmert, um so eine Last von den Schultern der Trauerfamilie zu nehmen. Alle waren eingeladen, am Leichenschmaus teilzunehmen, und so gab es an diesem Nachmittag noch viele Nachrufe und Erinnerungen an Anna, die kleine Frau mit dem großen Herzen.

Völlig unerwartet starb drei Wochen nach Anna auch der Schreinermeister Esche. Er hatte sich, nach seinem Erleben während der Inhaftierung, nie wieder wirklich gesund gefühlt. Nun hatte sein geschwächtes Herz einfach aufgehört zu schlagen, während er, an seine Gerda angelehnt, ihrem leisen Summen seines Lieblingsliedes lauschte. Die hatte wenige Minuten zuvor zuerst leise gesungen: „Befiehl du deine Wege, und was dein Herze kränkt. Der allertreusten Pflege, des, der den Himmel lenkt…", war dann aber in ein leises Summen des Liedes übergegangen. Sie wusste, welche Bedeutung dieses Kirchenlied für ihren Mann hatte, und wie es in schwersten Zeiten ein Stück Trost und Halt für ihn bedeutete. Still und friedlich starb Kurt, liebevoll gehalten von seiner Gerda.

Für Werner brachte der Tod des Schreinermeisters keine beruflichen Änderungen, denn die Weiterführung des Geschäftes wurde ohne Probleme unter seinem Namen genehmigt, weil Herr Esche als VdN, Verfolgter des Naziregimes, die besondere Unterstützung und Hilfe der Sowjetischen Militäradministration und der eingesetzten kommunistischen Verwaltungskräfte genossen hatte.

Kurz darauf begannen für Werner besonders arbeitsreiche Wochen, denn im Mai sollte wieder eine Evangelisation in der Kirche stattfinden. An vielen Abenden saß er mit den Kirchenältesten und dem Pfarrer zur Planung zusammen. Hilde hatte zugesagt, ihn nach ihren Möglichkeiten zu unterstützen. Aber so konsequent wie ihr Mann sich einbrachte, konnte und wollte sie es nicht tun. Sie fürchtete, ihre Eigenständigkeit aufzugeben. Werner bemühte sich trotz der umfangreichen Arbeiten, seine Frau im Haus zu unterstützen. Er arbeitete an einigen kleineren Reparaturen, und seine Arbeitstage in der Schreinerei endeten fast immer pünktlich um siebzehn Uhr.

Nach den Bibelabenden, die in der Kirche stattfanden, bat der Bürgermeister Werner zu einem Gespräch. Nach der höflichen Begrüßung kam er sofort auf sein Anliegen zu sprechen: „Herr Starke, wir haben ihre kirchliche Veranstaltung zur Kenntnis genommen. Unsere Kreisleitung der Partei ist allerdings über ihr Vorgehen in Sorge. Sie haben in der Öffentlichkeit für ihre Veranstaltung geworben und Einladungen verteilt. Für ein solches öffentliches Auftreten bedarf es aber einer Genehmigung. In ihren kirchlichen Räumen steht es ihnen frei, zu tun, was sie für richtig

halten." „Herr Bürgermeister, unsere Evangelisation fand in der Kirche statt. Wir beide
haben doch erlebt, wohin eine kirchendistan-
zierte Gesellschaft abschwenken kann. Wir
wollen mit allen Menschen in unserem Land
für eine glückliche Zukunft arbeiten. Nach
unserer Überzeugung gelingt das am ehesten,
wenn wir uns nach Gott und seinen Geboten
ausrichten. Wir versuchen ganz sicher nicht,
unserem Land zu schaden." „Herr Starke, wir
wollen in unserem demokratischen Deutschland eine freiheitliche Ordnung aufbauen,
unabhängig von aller religiösen Abhängigkeit.
Auch die Gründung unserer Jugendorganisa-
tion, der Freien Deutschen Jugend, steht
bevor. Wir können es deshalb nicht genehmi-
gen, dass sie an öffentlichen Straßen und
Plätzen in unserer Stadt für die Kirche werben.
Die Jugend darf nicht verblendet werden, und
für alle unsere Bürger steht die Mitarbeit beim
Aufbau des Sozialismus offen. Unsere sowjetischen Freunde sind uns Vorbild und Ansporn,
eine bessere Welt zu schaffen. Auch die
Kirchen sind eingeladen, sich unseren
Programmen und Initiativen anzuschließen.
Bitte nehmen sie aber zur Kenntnis, dass
zukünftig nur noch kirchliche Veranstaltungen
in ihren eigenen Räumlichkeiten genehmigt

werden. Ich danke ihnen für das Gespräch, Herr Starke. Auf Wiedersehen."

Werners Hoffnungen, dass nach dem Krieg und seinen schrecklichen Folgen eine bessere Zeit anbrechen würde, zerstoben nach diesem kurzen Gespräch mit dem Bürgermeister. Der Zwang, der das Volk in der Nazizeit in eine beklemmende Richtung presste, schien hier unter anderen Vorzeichen wieder aufzuerstehen. Warum sollte es nicht möglich sein, Freiheiten für persönliche Entscheidungen und Entwicklungen zuzulassen? Mussten schon wieder Vorgaben und Richtlinien verhängt werden? Wo blieb denn dabei der Einzelne mit seinen Möglichkeiten? Auch eine Evangelisation bedeutete doch nur eine Einladung, sich auf Glaubensfragen einzulassen und zu hinterfragen. Wichtig war doch die Entscheidungsfreiheit. Werner hatte in manchen Gesprächen auch ein klares „Nein" zur Kirche gehört. Viele Kriegsheimkehrer fragten sehr kritisch, wo denn Gott gewesen sei, in der Zeit der Schreckensherrschaft. Aber es gab auch ernste Anfragen, wie denn ein Leben mit Gott aussehen könne. Da aber, das musste Werner sich selbst eingestehen, hatte er keine wirklich schlüssigen Antworten. Für sich selbst wusste er nur, dass der Alltag als bekennender Christ auch sehr kompliziert sein kann.

Das Jahr verging ohne wesentliche Neuerungen und Änderungen im Gefüge von Großtrona. Da es im gesamten Umland keine Großbauern gegeben hatte, blieb die in der Sowjetischen Besatzungszone angeordnete Bodenreform mit der Enteignung von Großbauern, mit einem Grundbesitz ab 100 Hektar, ohne Auswirkungen. Das Leben normalisierte sich immer mehr, und in der ehemaligen Schreiterschen Fabrik wurde inzwischen Damenunterwäsche genäht, sofern es das dafür benötigte Material gab. Die Villa wurde im November von der sowjetischen Kommandantur frei gegeben, und die letzten Soldaten zogen ab, um in der Stadt in der ehemaligen Wehrmachtskaserne ihren Stützpunkt einzurichten. Dort befand sich auch die Kommandantur der in ganz Sachsen stationierten Truppen. In der Villa begannen Umbauten, denn dort sollte ein Heim für Waisenkinder eingerichtet werden. Einige ehemalige Näherinnen arbeiteten nun dort als Erzieherinnen. Hilde hatte, in Vertretung des Kreisschulamtes, eine Besichtigung vorgenommen und mehrere Gespräche geführt. Es ging um den Erziehungs- und Lehrplan, und um die pädagogische Weiterbildung der zumeist angelernten Betreuerinnen. Das Haus hatte sich innen sehr verändert. Zimmerwände wurden neu eingezogen und hatten die Stuckdecken zertrennt. Viele Verzierungen verschwanden unter den Arbeitshämmern der Bauarbeiter. Zwei Waschräume mit steinernen Wasserrinnen, sie erinnerten Hilde an die Steintröge im Kuhstall, und zwei Toilettenanlagen, ohne Türen und mit halb hohen Trennwänden zwischen den Becken, wurden eingebaut. Wie können hier Kinder aufwachsen, fragte sie sich, wenn sie noch nicht einmal für ihre körperlichen Bedürfnisse ein Mindestmaß an Diskretion haben? Es gab einen Schlafsaal mit Bettgestellen aus Wehrmachtsbeständen, jeweils 12 Etagenbetten, also Platz für 24 Kinder im Raum. Eine eigene kleine Ecke oder gar ein Schrank waren in der Enge undenkbar. Der Umbau der alten Villa beschäftigte Hilde mehrere Wochen lang. Dann war es soweit, und sie stand mit dem neuen Leiter im fertigen Schlafsaal. Viel zu wenige Entfaltungsmöglichkeiten für die Kinder, dachte Hilfe, aber vielleicht war so kurz nach dem Krieg auch nicht mehr zu erwarten?

Außerdem gab es zu viele Waisenkinder, die auf ein Zuhause hofften. Eine Woche später begrüßte Bürgermeister Kreis die ersten Kinder im neu eröffneten Kinderheim. Es waren fast alles Kinder aus Schlesien, die ihre Eltern durch den Krieg und die Vertreibung verloren hatten, oder die selbst in den Rückzugswirren verloren gegangen waren. Der Alltag im Heim war streng geregelt. Morgens mussten alle Kinder nach dem Frühstück das große Haus säubern, bevor es geschlossen zur Schule ging. Eine Erzieherin begleitete die Gruppe der Kinder, die jeweils zu zweit und nahezu im Gleichschritt gingen, in das Schulgebäude im Herzen der kleinen Stadt. Es war am Samstag nach der Eröffnung des Hauses, als einige Frauen aus dem Ort mit ihren Einkaufskörben zum Samstagsmarkt gingen. Sie schüttelten ihre Köpfe und bemerkten nur: „Hört denn das nie auf, dieses Marschieren?"

Kurz nach dem Weihnachtsfest reisten Werner und Hilde nach Bamberg. Es war ein schwieriges Unterfangen, von der Sowjetischen in die Amerikanische Zone zu fahren, und die Genehmigung dafür war nur schwer zu bekommen. Gerhard hatte sich mit einem langen Brief bei ihnen gemeldet und bat um ihren Besuch, denn im Frühjahr 1948 würden er und sein Freund Rudi Deutschland verlassen und nach Amerika übersiedeln. Als sie sich endlich wieder sahen und umarmen konnten, war die Freude bei allen riesig groß. Die Tage über Silvester und bis zum Dreikönigsfest vergingen für alle viel zu schnell. Es gab so viel zu erzählen, und viele Erinnerungen wurden ausgetauscht. Gerhard berichtete von dem Bruch mit seiner Mutter. Sie hatte ihn, als er von seinem Freund Rudi erzählte, und dass sie zusammen leben würden, einfach aus dem Haus gewiesen. „So einer wie du, ist nicht mein Sohn. Ich kenne dich nicht mehr und will dich nie wieder sehen!" hatte sie ihrem Gerhard an den Kopf geworfen, dann die Haustür geöffnet und ihm demonstrativ offen gehalten, bis er gegangen war. Gerhard wollte noch einmal umkehren, um vielleicht doch mit ihr zu sprechen, aber die Tür war und blieb verschlossen. Nach langem und vergeblichem Klopfen wandte er sich schweren Herzens ab und ging. Werner versprach seinem Freund, nach dessen Mutter zu sehen und ihr bei Bedarf Hilfe anzubieten.

Es wurden unvergessliche Tage, die aber in einem tränenreichen Abschied für alle endeten. Ob sie sich jemals wieder sehen würden?

Wieder zurück in Großtrona, gab es für Werner viel Arbeit in der Schreinerei, denn es gab zwei große Aufträge. Für das neue Kinderheim mussten Einbauschränke angefertigt werden. Auch in dem inzwischen sanierten und modernisierten Schulhaus sollten in den Fluren neue Garderoben und Schränke eingebaut werden. Hilde hatte nach wie vor viel Arbeit im Kreisschulamt. Aber eine andere Sache bewegte sie viel mehr, als ihre Arbeit. Mit Spannung erwartete sie die Tage ihrer Regelblutung, denn sie vermutete, dass sie schwanger sein könnte. Als sie weit über den üblichen Termin war, hatte sich ihre Hoffnung zur Gewissheit gefestigt. Hilde wartete noch eine Untersuchung bei ihrem Frauenarzt ab, um danach von ihrer Schwangerschaft in der Familie zu berichten. Der Erste war natürlich Werner, dem sie ihre Freude mitteilte. Er reagierte mit einem langen Kuss auf diese gute Nachricht. Natürlich wollte Hilde noch wissen, ob er sich mehr über einen Jungen oder ein Mädchen freuen würde, aber er schüttelte nur seinen Kopf. „Kinder sind Geschenke Gottes, und da ist es doch egal, ob Junge oder Mädchen." Hilde nickt dazu, dachte aber bei sich: aber gezeugt hast du, mein Lieber, und gebären werde ich. Aber auf den Segen Gottes vertraue ich natürlich auch. Gezeugt im Januar, das heißt, ich könnte Anfang September mit der Geburt rechnen.

Die Familie freute sich über die Neuigkeit, dass Hilde schwanger sei. Von allen Seiten gab es Hilfsangebote, aber auch Ermahnungen an die werdende Mutter, sich auf jeden Fall zu schonen. Zu Werners Geburtstag sah man schon eine kleine Rundung des Bauches. Oder bildeten sich alle das nur ein, weil sie sich so sehr mit Hilde mitfreuten? Der stabile Wäschekorb, der als Himmelbett hergerichtet und weich ausgepolstert für die Kinder der Familie gedient hatte, kam nun zu neuen Ehren. Renate war die letzte, die mit ihm sehr zufrieden war, und deren Tochter inzwischen in einem kleinen Bettchen schlief. Willi und Inge würden nun das zweite Mal Opa und Oma. Würde ein Kind auch die Eheprobleme lösen helfen? Fanden Hilde und Werner wieder wirklich fest zueinander? Viele Fragen, auf die es noch keine Antworten geben konnte.

Von Gerhard war ein langer Brief aus Amerika angekommen. Die beiden Männer wohnten inzwischen in Las Cruces in New Mexiko. Rudi arbeitete bei der NACA, dem National Advisory Committee for Aeronautics, auf dessen Stützpunkt in White Sands. Er beschäftigte sich mit der Konstruktion von einziehbaren Fahrwerken. Täglich fuhr er die rund 52 Meilen, das sind etwa 83 Kilometer, zum Arbeiten auf das Testgelände. Gerhard hatte eine Anstellung in einem Textilgroßhandel gefunden und saß in einem eigens für ihn eingerichteten Büro. Beiden ging es wirtschaftlich sehr gut, aber von Zeit zu Zeit hatte Gerhard, so schrieb er, Heimweh und Sehnsucht nach seiner Mutter. Er bat herzlich, doch nach ihr zu sehen und ihm möglichst oft zu berichten, ob es ihr gut ginge. Dem Brief beigefügt waren einige Fotos von den beiden Männern und der Stadt, in der sie lebten. Hilde antwortete schnell auf den langen Brief mit einem fast ebenso langen Schreiben. Natürlich berichtete sie zuerst von ihrer Schwangerschaft und der großen Freude, die sie und Werner darüber hätten. Dann folgten Berichte aus Großtrona und von Bewohnern, die Gerhard noch gut kannte. Auch über die Besuche bei seiner Mutter berichtete sie, aber da gab es wenig Grund zur Freude. Gerhards Mutter hatte es abgelehnt, über ihn zu sprechen. Sie betonte immer wieder, dass sie keinen Sohn mehr hätte. Am Ende des Briefes schrieb Hilde fast traurig: „Wie schade, Du bist so weit weg. Du wärst der beste Patenonkel, den ich mir für unser Kind wünschen würde. Ob Du irgendwann zurückkommen wirst? Wir vermissen Dich jeden Tag ein bisschen mehr. Sei herzlich umarmt von Deinen Freunden Werner und Hilde."

Im Juli gab es eine neue Währung in der Sowjetischen Besatzungszone. Vorausgegangen war die Umstellung von Reichsmark in den drei Westzonen auf die „Deutsche Mark" ab dem 21. Juni. Die Folge war die Einführung der „Mark" im Osten. Nun gab es anders aussehendes Geld, aber noch immer Zuteilungen und Lebensmittel-, Kartoffel- und Kohlekarten. Wie gut, dachte Hilde oft, dass sie bei Fritz auf dem Hof die frische Milch bekam, dass sie keine Sorgen um Kartoffeln und Kraut hatte.

Am 14. September entlud sich ein mächtiges Gewitter genau über Großtrona. Die Blitze zischten aus den Wolken, wenige Sekunden später von dem lauten Krachen des Donners begleitet. Hilde zuckte jedes Mal bei dem Lärm zusammen. Seit über einer Stunde hatte sie regelmäßige Wehen, und deshalb Werner zur Hebamme geschickt. Er war noch nicht zurück, als es an der Tür klopfte. Es war Schwiegermutter Inge, die hereinkam und Hilde in die Arme nahm. Werner war, nachdem er die Hebamme aufgesucht hatte, noch zum Elternhaus gelaufen und hatte dort von der bevorstehenden Geburt gesprochen. Dann ging er wieder los, um bei Fritz und Lina die Neuigkeit zu berichten. Eigentlich aber hatte er ein wenig Angst vor dem Ungewissen, was vor ihm stand. Er konnte einfach nicht absehen, welche Rolle er nun spielen müsste, und deshalb blieb er lieber etwas länger aus dem Haus. Seine Mutter würde schon das Richtige für Hilde tun, war er sich sicher. Lina kam gleich mit ihm mit, um bei ihrer Tochter da zu helfen, wo es nötig sei. Als sie zu Hause ankamen, öffnete Inge die Tür und sagte, die Hebamme sei eben gekommen, aber nach ihrer Einschätzung würden wohl noch ein paar Stunden bis zur Geburt vergehen. Lange saßen sie alle am Küchentisch und tranken Tee aus den bunten Töpfen. Abwechselnd schauten die Frauen nach Hilde, die im Schlafzimmer angespannt wartete, nur von den Schmerzen der regelmäßigen Wehen aus der Ruhe gerissen. Kurz vor Mitternacht war es endlich da, das lang ersehnte und freudig erwartete Kind. Als Werner zu seiner Frau ging und sie zart auf die Stirn küsste, fragte er zuerst: „ist es gesund?" Die Hebamme nickte und sprach zu ihm: „Ja, du hast einen gesunden Sohn. Herzlichen Glückwunsch, Papa Starke!" Mit Tränen in den Augen betrachtete er seine Frau, die das kleine eingewickelte Kind im Arm hielt. Inge und Lina sorgten für Ordnung, dann brachten sie einen Becher mit warmer Milch und ein Stück von einem Hefezopf, den Lina am Vortag gebacken. Eine Stunde später waren alle gegangen und Werner saß allein am Bett seiner Frau, die den kleinen Jungen neben sich liegen hatte. Es war still und friedlich. Glücksgefühle breiteten sich in Werner aus, und ganz spontan sagte er laut: „Vielen Dank, lieber Gott. Du hast uns heute reich beschenkt." Dann beugte er sich zu seiner Frau, um sie lange und zärtlich zu küssen. Am Morgen, Werner und Hilde hatten ein wenig geschlafen, weckte eine kräftige Stimme die Eltern. Werner sah zu, wie Hilde den Kleinen versorgte und ihm zu trinken gab. Dabei sah sie zu ihrem Mann und fragte: „Bleibt es dabei, und er soll Wolfram heißen?" Er bestätigte nickend die Namenswahl.

Kurz vor Weihnachten, Wolfram war inzwischen ein viertel Jahr alt und ein ruhiges und genügsames Kind, begannen die Vorbereitungen für das Familienfest. Hilde war nun schon länger zu Hause, als sie es mit ihrem Amtsleiter im Schulamt abgesprochen hatte. Nach der Entbindung gab es noch für acht Wochen den vollen Lohnausgleich. Nach einem Besuch an ihrem Arbeitsplatz, dort hatte sie stolz ihren kleinen Sohn Wolfram präsentiert, bat ihr Vorgesetzter um baldmöglichen Wiedereinstieg in das Berufsleben. Er bot Hilde einen Bertreuungsplatz in einer Kinderkrippe an, um die tägliche Versorgung des Kindes zu gewährleisten. Hilde wurde dringend im Kreisschulamt gebraucht, denn es gab noch immer zu viele Engpässe bei der Schulentwicklung. Das Gespräch mit Werner am Abend dieses Tages brachte keine Entscheidung. Er hatte nur ablehnend den Kopf geschüttelt, aber ansonsten das nötige Gespräch verweigert. Hilde wusste auch keine Lösungen für ihre grundsätzlichen Fragen.

Nur noch eine knappe Woche blieb bis zum Heiligabend. Hilde war mit dem Kinderwagen in die Schreinerwerkstatt gekommen, um ihren Mann vom Arbeiten abzuholen. Vor der Werkstatttür kam Gerda Esche auf sie zu und wollte unbedingt den kleinen Wolfram sehen. Gemeinsam gingen sie in die Werkstatt, wo Hilde ihren Sohn aus dem Kinderwagen hob und ihn ihr reichte. Nun hielt Gerda den kleinen Jungen in den Armen, ihn dabei aufmerksam betrachtend. „Hilde, hast du noch etwas Zeit, mit mir eine Tasse Tee zu trinken?" Die beiden Frauen verließen nach einer kurzen Unterhaltung mit Werner die Werkstatt, und wenig später saßen sie in der Küche am Tisch, jeweils eine aromatisch duftende Tasse Tee vor sich. Gerda und Hilde sprachen über ihre Lebenssituationen und die fast abgeschlossenen Weihnachtsvorbereitungen. Dann wollte die ältere Frau von der jungen Mutter wissen, wie es denn mit dem kleinen Kind im Alltag funktionieren würde. Hilde berichtete, zunächst noch unsicher und stockend, dass sie eigentlich gerne wieder arbeiten würde, aber dagegen standen zu viele Unsicherheiten und ungeklärte Fragen. Gerda überlegte nicht lange und fragte, ob sie vielleicht die Tagesbetreuung von Wolfram   übernehmen könne.

Sie könne sich das gut vorstellen, sagte Gerda, denn der Vater wäre in der Nähe und sie hätte eine lohnenswerte Aufgabe. Hilde war erleichtert und freute sich über das Angebot, aber sie war sich nicht sicher, ob Werner zustimmen würde. Mit ihm musste sie so schnell wie möglich reden, aber durch die Weihnachtsvorbereitungen in der Kirche war er kaum zu Hause. Aber spätestens im Gottesdienst am Weihnachtsfeiertag wollte sie Gerda ihre Entscheidung mitteilen.

Am Abend gab es ein langes Gespräch mit Werner. Er hatte erstaunlich ruhig und konzentriert zugehört. Schließlich erklärte er sich mit den Plänen der beiden Frauen einverstanden. Wolfram konnte schon zu Beginn des neuen Jahres zu Gerda Esche gebracht werden. Während Werners Arbeitszeit betreute sie nun den kleinen Jungen. Auch ein finanzieller Betrag für die entstehenden Kosten und als Entgelt für Gerdas Mühe war möglich, denn Hilde erhielt im Schulamt ein gutes Gehalt. Morgens vor Werners Arbeitsbeginn und nach seinem Arbeitsende konnte er sich selbst um seinen Sohn kümmern, und so, vor allem am Abend, die Zeit bis zu Hildes Kommen überbrücken. Für ihn kam noch hinzu, dass er in seiner Mittagspause mit seinem Sohn bei Gerda Esche essen konnte.

Hilde war erleichtert über die gute gefundene Lösung für ihren Sohn. Mit Eifer stürzte sie sich wieder in die umfangreichen Aufgaben, die sie zum Jahresbeginn im Schulamt erwarteten.

Es war inzwischen März, und die Sonne verwöhnte mit frühlingshaften Temperaturen die Menschen in Großtrona. Eine Großveranstaltung für junge Leute erhitzte die Gemüter im Ort. Ein Treffen und Kongress, veranstaltet von der Freien Deutschen Jugend, FDJ, sollte neue Mitglieder gewinnen. Die Straßen im Ort wurden mit Fahnen geschmückt und die Schulturnhalle für das Treffen ausgestattet. Im Schulhof standen zwei ehemalige Wehrmachtsfeldküchen für die Essensbereitung des Wochenendes. Erbseneintopf mit Speck und Bockwürsten und ein Mischgemüseeintopf mit Rindfleisch wurden für Samstag und Sonntag vorbereitet und gekocht. Als am Sonntag, genau in der Zeit des Gottesdienstes, eine Kundgebung der FDJ mit Fahnen und Musikkapelle durch Großtrona zog, gab es entrüstete Stimmen der alteingesessenen Bewohner.

So etwas, so war der allgemeine Tenor der Stimmen, hätte auch schon in der braunen Zeit für Unruhe und Unfrieden geführt. Wohin das alles geführt hätte, sei ja hinreichend bekannt. Nun waren die Hemden der Jugendlichen zwar blau, aber ob sich wirklich etwas geändert hätte, sei eben ganz ungewiss. Außerdem gehöre es sich nicht, zeitgleich mit dem Gottesdienst, eine politische Veranstaltung mit Umzug durchzuführen. Die Mehrzahl der Teilnehmer des FDJ-Treffens war aus der ganzen Umgebung angereist. Aus Großtrona selbst gab es nur ein paar jugendliche Teilnehmer. Die meisten Jugendlichen aus dem Ort blieben dem Treffen fern.

Werner und Hilde hatten am Sonntag nach der Veranstaltung eine harte Auseinandersetzung. Aufgrund ihrer Beschäftigung im Kreisschulamt hatte der Amtsleiter um Hildes Teilnahme am FDJ-Treffen gebeten. Nach dem für Werner einsamen Sonntag mit seinem kleinen Sohn, war er kurz nach Hildes Heimkehr laut schimpfend aus der Küche gelaufen. Er missbilligte ihre Teilnahme, und zudem auch noch an einem Sonntag. Zornig hatte Werner seine Frau angeschrien, sie würde schon geraume Zeit nicht mehr mit zum Gottesdienst gehen, aber an dieser gottlosen Veranstaltung hätte sie ohne weiteres teilgenommen. Außerdem, so hatte Werner sie mit seinen Worten angegriffen, wäre ihr das Kind egal, wenn es um ihre Interessen gehen würde. Es sei enttäuschend, wie Hilde vom Glauben abgefallen sei. Wenige Minuten später hatte er grußlos das Haus verlassen. Hilde wusste, dass er den ganzen Abend in der Bibelstunde sein würde, also nahm sie ihren Sohn, legte ihn in den Kinderwagen und machte sich auf, Gerda Esche zu besuchen. Sie musste unbedingt mit jemandem über die Auseinandersetzung sprechen, um wieder einen klaren Kopf zu bekommen. Als sie zwei Stunden später wieder zu Hause war, fühlte Hilde sich erleichtert und freier. Sie versorgte den kleinen Wolfram, um sich danach ebenfalls hinzulegen. Die neue Woche, das wusste sie, würde wieder eine große Menge Arbeit bringen. Als Werner kurz vor Mitternacht das Haus betrat, war alles dunkel und ruhig. Hilde und der kleine Wolfram schliefen tief und fest.

Wolfram war nun mehr als ein Jahr alt, als am 7. Oktober 1949 die Trennung Deutschlands endgültig besiegelt wurde. Auf dem Gebiet der sowjetischen Besatzungszone wurde die Deutsche Demokratische Republik gegründet. Zuvor entstand am 23. Mai auf dem Gebiet der drei Westalliierten die Bundesrepublik Deutschland, und als vorläufige Hauptstadt bestimmten die Regierungsmitglieder ab dem 3. November Bonn am Rhein. Für die Menschen im Osten Deutschlands war schnell klar, dass es eine neue Diktatur geben würde. Viele jüngere Leute entschieden sich für den Weggang in das westliche Deutschland, während im Osten die Sozialistische Einheitspartei SED immer mehr das Leben reglementierte und vorgab, den Sozialismus aufbauen zu wollen. Für Werner änderte sich wenig. Er arbeitete in der Schreinerei, während sein Sohn Wolfram im Haus, unter der liebevollen Hand von Gerda, größer und selbständiger wurde. An den Sonnabenden, Sonn- und Feiertagen kümmerte sich Hilde um ihren Jungen. Wenn sie zu Hause war, zog sich Werner nahezu regelmäßig zurück, um irgendein Treffen des Bibelkreises vorzubereiten. Seit knapp einem viertel Jahr war er zusätzlich in anderen Versammlungen im weiteren Umkreis als Prediger eingesetzt. Hilde litt zunehmend unter diesem Zustand und der häufigen Abwesenheit ihres Werners. Aber auch wenn er zu Hause war, gab es kaum Gesprächsthemen. Hilde hätte oftmals gerne über ihre Arbeit gesprochen, aber Werner wischte alle Gesprächsversuche mit der Bemerkung, das sei Kommunistenkram, der ihn nicht interessiere, weg. Auch über die Erziehung ihres Sohnes kam es immer wieder zu Konflikten.

An einem Sonntagmittag legte Hilde ihren Jungen in das Gitterbett zum Schlafen. Wolfram trug ein Nachthemd mit langen Ärmeln. Um kalte Füße zu vermeiden, war das Nachthemd am unteren Saum zusammengenäht. Es gab für die kleinen Füße aber genug Freiraum zum strampeln und bewegen. Wolfram schlief an diesem Tag nur kurz, denn heftiges Rumoren im Bauch machte ihm zu schaffen. Schließlich konnte er seinen Darminhalt nicht mehr zurückhalten, und in seiner kurzen Unterhose, die er trotz Nachthemd noch anhatte, breitete sich eine feuchte Wärme aus. Mühsam zog er seine Arme aus den Ärmeln in das Innere des schlafsackähnlichen Nachthemdes, bis er mit beiden Händen unter sich und in die feuchtwarme Masse greifen konnte. Beherzt griff er zu, um mit beiden Händen diesen störenden Brei zu entfernen.

Aber wohin damit? Beide Hände steckten im Inneren des sackähnlichen Schlafhemdes. Mühsam drängte Wolfram seine kleinen Hände durch die Ärmel wieder nach draußen, aber die Menge der stinkenden Masse hatte sich schon im Nachthemd verteilt. Den Rest strich der Junge neben dem Gitterbett an der Wand ab. Einen weiteren Versuch, sich von dem unangenehmen Gefühl zu befreien, unterließ er. Stattdessen setzte er zu einem ohrenbetäubenden Schreien an, was beide Eltern veranlasste, nach ihrem Jungen zu sehen. Werner war außer sich vor Zorn. Er schimpfte und drohte eine harte Strafe an. Hilde hingegen griff in das Chaos und trug Wolfram in das Badezimmer, wo sie ihn in die Wanne stellte und aus dem beschmierten Schlafhemd befreite. Der Badeofen war unbeheizt und enthielt nur kaltes Wassern. Trotzdem benutzte sie die Handbrause, um den gröbsten Dreck abzuspülen, bevor sie gründlich mit Seife und reichlich Wasser für gründliche Sauberkeit sorgte. Als der Junge endlich sauber, trocken und frisch angezogen war, wusch sie noch das Bett und die beschmierte Wand ab. Es dauerte eine geraume Zeit, bis alles wieder ordentlich und sauber hergerichtet war. Werner hatte gleich zu Beginn der Reinigungsaktion im Bad die

Wohnung verlassen. Er kam erst wieder, als Wolfram frisch gewaschen und mit neuer Wäsche eingekleidet auf einem Küchenstuhl saß. Der Sonntag verlief noch schweigsamer als sonst ohnehin.

Eine Woche später und wieder ein Sonntag, hatte Hilde sich mit ihrer Mutter verabredet. Wolfram und sein Vater waren zu Hause geblieben, und wieder war Mittagsschlaf für den Kleinen angesagt. Als Hilde kurz vor drei Uhr wieder zurück kam, saß Werner am Küchentisch, die offene Bibel und einen Schreibblock vor sich. Als sie in das Schlafzimmer ging, stockte ihr der Atem. Im Gitterbett lag wimmernd und tränennass ihr Junge auf dem Rücken. Die Hände waren links und rechts mit Lederriemchen an den Gitterstäben festgeschnallt. Wolfram hatte nur wenig Spielraum für Bewegungen. Als er seine Mutter sah, weinte er laut auf. Schnell öffnete sie die Gurte an den Handgelenken und nahm das Kind aus dem Bett. Mit ihm auf dem Arm ging sie zu ihren Mann und forderte eine Erklärung für diese Fesseln. Erstaunt sah Werner seiner zornigen Frau in die Augen, dann sagte er nur: „Denkst du, ich will noch einmal so eine

Sauerei wie vor einer Woche haben?" Dann wandte er sich wieder seiner Arbeit auf dem Küchentisch zu. Hilde schimpfte lautstark, aber Werner schien das alles nicht mehr zu hören. Für sie war die Situation wie ein Stich in ihr Herz. Irgendetwas in ihrer ohnehin angespannten Beziehung zu ihrem Mann war nun zusätzlich zerbrochen. Wie sollte sie jemals wieder bedingungslos vertrauen?

Das Jahr 1950 brachte wenige Erleichterungen für die Menschen in der noch jungen DDR. Die Lebensmittelmarken beherrschten und regelten den Handel im Land. In Ost-Berlin trafen sich rund ½ Million FDJ - Anhänger zum Pfingsttreffen und im Juli wurde Walter Ulbricht zum ersten Generalsekretär des Zentralkomitees der SED gewählt. Die Versorgungsengpässe wirkten sich in allen Lebensbereichen aus, und noch immer wählten viele Menschen den ungewissen Weg in den Westen Deutschlands, um der Enge und Reglementierung im Osten zu entgehen. Wolfram war ein ruhiges Kind, seinem Alter entsprechend aber gut entwickelte. Durch die Betreuung und Versorgung von Gerda Esche war er schon länger an das Töpfchen gewöhnt, und Missgeschicke mit nassen Höschen dadurch nahezu ausgeschlossen. Morgens brachte Werner seinen Sohn kurz vor halb sieben in das Wohnhaus zu Gerda, dann sah er ihn gegen halb eins zur Mittagszeit wieder, um ihn dann halb fünf wieder fertig angezogen abzuholen und nach Hause zu bringen. Hilde kam in der Regel kurz nach fünf Uhr nachmittags nach Hause.

Wolfram wurde an den Wochentagen liebevoll von Gerda Esche betreut. Mit großer Begeisterung saß er auf einer Fußbank und lauschte den Vorlesekünsten seiner Pflegemutter. Mit Werner gab es einmal eine heftige Diskussion, weil er nicht damit einverstanden war, dass immer nur Märchen und Sagen vorgelesen wurden. Gerda wies die Forderung nach ausschließlich biblischen Geschichten zurück. Sie könne nicht, so war die standhafte Meinung von ihr, die Erzählungen des Alten Testamentes lesen, da es viel zu viel um Kampf, Töten und Gewalt ging. Sie wolle, so unterstrich die resolute Frau, ein positives und harmonisches Bild vermitteln. Die Jesusgeschichten, die ihr geeignet erschienen, kamen aber dann doch in die Auswahl der Bücher, aus denen sie Wolfram vorlas. Der Tagesverlauf war für Wolfram überschaubar eingeteilt. Vormittags wurde vorgelesen, Wolfram konnte malen und danach in der Küche bei der Essensvorbereitung helfen. Auch wenn er es noch nicht verstand, Gerda Esche beschrieb alle Phasen des Kochens und beschrieb Zutaten und Arbeitsschritte. Nach dem Mittagessen gab es eine Ruhepause. Wolfram liebte es, in das große Bett von Tante Gerda zu kriechen und dort, nur den dunklen Haarschopf zeigend, für wenigstens eine Stunde zu schlafen. Nach der Mittagsruhe gab es immer einen Topf Milch und einen Keks aus der großen Porzellandose, die verheißungsvoll auf dem Küchenschrank stand. Ein Rundgang durch die Werkstatt, den Garten und die beiden Querstraßen, die an das Grundstück der Esches grenzten, rundeten den Spaziergang ab. Dann gab es noch zwei Stunden, die Wolfram besonders viel Freude machten. Es wurde gebastelt, oder gemeinsam gemalt. Mit vier Jahren begann er sich für Buchstaben zu interessieren, und seine Tante Gerda brachte ihm das Alphabet nahe. Im Jahr seiner Einschulung konnte Wolfram bereits lesen und in Druckbuchstaben seinen Namen schreiben. Voller Stolz demonstrierte er seine Zahlenkenntnisse, und wenn es sein Zuhörer aushielt, zählte er fehlerfrei bis 100. Aber dazu kam es dann doch eher selten, weil Erwachsene in der Regel nicht so viel Zeit haben, um die Zählkünste kleiner Jungen zu würdigen.

Die Jahre bis zur Einschulung vergingen ohne größere Ereignisse. Da in der Nähe der Schreinerei zwei ´junge Familien wohnten, die ebenfalls Kinder in Wolframs Alter hatten, fand der Starke-Sohn schnell Anschluss an die Gleichaltrigen. Bei schönem Wetter rollerten bald drei Fünfjährige auf dem großen Hofplatz vor der Schreinerei. Aber dann gab es eine Neuerung, die das Rollern schnell in den Hintergrund schob. Werner hatte einen großen Sandkasten gebaut und in einer Grundstücksecke fest verankert. Aus der Sandgrube von Kreina, das war etwa 25 Kilometer von Großtrona entfernt, holte Opa Fritz mit dem Pferdefuhrwerk eine ganze Fuhrwerksladung feinsten hellgelben Sandes. Der Sandkasten, gut gefüllt bis fast an den Rand, entwickelte sich schnell zum beliebten Spielort für Wolfram und die Nachbarsjungen. Schnell sprach sich diese Spielmöglichkeit im Umkreis herum, und so saßen nicht selten zehn und mehr Kinder in diesem Spielparadies. Es wurde geschaufelt und geformt, Berge aufgetürmt und von kleinen Kinderhänden festgeklopft. Stefan, ein sechsjähriger Spielfreund, brachte zum Spielen im Sandkasten seine Spielfiguren mit. Es waren drei Kühe und zwei Pferde aus Lineol. Eine kurz nach der Jahrtausendwende in Brandenburg an der Havel gegründete Firma produzierte unterschiedliche Figuren aus einem Brei, aus Sägemehl, Kaolin, Baumharz, Leinöl und Leim zusammengesetzt und in Formen gegossen. Bunt bemalt wurden diese in der Regel 7,5 cm großen Figuren zum begehrten Spielzeug vieler Kinder. Im Krieg waren es fast ausschließlich Wehrmachtssoldaten, danach aber auch wieder Tiere und Indianer, die die Kinderherzen höher schlagen ließen. Nach dem Krieg wurde sehr schnell die Produktion wieder aufgenommen, da es nahezu keine zerstörten Produktionsanlagen gab. Der Betrieb wurde aber bald in VEB Lineol Plastik Dresden umbenannt, und nur wenige Jahre später standen NVA-Soldaten auf dem Produktionsprogramm.

Die fünf Spielfiguren von Stefan waren schnell Bestandteil der Kinderbauarbeiten im großen Sandkasten, und als er nach seinem siebten Geburtstag auch noch acht Indianer mitbrachte, waren die Jungs kaum noch aus dem Buddelkasten zu locken. Wolfram berichtete

immer abends am Küchentisch von den Aben-
teuern, die er mit den anderen Spielgefährten
im Indianerland überstanden hatte. Die Freude bei ihm war riesig groß, als er zum sechsten
Geburtstag eine Schachtel mit sechs Indianern,
einer davon auf einem braun-weißen Pferd
reitend, geschenkt bekam.

Abends und an den Wochenenden war es
Zuhause eher still. Die Eltern redeten wenig
miteinander, und so zog sich Wolfram schon
bald zurück, um in seinem Zimmer still zu
spielen oder noch viel lieber, seine Bücher vor
sich auf dem Fußboden auszubreiten. Ein
Buch liebte er besonders. „Die Heinzelmänn-
chen" stand auf dem Einband. In großformati-
gen und ganzseitigen Bildern war der Alltag
der Wichte dargestellt. Ein Bild zeigte die Kü-
chenarbeit, ein anderes eine gemeinsame Mittagsmahlzeit. Die Post kam mit einem von
einer Maus gezogenen Wagen und einem
hornblasenden Postillion daher. Ein Arbeitstag
in einer Wassermühle, aber auch eine gemeinsame Kletterpartie auf steilen Felsen, war ab-
gebildet. Das Schlussbild zeigte die schlafen-
den Zwerge, die sich in einem Baumgeäst mitten in den Blättern zur Ruhe gelegt hatten. Der
Mond, mit einer Riesenlaterne in der Hand,

beleuchtete die Nachtruhe. Mit diesen Bildern vor Augen, konnte Wolfram in seinen Vorstellungen ganz in die Welt der Zwerge eintauchen. Wie sehr wünschte er es sich, auch einmal auf einer Grille zu reiten, oder ein Fest zu feiern. Bücher, so würden es die nächsten Jahre zeigen, wurden zu beständigen Lebensbegleitern des Heranwachsenden.

Das Jahr 1954 begann mit einer Entscheidung, die für Wolfram die Erfüllung seiner Wünsche brachte. Der Fünfjährige konnte lesen und in Druckbuchstaben schreiben. Auch die Grundrechenarten beherrschte der aufgeweckte Junge. Seine Betreuungstante Gerda hatte ganze Arbeit in der Erziehung geleistet. Sehnlichst wünschte er sich nun, endlich zur Schule gehen zu können. Anfang des Jahres kam seine Mutter mit einem Beschluss des Schulamtes nach Hause. Es war nun festgelegt, dass alle Kinder ab dem fünften Lebensjahr zu einer Schuluntersuchung gehen sollten. Ein Kinderarzt und ein Vertreter des Schulamtes stellten dann die Schultauglichkeit fest. Ab dem sechsten Lebensjahr und bis spätestens mit sieben hatte die Einschulung zu erfolgen. Da Wolfram erst vierzehnten September geboren wurde, war ein Schulbeginn kurz vor seinem siebten Geburtstag vorgesehen. Hilde setzte sich aber im Schulamt dafür ein, ihren Sohn möglichst noch vor seinem sechsten Geburtstag die Schule beginnen zu lassen. Er war intelligent und mit seinen Lesekenntnissen seinem Alter voraus. Die Untersuchung des Kinderarztes und des Vertreters des Kreisschulamtes bestätigten ihre Einschätzung der Situation. Die Genehmigung wurde erteilt, Wolfram vor seinem sechsten Geburtstag die erste Klasse beginnen zu lassen.

Schulbeginn war der 1. September. Für die Erstklässler war aber der Schulstart auf den darauffolgenden Samstag, den 4. September, festgelegt. Für Wolfram vergingen die Wochen nach der Schuluntersuchung scheinbar viel zu langsam. Er zählte täglich die Tage und Wochen bis zum großen Schulfest. Immer wieder gab es aber besondere Ereignisse, die seine Vorfreude noch steigerten. So wurde in der Stadt ein Schulranzen gekauft. Es war eine braune Ledermappe in Form einer Aktentasche, eckig und mit starren Wänden. Ein Tragegriff und Trageriemen vervollständigten das äußere Bild. Die Verschlusslasche hatte zwei ovale Ösen, in die die Drehverschlüsse gesteckt wurden. Das Besondere an der Ledermappe war eine Blindprägung der Anfangsbuchstaben des Namens „WS". Wolfram war unsagbar stolz, und täglich, wenn er von der Tagesbetreuung nach Hause kam, schnallte er seinen Ranzen auf den Rücken. Nur nach energischen Aufforderungen seiner Mutter legte er die Schultasche wieder ab, um sich an den Tisch zum Abendessen zu setzen.

Die Einschulung sollte mit einem großen Familienfest gefeiert werden. In der letzten Augustwoche begannen die Vorbereitungen. Ein Schinken, Rindfleisch und zwei Salamiwürste, viele frisch geräucherte Knackwürste, das sind geräucherte Mettwürste, und ein Kilogramm Butter, von einem großen Butterblock abgeschnitten, lagerten nun im kühlen und dunklen Kellergang. Einen Tag vor der großen Feier wurden noch Blechkuchen und Brote aus der nahen Bäckerei geholt. Im ganzen Haus roch es verführerisch süß und im Keller herzhaft nach Geräuchertem.

Der Samstag begann mit einem Gewitterguss, so dass Wolfram schon um seinen großen Tag bangte. Wenn es regnen würde, könnten dann trotzdem vom Schultütenbaum die bunten Zuckertüten gepflückt werden? Tante Gerda hatte in der letzten Augustwoche ausführlich erzählt, dass in jeder Schule ein Baum stehen würde, und daran ein ganzes Jahr lang Tüten mit Süßigkeiten wachsen würden. Wolfram konnte sich nur vorstellen, dass diese Tüten ähnlich seien, wie die braunen Packtüten in Frau Kochs Krämerladen, nur hoffentlich viel größer. Die Schultüten würden dann an die Kinder verteilt, die ihren ersten Schultag beginnen würden.

Der Regen war wirklich nur ein kurzer Guss und bald kam die Sonne wieder hervor. Gemeinsam gingen Wolfram und seine Eltern zum Schulgebäude. Es war ein Fußweg von zehn Minuten, den der angehende Schüler ab Montag dann täglich allein zu gehen hatte. In der geschmückten Aula sollte die Einschulungsfeier sein. Ein aufgeregtes Geplapper empfing die ankommende Familie Stark. Mitten im großen Saal setzte sich Wolfram, eingerahmt von Vater und Mutter, auf einen der in Reihen stehenden Holzstühle. Er war gespannt und voller Vorfreude, als der Schuldirektor den Saal betrat. Mit ihm kamen Kinder, angezogen mit weißen Hemden und um den Hals ein blaues Dreiecktuch gebunden, die nun im Halbkreis hinter dem Direktor standen. Dann betrat eine ältere und recht kleine Frau den Festsaal. Sie setzte sich in die Mitte der ersten Stuhlreihe. Hastig betrat noch ein Mann den festlich geschmückten Saal, bekleidet mit Anzug und eine Aktentasche in der Hand. Er setzte sich links neben die Frau. Was nun folgte, interessierte Wolfram nicht so sehr, er wartete vielmehr sehnsüchtig auf die Zuckertüten. Ob sie wohl im vergangenen Jahr gut wachsen konnten? Inzwischen hatte sich der Direktor zur Kindergruppe gedreht und diese begannen auf sein Zeichen mit einem Lied: „Kleine weiße Friedenstaube, fliege übers Land. Allen Menschen, groß und kleinen, bist du wohlbekannt…" Nun folgte eine Ansprache des Direktors, der mit kräftiger Stimme und viel Pathos von den Vorzügen des Sozialismus sprach. Wolfram bekam von all dem nichts mit, denn all sein Denken und Sehnen waren noch immer auf die Zuckertüten gerichtet. Bevor es aber an das Verteilen ging, sang noch einmal der Schülerchor. „Fröhlich sein und singen, stolz das blaue Halstuch tragen, andern Freude bringen, ja das lieben wir…"

Dann endlich wurde die große zweiflügelige Tür der Aula geöffnet, und hintereinander kamen Jugendliche in blauen Hemden in den Saal. Alle trugen jeweils eine bunte Papptüte, deren oberer Rand mit einem zusammengebundenen Tüllstreifen verschlossen war. Die einzelnen Exemplare waren unterschiedlich groß und alle bunt bedruckt. Name für Name wurden die kleinen Erstklässler nach vorn gerufen, und jeder bekam sein eigenes Exemplar in die Arme gelegt. Als Wolfram aufgerufen wurde, drängte er sich schnell durch die Sitzreihe und rannte nach vorn. Endlich erhielt er seine bunte Schultüte. Sie war so groß, dass er sie beinahe durch die Arme rutschen ließ. Stolz ging er zu seinem Sitzplatz zurück und übergab sie dem Vater, der sie mit beiden Händen fest hielt, und vorsichtig mit der Spitze auf den Boden stellte. Dann saß er reglos auf seinem Platz, starr den Blick nach vorn gerichtet. Als alle Tüten verteilt waren, und das dauerte doch einige Zeit, sang noch einmal der Pionierchor. Sie hatten während der ganzen Zeit warten und ruhig stehen müssen. Einigen fiel das sichtlich schwer, und so blieben Zappeleien, auch das Nasebohren eines rothaarigen Jungen, nicht verborgen. Dann sangen sie, erleichtert, dass nun bald ihr

Auftritt vorbei sei: „Wir brauchen den Frieden wie die Blume das Licht, wie die Saat, die aus dunkler Scholle bricht, wie die Traube des Weins an den Reben…"

Nach den letzten Tönen des Liedes wurden die 72 Schulanfänger in der Aula namentlich aufgerufen und in Klasse 1 a und 1 b eingeteilt. Die Eltern sollten die Schultüten tragen und schon die breite Schulhaustreppe hinunter in das Erdgeschoss gehen, um dort auf ihre Kinder zu warten. Zuerst ordnete der Lehrer die zur Klasse 1 a gehörenden Kinder, jeweils zwei nebeneinander. Dann verließ er mit ihnen die Aula. Währenddessen hatte auch die Lehrerin ihre neue Klasse aufstellen lassen, und dann ging es gemeinsam durch das Treppenhaus, hinunter in die ganz unten gelegenen Klassenzimmer. Die Tür stand weit offen, und beim Betreten des Raumes sollten sich alle in die Zweierbänke setzen. Wolfram sah sich im Klassenzimmer um und ging zielgerichtet ganz nach vorn. Dort standen drei Schulbänke nebeneinander, jeweils mit einem Laufgang zwischen ihnen. Er setzte sich an der Fensterseite auf den linken Platz. Kurz darauf kam ein Junge schüchtern auf ihn zu, sah Wolfram lange an und setzte sich zögernd neben ihn. Ziemlich schnell hatten alle einen Platz gesucht und nun saßen 36 Kinder und sahen gespannt nach vorn zum Lehrertisch, auf dem zwei hohe Stapel Bücher lagen. Die Lehrerin hob die rechte Hand und bat um Ruhe. Dann stellte sie sich vor. „Ich bin Fräulein Schuller und eure Klassenlehrerin. Wir werden ab Montag hier unseren Unterricht haben. Wir beginnen acht Uhr, deshalb müsst ihr alle bis dreiviertel acht auf dem Schulhof sein. Ich hole euch dann an der großen Kastanie ab und wir gehen gemeinsam in unser Klassenzimmer. Jetzt bekommt ihr eure erste Fibel und das Rechenbuch. Jeder kommt nach vorn an den Lehrertisch. Wir beginnen mit der Fensterreihe. Die erste Bank kommt, dann die zweite, bis hinten zur sechsten Bank. Danach kommt die Mittelreihe, wieder von vorn bis hinten. Am Schluss ist die Wandreihe dran, auch wieder, bis der letzte Schüler der sechsten Bank seine beiden Bücher bekommen hat. Alle legen dann die beiden Schulbücher in die Ranzen. Im Rechenbuch liegt ein Zettel mit wichtigen Hinweisen an die Eltern. Zuhause nehmt also diesen Zettel aus dem Buch und gebt ihn weiter." Nahezu reibungslos holten die aufgeregten Kinder ihre ersten Schulbücher vom Lehrertisch. Als alle Bücher verstaut waren, forderte die Lehrerin die

Kinder auf, aufzustehen und sich neben die Bank zu stellen. Dann sagte sie: „Auf Wiedersehen. Viel Spaß heute bei euren Feiern und bis zum Montag." Ziemlich schnell verließen die Kinder mit ihren wartenden Eltern die Schule. Alle hatten es eilig, denn zu Hause warteten schon die Familien, um endlich gemeinsam die Einschulung zu feiern. Die Erstklässler hatten dabei nur ein Anliegen, sie wollten ihre Schultüten auspacken und sehen, was für Köstlichkeiten darin verborgen waren.

Noch bevor die Zuckertüte ausgepackt wurde, gab Hilde ihrem Wolfram ein Paket. Es war ein Geschenk von Gerhard aus Amerika. Per Luftpost hatte er seine Grüße geschickt. Über Berlin kam dann das Paket nach Großtrona. Wolfram sah mit großen Augen und erwartungsvoll seiner Mutter zu, die vorsichtig die Paketschnur aufknüpfte, um sie für einen späteren Gebrauch sorgfältig aufzuwickeln. Dann wurde das Packpapier sorgsam entfernt und zusammengelegt. Endlich konnte Wolfram das Paket öffnen, aus dem ein betörender Duft verströmte. Unter einem bunten Geschenkpapier lagen zehn Apfelsinen, jede einzeln und sorgsam in Seidenpapier eingewickelt. Weiter unter lagen bunte Kartons mit Bonbon und Süßigkeiten, die wohl noch niemand vorher

gesehen hatte. Eine hellbraune weiche Feder-
mappe aus Leder mit zwei Reißverschlüssen,
sorgsam in buntes Geschenkpapier gewickelt,
kam zur Freude von Wolfram zum Vorschein.
Vorsichtig zog er einen Reißverschluss auf
und klappte eine Seite nach rechts. In der
Mappe steckten sorgsam einsortiert zwanzig
Buntstifte und vier Bleistifte. Wolfram drehte
das Federkästchen um, öffnete den zweiten
Reißverschluss und bestaunte zwei Füllfeder-
halter, zwei Zirkel, ein kleines Lineal, ein
Dreieck, einen Radiergummi und einen An-
spitzer, ein kleines Aluminiumröhrchen mit
Ersatzminen für die Zirkel, und eine Papier-
schere. Wolfram war überwältigt und begeistert. Vor Freude hüpfte er um den Küchentisch
herum, auf dem diese Kostbarkeiten ausgebreitet lagen. Erst als der Vater mahnend
seinen Namen aussprach, blieb er wieder
ruhig stehen. Es lagen noch weitere Kostbarkeiten im großen Paket: für Wolfram ein bun-
ter Pullover und eine lange derbe Hose, für
die Mutter fünf Paar Seidenstrümpfe und
eine cremefarbene Bluse und für Vater ein
Oberhemd mit blauer Krawatte.

In der Wohnstube waren Tische in einer langen Reihe aufgestellt und mit Blumenvasen
und Girlanden aus frischem Grün festlich

geschmückt. An einer Seitenwand des Zimmers stand der stabile Wohnzimmerschrank. Er bestand aus einem Unterschrank mit zwei Türen links und rechts und drei Schubkästen in der Mitte. Der aufgesetzte Oberschrank war nicht so tief. Er hatte ebenfalls zwei Türen und dazwischen einen mit Glasscheiben verschlossenen Bereich. Diese zwei Scheiben nahm der Vater aus dem Schrank und legte sie im Elternschlafzimmer auf das breite Ehebett. Mutter hatte schon am Vortag alle Gläser und Sammeltassen ausgeräumt und so Platz für Wolframs Einschulungsgeschenke geschaffen. Wolframs Geschenke wurden nun auf den Wohnzimmerschrank gelegt, auf dem noch einige eingewickelte Päckchen auf den Jungen warteten. Der öffnete alle die sorgsam und liebevoll verpackten Gaben mit hochroten Ohren und sortierte den Inhalt auf den Stubenschrank. Besonders begeisterten ihn zwei Bildbände, die die Mutter in der Stadt erstehen konnte. Auch ein Spielzeugauto, das man mit dem Lenkrad richtig nach rechts oder links steuern konnte, stand nun inmitten der Überraschungen. Wolfram öffnete einen weißen Umschlag, der auf einem Paket Taschentücher lag. Er konnte zum Glück lesen, was da in Druckbuchstaben stand: Für Dich von

Deiner Familie: ein Fahrrad. Der Jubelschrei war noch nicht verklungen, als Wolfram schon voller Freude die Haustreppe hinab lief, stürmisch die Hintertür aufriss und in den kleinen Hof trat. Da stand es, geschmückt mit einer großen Papierschleife, ein blau lackiertes Fahrrad. Am liebsten wäre Wolfram gleich aufgestiegen, aber so sicher war er mit dem Radfahren noch nicht, und auch die Mutter drängte ihn wieder ins Haus. Noch immer lag die Schultüte verschlossen auf dem Küchentisch, und außerdem sollte es bald das Mittagessen geben. Es wurde eine fröhliche Feier, die alle Mitglieder der Familie vereinte. Es wurde viel gelacht, gesungen und erzählt. Wolframs Tante Renate erinnerte an Anna und Ernst, die viel zu früh gestorben waren. Alle sprachen nun über die alten Bauernleute, die im ganzen Ort hoch angesehen waren. Jeder wusste eine andere Geschichte zu berichten. Am Abend, Wolfram war längst übermüdet in seinem Bett eingeschlafen, saßen Werner und Hilde noch im Wohnzimmer zusammen. Als Hilde aufstehen wollte, um wenigstens noch die Gläser abzuräumen und zu spülen, hielt sie ihr Mann zurück. „Lass das für Morgen. Ich helfe Dir beim Aufräumen, dann haben wir bis Mittag alles wieder sauber." „Gehst Du nicht in den

Gottesdienst?", fragte Hilde erstaunt. „Nein, wir haben hier genug zu tun, und das muss erst erledigt werden."

Als die beiden endlich im Bett lagen, war es schon weit nach Mitternacht. Werner hatte seine Frau geküsst und langsam über ihre Brust gestreichelt. Dann kam er über sie, drang nach kurzer Zeit in sie ein, um sich schon bald heftig in ihr zu ergießen. Viel zu selten waren solche Situationen, so dass Hilde nicht wirklich genießen konnte. Wie sehr sehnte sie sich nach solchen Vereinigungen, aber sie wusste auch, dass sie eher eine Ausnahme blieben.

Am Montag begann der erste richtige Schultag für Wolfram. Aufgeregt saß er am Frühstückstisch in der Küche und sah immer wieder zur Wanduhr. Hoffentlich käme er nicht zu spät, bangte er, aber die Mutter beruhigte ihn. Sie hatte zwei Wochen Urlaub, und so konnte sie ihren Jungen am ersten Schultag zur Schule begleiten. Es war kurz vor halb acht, als Wolfram nicht mehr zu beruhigen war. Er wollte jetzt zur Schule gehen, um auf jeden Fall rechtzeitig auf dem Schulhof bereitzustehen. Die Lehrerin würde ja die Kinder in den Klassenraum führen.

Alle Mitschüler waren pünktlich am verabredeten Baum. Endlich kam sie, die Lehrerin Fräulein Schuller, um ihre Klasse 1 b in das Schulhaus zu führen. Vor dem Klassenraum angekommen, bat sie die 36 Kinder an der Tür zu warten. Von einem Zettel las sie laut die einzelnen Namen, und wies jedem Kind einen Stuhl an einer Schulbank zu. Wolfram sollte sich in der Fensterbankreihe auf den Fensterplatz der vorletzten Schulbank setzen. Neben ihm saß wenig später ein etwas kleinerer und zierlicher Junge. An die letzte Schulbank, aber auch auf die Plätze vor Wolfram, setzten sich jeweils zwei Mädchen. Es dauerte nur wenige Minuten, bis alle Kinder auf ihren zugewiesenen Stühlen saßen. Dann durften alle die Fibel aus dem Ranzen holen und durchblättern. Die bunten Bilder, die den einzelnen Buchstaben zugeordnet waren, wurden von einigen Mitschülern kommentiert, aber Fräulein Schuller mahnte zur Ruhe. Ein lautes Klingeln schreckte die Klasse auf. Die Lehrerin erklärte das Pausensignal und beendete den ersten Unterricht mit der Aufforderung, aufzustehen und sich neben dem Schülertisch zu stellen. Als sie das Klassenzimmer verlassen hatte, redeten fast alle wild durcheinander. Sie nannten ihre Namen, vor allem aber berichteten sie sich gegenseitig, was sie für Geschenke zur Einschulung erhalten hatten.

Nach drei Schulstunden war der erste Tag für die Erstklässler vorbei. Gemeinsam hatten sie die Fibel und das Rechenbuch durchblättert und über die Abbildungen gesprochen. Auch einen Stundenplan bekam jedes Kind von Fräulein Schuller. Nach der Verabschiedung am Ende der dritten Stunde nahm Wolfram seinen Ranzen, legte die beiden Bücher hinein und setzte sich seine Schulmappe auf den Rücken. Dann verließ er das Klassenzimmer, sprang im Treppenhaus die wenigen Stufen zur großen Tür hinab und stand bald darauf auf dem großen Schulhof. „He du" sprach ihn dort ein Mädchen aus seiner Klasse an, „wollen wir zusammen nach Hause gehen?" Die Kinder kannten sich, wohnten sie doch nur wenige Häuser nebeneinander in der gleichen Straße. Martina, so hieß die Kleine, hatte die langen Haare zu zwei Zöpfen geflochten, über einem hellblauen Kleidchen trug sie eine zitronengelbe Strickjacke. Die weißen Kniestrümpfe waren an einigen Stellen vom häufigen Knöchel überschlagen und reiben am Fuß recht schmutzig geworden.

Nach zehn Minuten Fußweg hatten die Kinder ihr Zuhause erreicht. Martina musste noch ein paar Häuser weiter gehen, während Wolfram schon die Haustür seines Zuhauses öffnete. Ausführlich berichtete er seiner Mutter vom ersten Schultag, während er sein Lieblingsgericht verspeiste, Bratkartoffeln mit einem Setzei.

Der 6. Oktober war ein Mittwoch. Wolframs sechster Geburtstag war vorbei. Das erste Mal hatte er seinen neuen Freund Harald aus der Schule zur Geburtstagsfeier eingeladen. Von Onkel Gerhard aus Amerika war wieder ein Paket angekommen. Es sah zerdrückt und irgendwie zerfleddert aus. Ein Zollstempel, oben neben dem Adressfeld und unten auf dem Packpapier aufgedruckt, verhieß nichts Gutes. Eine der inliegenden Apfelsinen war zerdrückt und hatte, obwohl sorgsam in Seidenpapier gewickelt, die unten platzierte derbe Leinenhose beschmutzt. Ein rotkariertes Jungenhemd und ein Pullunder gehörten zu den Gaben, die Onkel Gerhard dem sechsjährigen zugedacht hatte. Aber es gab auch wieder für die Mutter die hauchdünnen Nylonstrümpfe, ein mittellanges schwarzes Etuikleid und für den Vater einen hellgrauen Anzug. Hilde hatte das neue Kleid auf einen Bügel von außen an die Kleiderschranktür gehängt. Sie wollte es am nächsten Tag anziehen, denn der 7. Oktober war ein Feiertag. An diesem „Tag der Republik" hatte sie berufliche Pflichten und musste zu einer Festveranstaltung im neuen Kreiskulturhaus erscheinen. In der Festveranstaltung gab es für verdiente Mitarbeiter der Kreisverwaltungen die Medaille „Aktivist des Fünfjahrplans", gestiftet im November 1953. Neben Hilde Starke wurden noch der SED-Kreissekretär, der Betriebsleiter des ersten volkseigenen Betriebes für Lebensmittel und Backwaren, und der Vorsitzende der Vereinigung der gegenseitigen Bauernhilfe – VdgB – ausgezeichnet. Sie erhielten eine bronzefarbene Medaille, eine Aktivistenurkunde und eine Geldprämie von 100 Mark. An diesem Feiertag, Werner hatte natürlich arbeitsfrei, unternahm er eine kleine Wanderung mit seinem Sohn.

Wolfram hatte nahezu mehr Kontakte und Gemeinsamkeiten mit seiner Tante Gerda, als mit seinen eigenen Eltern. Die Mutter kam häufig erst nach dem Abendessen aus der

Stadt und Vater verstand es nicht wirklich, auf den Jungen und seine Fragen einzugehen. Er war nur irgendwie froh, dass er einen umgänglichen und recht pflegeleichten Sohn hatte. Nur die religiöse Erziehung war ein Lebensbereich, den Werner sehr ernst nahm. Kurz nach Beginn des ersten Schuljahres begann der Christenlehreunterricht. Jeden Donnerstag ab drei Uhr trafen sich die Erst-klässler zum Religionsunterricht im Gemein-desaal des Pfarrhauses. Der Kantor der Kirch-gemeinde gab Einführungen in evangelische Religion, erzählte von Martin Luther und las biblische Geschichten vor. Wer besonders aufmerksam war oder auch die gewünschten Antworten auf seine Fragen parat hatte, bekam ein Fleißbildchen. Diese bunten 5 x 7 cm großen Bilder, waren mit einem Bibelwort und einem passenden Bild bedruckt. Sie hatten einen perforierten Rand, weil sie aus einem großen Bogen herausgetrennt wurden. Natürlich waren die Fleißbildchen heiß begehrt. Wenn Wolfram mit einem solchen nach Hause kam, klebte er es fein säuberlich in ein kariertes Schulheft. Der hellbraune und streng riechende Leim befand sich in einer bauchigen kleinen Glasflasche. Im Schraub-verschluss war ein Pinsel befestigt, der in den

Knochenleim ragte. Vorsichtig löste Wolfram den Schraubverschluss, der leider immer festgeklebt war. Beim Lösen des Verschlusses rieselten dann kleine braune Leimkristalle auf den Tisch, die auch mit dem feuchten Abwaschlappen nur schwer zu entfernen waren. Hinterher klebte die Küchenwachstuchdecke, und der Lappen wurde beim Trocknen steif. Im Heft aber, wo die kleinen Fleißbildchen eigentlich geordnet festgeklebt sein sollten, trocknete der Kleben nur sehr langsam, und so verrutschten die Bilder, wenn Wolfram zu früh das Heft zuklappte.

In der Christenlehre wurde viel gesungen, aber diese Kirchenlieder waren für die Kinder wenig interessant. Lediglich das Paul Gerhard Lied „Geh aus mein Herz und suche Freud" sangen alle kräftig mit. Wolfram hatte eine klare, tragende Stimme, die sich deutlich von den anderen Kindern abhob. Der Kantor bat ihn nach der zweiten Stunde, kurz zu warten, bevor er sich auf den Heimweg machte. „Wolfram, du kannst sehr gut singen, und deshalb lade ich dich ein, in unserem Kinderchor mitzusingen. Frag deine Eltern, ob sie einverstanden sind, und wenn ja, dann komm bitte am Sonnabendnachmittag halb drei zur Probe. Wir üben jeden Sonnabend und singen einmal im Monat im Sonntagsgottesdienst, da müsstest du dreiviertel neun in der Kirche sein. Die Eltern waren natürlich einverstanden, besonders freute sich aber Werner, der Vater. Er sah seine christliche Erziehung erfolgreich bestätigt. Als Wolfram kurz vor Weihnachten mit einem Aufnahmeantrag für die Pionierorganisation aus der Schule kam, gab es für den Vater keine Diskussion. Er lehnte die Mitgliedschaft seines Sohnes bei den Jungpionieren strikt ab. Hilde war anderer Meinung, weil sie daran dachte, wie Wolfram vielleicht ausgegrenzt sein könnte. Werner wischte aber alle ihre Argumente weg, für ihn gab es keinen Grund weiter darüber zu reden.

Die ersten Schuljahre vergingen ohne nennenswerte Höhepunkte oder Probleme. Wolfram hatte gute Schulnoten, aber er beteiligte sich wenig am Unterrichtsverlauf. Manchmal saß er auf seinem Platz und sah gedankenversunken aus dem Fenster. Die Klassenlehrerin musste ihn dann kurz anstupsen, denn ihn anzusprechen war wenig erfolgreich. Er schien nichts zu hören.

Erstaunlicherweise konnte er aber in den Unterrichtsverlauf ohne Stocken einsteigen. Mit einigen Mitschülern hatte er Kontakt, aber die am anderen Ende des Ortes wohnenden Kinder blieben ihm ziemlich fremd. Die beiden Mädchen auf der letzten Schulbank konnten unterschiedlicher nicht sein. Renate, die hinter Wolfram saß, war immer zu irgendwelchen Streichen aufgelegt. Sie hatte vier Brüder und es sicher schnell gelernt, sich gegen die Geschwister durchzusetzen. Schräg hinter Wolfram saß Giesela, ein Einzelkind aus einer Familie, die erfolgreich eine kleine Textilfirma in der Kreisstadt aufgebaut hatte, aber noch immer in Großtrona wohnte. Der Vater war selten zu Hause, und die Mutter mühte sich ängstlich um ihre Tochter, die nicht mit anderen Kindern spielen sollte. Der Banknachbar Harald hatte in den letzten Monaten körperlich aufgeholt und war etwas größer und kräftiger geworden. Er hatte seine Leidenschaft für das Fußballspielen entdeckt, aber da konnte Wolfram überhaupt nicht mithalten. Er war schon immer ängstlich, wenn im Turnunterricht Ball gespielt wurde. Wolfram mochte nicht diese kämpferischen Auseinandersetzungen, das Gerangel und Geschubse, nur um in den Besitz des Balles zu kommen.

Mit Harald verband ihn deshalb nur das gemeinsame Lernen in der Schule. Freizeit gemeinsam zu verbringen, stand nicht auf der Wunschliste der beiden Jungen.

Der Kauf eines neuen Radiogerätes wurde zu einem Höhepunkt im Familienalltag. Kurz vor dem Weihnachtsfest 1958 bestellte Werner ein HELI – Radio. Der Firmengründer Bodo Hempel begann kurz nach dem Krieg in der Kleinstadt Limbach-Oberfrohna, Radiogeräte herzustellen. Aus seinem kleinen Handwerksbetrieb entwickelte sich sehr schnell ein erfolgreiches mittelständisches Unternehmen. Pünktlich zum Weihnachtsfest stand nun ein „Sonor" im Wohnzimmer. Das Gerät bestand aus einem furnierten und polierten Gehäuse, mit goldenen Zierleisten, einer Stoffabdeckung der Lautsprecher und Bakelit-Knöpfen. Es war ein Spitzengerät mit vielen Besonderheiten. AM und FM-Teile waren getrennt, mit vierzehn Röhren und separaten Eintakt - Endstufen für Hoch- und Tiefton ausgestattet. Die Frontseite wurde von dreizehn Glühlämpchen beleuchtet und der rückseitige Hochtonlautsprecher sorgte für „Raumklang". Das Gerät mit dem markanten Firmenzeichen, ein rotes Viereck auf einer Spitze stehend und innen eine weißes „H" tragend, stand auf einem kleinen Tisch in einer Ecke des Wohnzimmers. Seitlich standen zwei Sessel, einer rechts neben dem Gerät, der andere links. Zum gemeinsamen Radiohören saßen Werner und Hilde in den Sesseln, Wolfram holte sich immer die Fußbank aus seinem Zimmer und saß dann direkt dem Radiogerät gegenüber. Gemeinsam hörten sie fast jeden Sonntag ab drei Uhr die Wunschsendung des Bayerischen Rundfunks mit klassischer und Unterhaltungsmusik. Der Radioempfang war ziemlich schlecht, verbesserte sich aber deutlich, als der Bayrische Rundfunk seinen neuen Großsender „Ochsenkopf" im Fichtelgebirge in Betrieb nahm. Nun gab es zwei UKW - Sender mit einer Strahlungsleistung von jeweils hundert Kilowatt.

Wolfram bekam an den Wochentagen verschiedene Aufgaben, die er am Nachmittag neben seinen Schulaufgaben noch zu erledigen hatte. Da war der Einkauf beim Bäcker, den er besonders gern erledigt. Bevor er das große Drei-Pfund-Brot in das Netz schob, reichte ihm die Bäckersfrau eine braune Spitztüte mit Kuchenrändern. Im Geschäft gab es nämlich viele Sorten Blechkuchen, deren Ränder ringsum abgeschnitten wurden. Nur die richtigen Kuchenstücke ohne Krustenrand wurden verkauft, und so war es für Kinder ein besonderes Vergnügen, wenn sie eine Tüte mit solchen Abfallrändern geschenkt bekamen. Wolfram liebte besonders die Ränder von Eierschecke und Schokoladenstreuselkuchen, weil immer auch etwas vom Belag die knusprigen Stücke zierte.

Eine andere Aufgabe war es, Toilettenpapier aus Zeitungen zu reißen. Das Klo befand sich im Nebengebäude und war über den Hof erreichbar. In einem immer beißend riechenden kleinen Verschlag befand sich eine Art Holzkasten, oben mit einem ausgesägten Loch versehen und mit einem alten Emailledeckel eines ehemaligen großen Kochtopfes abgedeckt. Von unten war ein großes Tonrohr unter der Öffnung des Sitzkastens angebracht. Das Rohr ragte schräg nach links in die Jauchegrube, die sich unmittelbar neben dem Seitengebäude befand. Das Rohr verjüngte sich nach unten, aber im Sommer kamen trotzdem unzählige Fliegenmaden bis an den Holzrand gekrochen, die dann mit Zeitungspapier oder einem Urinstrahl nach unten befördert wurden. Toilettenpapier in Rollenform war in der Familie unbekannt.

Stattdessen musste Wolfram die Tageszeitung in handliche Blätter reißen und einen Stapel der Blätter auf den Holzsitz legen. Zuerst wurde das Blatt am Falz mit einem Messer getrennt, dann einmal zusammengelegt und wieder getrennt. Das Falten und Trennen geschah so oft, bis das richtige Format erreicht war. Sehr schnell hatte Wolfram entdeckt, dass die Zeitungsabschnitte nur dann einigermaßen für ihre neue Bestimmung zu gebrauchen waren, wenn sie zuerst kräftig zusammengeknüllt und anschließend wieder glatt gestrichen wurden. Sein Vater hatte ihm auch noch beigebracht, die Zeitungen mindestens eine Woche liegen zu lassen, und dann mit den ältesten Exemplaren zu beginnen. Neue Ausgaben hatten die unangenehme Eigenschaft, ziemlich stark abzufärben.

Im Winter gehörte es zu Wolframs Aufgaben, aus dem Schuppen, links im Hof, Holz und Kohlen zu holen und den Brikettkasten des großen Küchenherdes zu füllen. Ein kleiner Eimer, damit es nicht zu schwer würde, musste drei Mal gefüllt und in die Küche getragen werden. Erst dann war der Holzkasten unter dem emaillierten Kohleherd gefüllt. Als er acht Jahre alt wurde, übertrug ihm der Vater das Nachlegen von Brikett im Küchenherd.

Es wurde nur so viel Kohle nachgelegt, dass die gusseiserne Abdeckplatte nicht zu heiß wurde. Das Wasserschiff, ein abdeckbarer viereckiger Behälter auf der rechten Ofenseite, war immer gut gefüllt mit Wasser. Durch das beständige Verbrennen der Kohle gab es dadurch den ganzen Tag bis zum Abend genügend warmes bis heißes Wasser für das Zähneputzen und das Waschen vor dem Zubettgehen.

Sehr oft aber war Wolfram nach der Schule bei Tante Gerda. Sie kochte für ihn und seinen Vater, sah sich die erledigten Hausaufgaben, Schreib- und Rechenübungen, an und lies sich aus der Fibel vorlesen. Wolfram hatte wenig Freude an den Texten des Lesebuches, deshalb griff er lieber zu einem Buch aus Tante Gerdas Bücherschrank. Auch wenn es manchmal mühsam war, unbekannte Wörter zu entziffern, gab er nicht auf und entwirrte so schwierige Worte wie Gulaschsuppengewürz, Festspielintendant, Menschenfreundlichkeit oder Wasserspeicherummantelung.

Neben seinen Besuchen bei Tante Gerda liebte Wolfram die rasanten Fahrten mit seinem Rad. Er träumte sich immer in die Siegerpose, wenn er, gebeugt über den geschwungenen Lenker, aus dem Ort heraus und die Landstraße entlang fuhr. Ziel war häufig eine Hängebrücke über den kleinen Fluss im Nachbarort. Am Geländer stehend, das Rad lehnte inzwischen an einer alten Weide am Ufer, sah er aufmerksam in den plätschernden Wasserlauf. Bei guten Lichtverhältnissen sah er bis auf den Grund des Gewässers. Auch Forellen beobachtete er, wie sie schnell zwischen den Steinen hindurch huschten und im Dunkel des Ufers verschwanden. Tante Gerda hatte ihm beigebracht, nützliche Pflanzen zu erkennen und zu sammeln. Wolfram kannte einige Stellen am Flussufer, an denen Brunnenkresse wuchs. In einem kleinen Leinenbeutel, den hatte er immer in der Satteltasche dabei, sammelte er dann so viel von der würzig-scharfen Kresse, wie er finden konnte. Auch die Eltern liebten dieses Wildkraut, klein gehackt und auf einem Butterbrot angerichtet.

Geburtstage, Weihnachten und Ostern wurden für den heranwachsenden Jungen dann perfekt, wenn er ein Buch geschenkt bekam. Die Mutter hatte beste Verbindungen zu einem Buchladen in der Stadt, und so gab es neben vielen Bildbänden auch Romane und Erzählungen. Als zum Weihnachtsfest 1960 ein Karl May Band „Winnetou" von Onkel Gerhard auf dem Gabentisch lag, war die Freude besonders groß. Mit diesem Buch auf dem Schoß, ließ es sich gut träumen und in die Rolle der Superhelden schlüpfen – zumindest gedanklich. Wolfram interessierte sich für das Land der Indianer, und natürlich hatte er gelernt, dass Onkel Gerhard genau dort lebte. Oft träumte er, zusammen mit seinem Onkel Gerhard in die Indianergebiete zu reiten und das abenteuerliche Leben hautnah zu erkunden. Aber es war aussichtslos, diesen Traum zu nähren, denn Amerika war so unendlich weit und unerreichbar.

Im Februar des Jahres 1961 durfte Wolfram endlich die Jugendgruppe der Kirchgemeinde besuchen. Lange hatte er sich darauf gefreut, denn dort war immer irgendetwas Interessantes los. Sonnabends ab achtzehn Uhr trafen sich etwa zwölf Jugendliche. Gemeinsam wurde gesungen, eine biblische Geschichte gehört und gebetet, und dann ging es meist nach draußen zu irgendwelchen Aktionen. Im Sommer wurde im nahen Teich gebadet oder mit Rädern eine kleinere Tour unternommen. Im Winter bummelten die Jugendlichen durch die inzwischen entstandene Einkaufsstraße bis zum Platz, auf dem die Wochenmärkte stattfanden. Bei schlechterem Wetter fand eine selbstgezimmerte Tischtennisplatte im Pfarrhaus regen Zuspruch. Beliebt war, „chinesisch" zu spielen. Alle konnten mitspielen und im Rundumspiel den Bällen hinterherlaufen. Wer einen Ball verlor, schied aus, bis dann schließlich nur noch zwei Spieler gegenüber standen und um den Sieg kämpften.

Im März fand ein Jugendtag in der Kreisstadt statt. Es beeindruckte Wolfram, wie viele Jugendliche angereist waren. Einer der Redner am Nachmittag, ein junger dunkelhaariger Mann mit Gitarre, sang zunächst zwei Lieder, um danach aus seinem Leben zu erzählen. Er hatte eine Tischlerlehre erfolgreich abgeschlossen, und danach in Erfurt eine Ausbildung zum Pfarrer begonnen. Nun stand er kurz vor dem Abschluss seiner Bibelschule. Er warb für den Beruf des Predigers. In Wolframs Gedanken hatten sich viele Fragen festgesetzt. Was für einen Beruf sollte er einmal lernen? Ob es auch für ihn ein Weg sein könnte, später als Pfarrer zu arbeiten? Fest stand für ihn nur, auf keinen Fall den gleichen Beruf zu erlernen, wie der Vater. Aber das stand wohl auch zu keinem Zeitpunkt zur Diskussion, denn vor rund zwei Monaten hatte es eine Auseinandersetzung mit dem Vater gegeben. Der Auslöser war folgendes Erlebnis: Wolfram ging nach dem Mittagessen bei Tante Gerda mit dem Vater in die Schreinerei. Der fragte ihn dort, ob er nicht einmal ein Brett quer teilen könne und gab seinem erstaunten Sohn eine Bügelsäge in die Hand. Mit einem Zimmermannsbleistift und einem Stahlwinkel zog er die Trennlinie nach Vaters Angaben über das Brett. Dann begann er zu sägen, sah aber schon bald, wie schief der Schnitt wurde. Auch das nachträgliche Korrigieren half nicht mehr, eine gerade und glatte Linie zu erzielen. Der Vater sah nur kurz von seiner Arbeit auf, warf einen flüchtigen Blick auf das „Werk" seines Sohnes und bemerkte nur: „Das war ja klar, dass du das nicht schaffst. Du hast eben doch zwei linke Hände." Für ihn war das Thema erledigt, aber in Wolframs Gedanken und Herz gab es einen Stich. So also dachte der Vater über ihn. Er hielt ihn für einen kompletten Versager, zu nichts zu gebrauchen. Wolfram drehte sich wortlos um und verließ die Werkstatt. Er war wütend und enttäuscht, fühlte sich niedrig und klein. Warum hatte sein Vater ihm nicht genau erklärt und gezeigt, was und wie das Sägen gemacht würde?

Heute aber saß Wolfram und lauschte interessiert dem Bericht des jungen Theologen. Ihn bewegten zum Thema einige Fragen, aber mit wem sollte er darüber reden? Mit dem Vater? Der war ihm zu streng und zu unnahbar. Und Mutter? Die hatte mit ihrem Schulamt immer so viel zu tun, dass sie wohl kaum Zeit für ein ausführliches Gespräch haben würde.

Ereignisse im April ließen die Fragen des jungen Wolfram verblassen. Am 13. April berichtete die Tageszeitung vom Weltraumflug eines Mannes aus der Sowjetunion. Juri Gagarin, ein Fliegeroffizier, war am 12. April mit dem Raumschiff „Wostok" in eine Erdumlaufbahn gestartet und hatte einmal die Erde umrundet. Das Perigäum, also die erdnaheste Entfernung, betrug 169 Kilometer, das Apogäum mehr als das Doppelte, 315 Kilometer.

Nur wenige Wochen später gab es ein einschneidendes Ereignis, mit Auswirkungen nicht nur für Deutschland, sondern für die gesamte Welt. Zur Erinnerung: Im Sommer 1945 wurden Demarkationslinien zwischen den Besatzungszonen, sogenannte Zonengrenzen, gezogen. In der Sowjetischen Besatzungszone SBZ gab es bald darauf auf Befehl der „Sowjetischen Militäradministration in Deutschland" – SMAD – eine bewaffnete Grenzpolizei. Systematisch begann die DDR die deutsch-deutsche Grenze mit Zäunen, Bewachung und Alarmvorrichtungen zu sichern. Es gab fortan einen 500 Meter breiten Schutzstreifen, an den sich direkt an der Grenzlinie ein zehn Meter breiter Kontrollstreifen anschloss. Unzählige vor allem junge Menschen flohen aus der „Ostzone" über Berlin in den Westen. Zu Beginn des Jahres 1961 gab es unzählige Gerüchte, das Walter Ulbricht, Staats- und Parteichef, verschärfte Grenzkontrollen auch in Berlin plane. Auf einer Pressekonferenz am 15. Juni, einem Donnerstag, beantwortete er die Fragen einer westdeutschen Journalistin:

„Ich möchte eine Zusatzfrage stellen. Doherr, Frankfurter Rundschau. Herr Vorsitzender, bedeutet die Bildung einer freien Stadt ihrer Meinung nach, dass die Staatsgrenze am Brandenburger Tor errichtet wird? Und sind sie entschlossen, dieser Tatsache mit allen Konsequenzen Rechnung zu tragen?"

Darauf Ulbricht: „Ich verstehe ihre Frage so, dass es Menschen in Westdeutschland gibt, die wünschen, dass wir die Bauarbeiter der Hauptstadt der DDR mobilisieren, um eine Mauer aufzurichten, ja? Ääh, mir ist nicht bekannt, dass solche Absicht besteht, da sich die Bauarbeiter in der Hauptstadt hauptsächlich mit Wohnungsbau beschäftigen, und ihre Arbeitskraft dafür voll ausgenutzt wird. Niemand hat die Absicht, eine Mauer zu errichten."

Nur 59 Tage später geschah das Unglaubliche. Am 13. August begannen gegen ein Uhr nachts Streitkräfte der DDR die Grenze zwischen Ost- und Westberlin und zwischen Westberlin und der DDR auf ihrer vollen Länge von nahezu 170 Kilometern lückenlos und zur gleichen Zeit abzuriegeln und Sperranlagen zu errichten. Westberlin wurde eingemauert und genau das errichtet, was Ulbricht vehement verneint hatte – eine Mauer.

In Großtrona wurde dieses Ereignis in allen Häusern diskutiert. Einhellig verurteilten die Männer und Frauen dieses Vorgehen der Staatsführung. Über Ulbricht, den Partei-

und Staatschef waren sich alle einig. Der kleine Sachse mit dem Zickenbart war noch verhasster, als vor diesem Ereignis. Vor allem unter Jugendlichen gingen Schmähgedichte umher. Ulbricht hatte das Verhältnis zur Jugend nachhaltig geschädigt. Nicht zuletzt auch wegen seiner Äußerungen: „Ist es denn wirklich so, dass wir jeden Dreck, der vom Westen kommt, nu kopieren müssen? Ich denke, Genossen, mit der Monotonie des Je-Je-Je, und wie das alles heißt, ja, sollte man doch Schluss machen."

Im Elternhaus von Wolfram gab es heftige Wortwechsel zwischen Hilde und Werner. Während sie noch Verständnis für die politische Lage zeigte, war die Beurteilung durch Werner drastisch und ablehnend. Er betonte, dass die politische Situation nicht anders sei, als noch vor Jahren in der Hitler - Diktatur. Versprochene Freiheiten und ein dem Menschen dienender Sozialismus hätten sich als das herausgestellt, was er immer vermutet hatte – eine Utopie, die der Korruption der Funktionäre geopfert wurde.

Immer wenn es zu Wortgefechten zwischen Hilde und Werner kam, zog sich Wolfram in sein Zimmer zurück. Er war es oft leid, die zu nichts führenden Diskussionen zu ertragen. Aufatmen konnte er, wenn er mit seinem Rad zu Tante Gerda fuhr. Sie war für ihn ein fester Halt im unsicheren Familiengefüge. Mit ihr konnte er über vieles reden, sie um Rat fragen und auf ihre Verschwiegenheit zählen. Eines aber besprach er auch nicht mit ihr. Wolfram hatte den immer stärker werdenden Haarwuchs im Schritt mit Interesse und Freude beobachtet. Er wurde ein Mann. Auch die dunklen Haare unter der Nase begutachtete er täglich vor der Morgenpflege im Spiegel am Küchenwaschbecken. Wenn er allein zu Hause war, dann nahm er einen seiner Lieblingsstifte, es war ein weicher schwarzer Stift von Onkel Gerhard aus Amerika. Diesen benutzte er nun, um über die zarten Haare zu streichen und sie etwas dunkler zu färben. Auf der Spiegelablage, das war eine schmale Glasplatte unterhalb des Spiegels, stand in einem Emailletöpfchen eine kleinere Stange Rasierseife und ein Pinsel mit schwarzen Haaren und helleren Spitzen. Auch ein Klingenrasierapparat lag auf der Ablage. Zu gerne hätte Wolfram das alles für eine erste Rasur ausprobiert, aber er fürchtete, entdeckt zu werden. Was würde dann der Vater dazu sagen? Vielleicht gab es aber auch eine andere Möglichkeit, das Rasieren zu testen. Diese Gelegenheit ergab sich, als Wolfram an einem Samstag zur Jugendstunde gehen wollte. Es war noch zu früh, und die Gemeinderaumtür ganz sicher noch verschlossen. Wolfram klingelte einfach bei Siegfried, den er auf dem Weg ohnehin abholen wollte. Der öffnete die Haustür, nur mit seiner langen Hose angetan und ohne Oberhemd. Im Gesicht hatte er noch auf der linken Seite Rasierschaum verteilt. „Komm rein, ich muss mich nur noch fertig rasieren", lud er Wolfram ein, näherzutreten. Wenig später stand er wieder vor einem Spiegel und rasierte die zweite Kinnseite. „Was für Rasierseife benutzt du? Sind die Klingen auch richtig scharf? Hast du auch ein Klingenschärfgerät?" Wolfram wollte alles genau wissen, aber Siegfried lachte nur und sagte: „Na komm, probier´s doch einfach aus." Siegfried zeigte dem aufgeregten jungen Mann, wie man sich richtig einseift, wie der Rasierapparat benutzt wird, und in welche Richtung am besten zu rasieren sei.

Wolfram und Siegfried kamen rechtzeitig zum Beginn der Jugendstunde im Gemeindehaus an. Jochen, ein Neunzehnjähriger, fehlte, und

als alle nach ihm fragten, erklärte der Jugend-
leiter, man habe ihn wegen versuchter Repub-
likflucht festgenommen. Die Stimmung war
gedrückt, und nach der Stunde hatte niemand
Lust, noch irgendetwas zu unternehmen. Alle
wollten schnell nach Hause. Kurz vor der
Verabschiedung gab es aber noch einen Hin-
weis auf eine geplante Evangelisation.
Im kommenden Jahr sollte in der Kirche eine
Bibelwoche für Jugendliche stattfinden. Darüber würde noch zu reden sein, weil viele
Mitarbeiter nötig seien.

Das Jahresende mit Weihnachten und
Silvester verlief ruhiger als in den Jahren
zuvor. Der Vater hatte die große Fünf-Etagen-
Pyramide aufgestellt. Das erste Mal seit Jahren
war kein Paket von Gerhard aus Amerika
gekommen. Er hatte in einem langen Brief
beschrieben, wie unsicher die Zusendung von
Paketen geworden sei, das hätte er aus Westdeutschland erfahren. Aber er hätte seinen
Wolfram nicht vergessen und sich eine Überraschung ausgedacht. Er hoffe nur, dass alles
auch funktionieren würde. Was es sei, stand
nicht im Brief. Zwei Tage vor dem Heiligabend, der fiel diesmal auf einen Sonntag,
klingelte es an der Haustür. Ein Mann stand

an der Tür, der sich als Spediteur vorstellte und eine Lieferung ankündigte. Dann ging er zu einem Kleinlastwagen, öffnete die hintere Ladewand und hob ein eingewickeltes großes Fahrrad heraus. Auch ein recht großes Paket stand kurz darauf neben dem Rad auf dem Fußweg. Werner unterschrieb einen Lieferschein und trug das Paket ins Haus, um kurz darauf das eingewickelte Rad zu holen. Im Haus las er den Durchschlag des Lieferscheines, auf dem ein Firmenzeichen abgedruckt war: „Genex Geschenkdienst GmbH". Gemeinsam wurde das eingewickelte Rad ausgepackt. Es war ein hellblaues Rennrad mit dem Markennamen „Diamant", einer bekannten Firma aus Hartmannsdorf bei Karl-Marx-Stadt. Im jährlich stattfindenden Radrennen rund um den Sachsenring, aber auch beim Rennen rund um Berlin und anderen Straßenradsportereignisse war „Diamant" die Marke der Sportler. Nun besaß Wolfram ein solches hochwertiges Fahrrad, ein Geschenk von Onkel Gerhard. Er war glücklich und sprachlos. „Wie schön…" stammelte er nur, bevor er sein Fahrrad in die Wohnstube trug und vorsichtig gegen eine Wand lehnte. Seine Eltern protestierten nicht, obwohl ja eigentlich Fahrräder nicht zu einer Wohnungseinrichtung gehörten. Es war einfach ein besonderes Geschenk zu einem besonderen Anlass – Weihnachten. Im ebenfalls angelieferten Karton befanden sich zehn Tafeln Schokolade, in Seidenpapier gewickelte Apfelsinen, zwei große Päckchen Kaffee, eine Packung Schwarztee, außerdem zehn Paar Seidenstrümpfe, für jeden eine Winterjacke, ein Paket Waschmittel in einer bunten Blechdose, eine orangefarbene Hautcremedose mit wohlriechendem Inhalt und fünf Stück duftende Seife. Über die Tüten mit Süßigkeiten und einen Zirkelkasten mit viel Zubehör freute sich Wolfram ganz besonders.

Am Heiligen Abend, Wolfram war am Spätnachmittag mit den Eltern im Weihnachtsgottesdienst gewesen, saßen sie nun am Tisch und aßen das typische Weihnachtsessen. Es gab Kartoffelsalat und Bockwurst, die Eltern tranken dazu ein Glas dunkles Bier und für Wolfram gab es eine Flasche rote Fassbrause, aus der er sich sein Glas füllte. Das Rennrad und die Geschenke von Gerhard standen und lagen noch im Wohnzimmer. Morgen sollte dann das Rad im abgeschlossenen Schuppen abgestellt werden. Nach dem gemeinsamen Essen, das Geschirr war inzwischen auf dem Küchentisch abgestellt, saßen sie wieder im

Wohnzimmer. Die vier Kerzen des Advents-
leuchters brannten ruhig und gleichmäßig,
und auf den einzelnen Kerzenhaltern der
großen Pyramide hatte der Vater die bereitste-
henden Lichter angezündet. Dann zog er ein
weißes Tischtuch von einem auf dem Boden
aufgetürmten kleinen Hügel. Nun war der
Blick frei auf die Geschenke, die von den
Eltern vorbereitet, auf die Inbesitznahme warteten. Wolfram kniete sich vor die Gaben und
betrachtete erst einmal alles, bevor er einzelne
Sachen in die Hand nahm. Vor ihm lag ein
Buch. Der Titel „Wunderwerke von
Menschenhand" verhieß spannende neue
Informationen. Eine marineblaue Flanellhose
mit einem Ledergürtel, zwei neue Füllfeder-
halter und sogar zwei Kugelschreiber lagen
sorgsam eingewickelt für ihn bereit. Auf
einem bedruckten Pappteller mit Weih-
nachtsmotiv lagen zwei rotbäckige Äpfel
neben vielen Haselnüssen. Auch Zuckerkrin-
gel mit Schokoladenüberzug und mit bunten
Zuckerstreuseln bestreut lagen neben kleinen
Lebkuchenherzen auf dem Teller.

Wolfram war glücklich. So ein schönes Weihnachtsfest mit diesen wunderschönen
Geschenken hatte er noch nie erlebt. Natürlich
war das Rennrad der absolute Knaller aller

Geschenke, aber Wolfram musste sich wahrscheinlich mit der ersten Probefahrt noch gedulden, denn am Abend hatte es angefangen, zu schneien. Während der Vater das Radio einschaltete und nach Musik suchte, hatte die Mutter mit dem Abwasch des Geschirrs begonnen. Vater ging in die Küche und trocknete die Teller, Gläser und Bestecke ab. Kurz darauf kamen die Eltern wieder ins Wohnzimmer und setzten sich in ihre Sessel. Im Rundfunk erklang das Weihnachtsoratorium. Der Bayrische Rundfunk, nur diesen Sender hörte der Vater, wenn er sich dafür Zeit nahm, hatte das Weihnachtsoratorium im Programm. „Fürchtet euch nicht" – sang der Engel, von einer Sopranstimme dargeboten. Als im großen Schlusschor alle vier Solisten „Was will der Hölle Schrecken nun" sangen, atmete Hilde tief ein, dann sagte sie: „wie wunderschön und bewegend. Was für ein schöner und friedevoller Abend. Lasst uns aber bald schlafen gehen, denn morgen ist das Haus voll. Ab elf kommen unsere Gäste." Werner hatte, nachdem Hilde ihr Einverständnis gegeben hatte, die Mitarbeiter des Bibelkreises zum Essen eingeladen. Zwei Kaninchenbraten waren vorbereitet, und nach dem Mittagessen und vor dem Kaffee sollte eine Besprechung sein. Es ging um die geplante Jugendevangelisation.

Wolfram war noch nicht müde, und so ließ er das Licht in seinem Zimmer brennen. Das neue Buch fesselte seine Aufmerksamkeit. Noch im Wohnzimmer hatte er vom Grabmal des Cheops und der großen Chinesischen Mauer gelesen. Nun las er, im Bett liegend, den Abschnitt „Das Haus zur Ewigen Weisheit - Die Haggia Sophia". Doch bald schon schlief er ein. Er bemerkte nicht mehr, wie seine Mutter Hilde in das Zimmer kam, das Buch von der Bettdecke nahm und beim Hinausgehen das Licht ausknipste.

Der erste Weihnachtsfeiertag überraschte mit einer klaren und kalten Winterluft. Der gefallene Schnee vom Vortag lag wie Zuckerguss auf Bäumen und Wiesen. Die Straßen und Wege waren schneefrei, und vor allem die Kinder wünschten sich für eine Rodelfahrt noch mehr Schnee. Kurz vor elf kamen die Mittagsgäste zum Essen und der anschließenden Besprechung. Schon morgens hatte Hilde Kartoffeln geschält und ein Drittel davon im leicht gesalzenen Wasser abgekocht. Dann rieb sie mit einer feinen Reibe die anderen rohen

Kartoffeln in eine große Porzellanschüssel. Gelegentlich goss sie etwas Wasser, das mit einigen Tropfen Essig vermischt war, über das Reibeisen. Als alle rohen Kartoffeln gerieben waren, schöpfte sie den Brei in ein Leinenküchentuch. Dann drehte sie die Enden zusammen und presste das Kartoffelwasser heraus, das dann in einer weiteren Porzellanschüssel aufgefangen wurde. Die Kartoffelmasse war nun ziemlich trocken gepresst, das Wasser wurde zur Seite gestellt, damit sich die Kartoffelstärke absetzen konnte. Nach einigen Minuten gab Hilde die Kartoffelmasse in die große und inzwischen ausgewaschene Porzellanschüssel. Alles wurde kräftig gesalzen. Das stehende Wasser auf der abgesetzten Kartoffelstärke goss sie nun vorsichtig ab, dann gab sie die am Boden zurückgebliebene Stärke zum trockengepressten Kartoffelteig. Der Teig aus geriebenen Kartoffeln, Salz und Stärke wurde sorgfältig durchgeknetet und mit kochendem Wasser überbrüht. In das Gemenge drückte Hilde mit einer Kartoffelpresse die gekochten Kartoffeln und vermischte alles zu einem formbaren Teig. Auf dem Küchenherd warteten in Butter geröstete Weißbrotwürfel. Hilde tauchte die Hände in kaltes Wasser, das in einem Topf neben der großen Schüssel stand. Dann entnahm sie Kloßteig, formte eine runde Kugel in den Handflächen, nahm zwei Weißbrotwürfel aus der Pfanne und schob sie in die Mitte. Nach nochmaligen Drehen und formen wanderte die so entstandene Kugel in den großen Topf, in dem das Wasser siedete. Dort mussten die Klöße noch etwa fünfundzwanzig Minuten sieden, bis sie nach oben an die Wasseroberfläche stiegen. Dann konnten sie abgeschöpft und serviert werden.

Das Mittagessen schmeckte allen sehr gut. Die Klöße ernteten die Bewunderung der Gäste, aber auch der Hasenbraten und das selbstgeschnittene und zubereitete Rotkraut wurden gebührend gewürdigt. Nach dem Essen, Hilde hatte abgeräumt und sich mit Wolfram zum Abwaschen in die Küche zurückgezogen, begannen die Planungen für die Jugendveranstaltung. Unter den Gästen war auch Herbert, der Jugendwart des Kirchenbezirkes, der die Abende leiten und die Ansprachen halten sollte. Sein Markenzeichen war eine gehäkelte Puppe, mit Knopfaugen, weißem Strickpullover und rotem Trägerrock. Herbert war erst 1956 aus russischer Kriegsgefangenschaft zurückgekommen, Er zog das rechte Bein etwas nach, und aufgrund eines Sehfehlers trug er eine Brille mit dicken Gläsern. Bei den jungen Leuten kam er aber gut an, und durch seinen Reisedienst hatte er Kontakte zu fast allen Jugendgruppen im Kirchenbezirk. Die Themen der geplanten Abende wurden festgelegt, ein Verantwortlicher für die musikalische Umrahmung benannt und die Gestaltung der Einladungen besprochen. Alle Vorbereitungen sollten im Januar beginnen, um dann in die geplante Jugendwoche einzumünden.

Im Februar des Jahres gab es eine Sturmflut an der Nordsee. Die Zeitungen berichteten von dieser Katastrophe. An den Unterläufen von Elbe und Weser wurden extrem hohe Wasserstände erreicht. Es kam zu schweren Schäden, und 340 Menschen verloren ihr Leben. Norddeutschland war für die Menschen aus Großtrona weit entfernt, und schnell hatte man die Schreckensmeldungen vergessen. Die jungen Leute interessierten sich eher für Musik. Im Rundfunk aus Bayern hörte man die Blue Diamonds mit ihrem Hit „Ramona" und Elvis Presley mit "Surrender" und „Are you lonesome tonight". Wolfram wurde von seinem Schulfreund Harald über alle Musikneuerungen informiert. Auch nach Abschluss der vierten Klasse hatten die beiden ihren Platz im neuen Klassenzimmer beibehalten. Sie hatten ihren Klassenraum in der ersten Etage, wenn sie nicht gerade in den Fachräumen für Erdkunde, Physik oder Chemie zum Unterricht saßen. Wolfram hatte sehr stabile schulische Leistungen. Sein Lieblingsfach aber war Deutsch. Die vielen Informationen zur deutschen Literatur, aber auch die Lektüre von Klassikern und Gegenwartsschriftstellern, machten ihm viel Freude.

Im neuen Jahr sollte die Konfirmation von Wolfram sein, und schon seit Schulbeginn im letzten September war Konfirmandenunterricht angesetzt. Es bereitete Wolfram keine Mühe, den kleinen Katechismus oder das Glaubensbekenntnis auswendig zu lernen. Das Singen im Chor wurde durch den Stimmbruch etwas erschwert, aber nach wie vor waren Musikalität und Stimmfestigkeit des fast Vierzehnjährigen beachtlich. In seinem Auftreten und äußerlich hatte Wolfram die knabenhaften Züge verloren. Er war ein inzwischen 1,70 Meter großer junger Mann mit weichem und dichtem dunkelbraunen Haar. Die dunkelbraunen Augen wurden durch lange und kräftige Wimpern betont. In der

Klasse gehörte Wolfram inzwischen zu den Jungs, denen die Mädchen gern nachsahen. Er war bei weitem nicht so wild und stürmisch, wie fast alle Mitschüler seiner Klasse. Beim Fußballspielen wollten die anderen Jungen ihn nicht in der Mannschaft haben, er war zu wenig treffsicher und scheute die körperlichen Auseinandersetzungen. Fast täglich war er mit seinem Rennrad im Ort unterwegs, und immer noch besuchte er dabei seine Tante Gerda. Ein kurzer Gruß für den Vater, wenn er durch die Schreinerei ging, und dann gab es immer einen Topf Malzkaffee mit viel Milch und wenigstens zwei Keksen.

Schon kurz nach dem Jahreswechsel begannen die Vorbereitungen für die Jugendwoche. Auch Wolfram war häufig im Pfarrhaus, um mit anderen Jugendlichen an den Plakaten zu malen. Die Mutter Hilde führte schon seit Ende Januar einen intensiven Schriftwechsel mit staatlichen Behörden und der Parteileitung des Kreises. Sie hatte Gerhard zur Konfirmation eingeladen, und nun versuchte sie, das benötigte Reisevisum zu bekommen. Zwei Ablehnungen hielten sie nicht davon ab, beharrlich weiter Reiseanträge zu stellen. Dann endlich kam die Genehmigung. Gerhard durfte rechtzeitig ab dem 30. März seine Heimat besuchen. Er sollte bei Werner und Hilde im Haus schlafen. Leider war es seinem Rudi nicht möglich, mit nach Deutschland zu kommen. Am Palmsonntag, das war der 1. April, sollten die beiden Geburtsjahrgänge 1946 und 1947 konfirmiert werden. Der Pfarrer hatte, gemeinsam mit dem Kirchgemeinderat, diese Regelung getroffen, weil im Ort die Jugendweihefeiern von vielen Familien als Konfirmationsersatz gewählt wurden. So war die Zahl der Konfirmanden drastisch auf knapp die Hälfte zurückgegangen.

Auch der Jugendweihefeier ging ein mehrwöchiges Vorbereitungsprogramm voraus. Anders als im Konfirmandenunterricht ging es aber um freireligiöse Werte. Die Jugendlichen wurden mit der Tradition der Arbeiterbewegung bekannt gemacht. Alte und erfahrene Parteimitglieder berichteten von ihren Erfahrungen im Kampf gegen den Faschismus. Eine gemeinsame Fahrt in ein ehemaliges Konzentrationslager, aber auch der Besuch einer Panzereinheit der Nationalen Volksarmee sollte das politische Bewusstsein aufbauen. Höhepunkt der Jugendweihevorbereitung war dann eine Fahrt nach Berlin. Dort wurde an einem Samstag das Mahnmal für die Opfer des Faschismus und Militarismus im Ehrenmal der Neuen Wache besucht. Beeindruckt waren alle von der Wachablösung der zwei Soldaten des Wachregimentes Friedrich Engels, begleitet vom Wachregiment und großen Wachaufzug. Noch am gleichen Abend fuhr die Jugendweihegruppe zum Treptower Park. Dort am Sowjetischen Ehrenmal für die gefallenen Soldaten der Roten Armee hatten sich viele Jugendgruppen aus dem ganzen Land eingefunden. Jeder Jugendliche bekam eine Fackel, und gemeinsam gingen sie dann von der Puschkinallee durch einen Triumphbogen in den großen streng axialsymmetrisch angeordneten Park. Der breite Weg führte direkt zum Hauptmonument. Ein Soldat, der „Befreier", hält in der rechten Hand ein Schwert und trägt auf dem linken Arm schützend ein Kind. Ein zerbrochenes Hakenkreuz liegt unter seinem Stiefel. Am Sockel dieses zwölf Meter hohen Denkmals wurde ein Kranz abgelegt, während all die jungen Leute, viele davon im Blauhemd der FDJ, mit ihren Fackeln einen großen Ring um die Anlage bildeten. Es war einen Moment still, bis aus irgendwelchen Lautsprechern Musik ertönte.

Auch die jungen Leute aus Großtrona waren vom Geschehen und der fackelgeschmückten Atmosphäre beeindruckt.

Mit zwei großen Koffern reiste Gerhard am Freitag vor dem großen Fest an. Er kam mit einem Taxi direkt aus Berlin. Nach tränenreichen und innigen Umarmungen wurde erst gemeinsam gegessen, Werner hatte extra eine Flasche Wein geöffnet. Am Abend saßen Gerhard, Werner und Hilde noch lange zusammen. Es gab viel zu erzählen und vor allem Gerhard wurde intensiv nach seinem Leben in Amerika ausgefragt. Wolfram war übermüdet schon gegen neun Uhr ins Bett gegangen. Am Sonnabend vor der Konfirmation gab es noch genügend zu erledigen, und dazu musste er ausgeschlafen sein.

Der Sonnabend begann sonnig und klar. Es war der letzte Märztag des Jahres 1962. Nach dem Frühstück waren Gerhard und Werner zu einem Rundgang im Ort aufgebrochen. Sie wollten zum Mittagessen zurück sein. Wolfram hatte sich im Wohnzimmer an den großen Tisch gesetzt und faltete Papierservietten, die sein Onkel Gerhard mitgebracht hatte. Sie bestanden aus mehreren Lagen weichen Zellstoffes und waren auf dem hellblauen Grund und mit Frühlingsblumen bedruckt. Im Radio wurde die Schlagerparty gesendet, und Wolfram summte einige Melodien mit. Rex Gildo sang „Speedy Gonzales" und Conny von zwei kleinen Italienern. Nana Mouskouri´s Hit „Ich schau den weißen Wolken nach" wurde abgelöst von der aktuellen Nummer 17, Gus Backus „Sauerkrautpolka".

Wolfram hatte alle Servietten vorbereitet und den Festtisch mit Geschirr, Gläsern und Bestecks eingedeckt. Platzkärtchen, von ihm selbst gekonnt mit Blumen bemalt, standen an den Gedecken. Kerzenständer und kleine Blumenvasen vervollständigten die Tischdekoration. Morgen mussten dann nur die Schüsseln und Servierplatten mit Kartoffeln und Klößen, Mischgemüse, Bohnen, Kassler-, Rind- und Schweinebraten serviert werden, und die Feier konnte beginnen.

Nach dem gemeinsamen Mittagessen, es gab auf ausdrücklichen Wunsch von Gerhard eine Kartoffelsuppe mit Würstchen, zog sich der Vater in seinen Arbeitsbereich zurück, denn er hatte auch am Konfirmationstag die Leitung einer Bibelstunde zugesagt. Darüber hatte es zwar eine heftige Auseinandersetzung mit

Hilde gegeben, aber mit einer Handbewegung wischte er die Argumente von ihr weg und sagte, er würde seine Verpflichtungen ernst nehmen, Familienfeier hin oder her.

Zum Kaffetrinken kamen ehemalige Schulfreunde von Gerhard. Zu sechst saßen sie nun um den Küchentisch. Wolfram hatte sich sein Rad gegriffen und war zu Tante Gerda gefahren. Dort trank er in der Küche einen Milchkaffee, und wie so oft schon, gab es seine Lieblingskekse. Ausführlich berichtete er von der Ankunft Gerhards am Vortag und was der ihm alles an Geschenken mitgebracht hatte. Besonders begeistert war er von zwei Bildbänden aus Amerika, einer beschrieb die große Industriemetropole Chicago. Diese drittgrößte Stadt der Vereinigten Staaten am Südwestufer des Michigansees im Bundesstaat Illinois war die Heimat von über drei Millionen Menschen. Anfang der zwanziger Jahre lebten in dieser Großstadt bekannte Musiker wie Louis Armstrong, Earl Hines oder Jelly Roll Morton und begründeten ihr Ansehen als Jazzmetropole. Viel zweifelhafter war der Ruf Chicagos aber, der durch Al Capone und die Prohibition begründet wurde. Als 1933 – 1934 eine Weltausstellung in der Großstadt stattfand, war auch der deutsche Zeppelin LZ 127 dort. Die Fotos im Bildband waren eindrucksvoll und imposant. Bilder vom Rathaus, erbaut 1911, dem Civic Opera House, dem Adler-Planetarium und des Chicago Field Museum, aber auch von der Hochbahn, „El" genannt, die das Zentrum umrundet, waren eindrucksvoll im Buch angeordnet. Natürlich fehlten nicht die Abbildungen der typischen Wolkenkratzer aus den Anfängen des 20. Jahrhunderts. Der zweite Bildband beschrieb reich bebildert den amerikanischen Bundesstaat New Mexiko. Es gab Aufnahmen aus der Landeshauptstadt Santa Fe und den beiden Großstädten Albuquerque und Las Cruces. Beeindruckend waren aber die Natur- und Landschaftsfotos aus der Chihuahua - Wüste, aus den Rocky Mountains und von den großen Flüssen Rio Grande und Colorado. Wolfram berichtete begeistert von den beiden Büchern und äußerte seinen großen Wunsch, das alles einmal selbst vor Ort bestaunen zu können. Gerda wusste nicht so recht, ob das jemals in Erfüllung gehen würde. Die politische Situation in der DDR, vor allem auch nach den Ereignissen des letzten Jahres im August, verhieß wenig Erfolg für solche Reisepläne.

Voller Stolz erzählte Wolfram auch von zwei Kleidungsstücken, die ihn wohl zu etwas Besonderem machten. Das waren ein dunkelblauer Sommermantel aus Nylon und ein weißes Oberhemd, ebenfalls aus Polyamidfasern. Beide Kleidungsstücke, natürlich knitterfrei, waren auch in der DDR heiß begehrt und bei jungen Leuten total angesagt. Wolfram hatte vor, diese hochmodernen Kleidungsstücke am nächsten Tag zu tragen, dazu den neuen dunkelgrauen Anzug und die frisch erstandene schmale Krawattenschleife, die Fliege.

Am Spätnachmittag fuhr Wolfram mit seinem Rad wieder nach Hause. In der Küche saßen noch immer Gerhard und seine Schulfreunde mit den Eltern zusammen.

Der neue Tag, der Palmsonntag und Konfirmationstag von Wolfram, begann mit einiger Aufregung. Nach dem gemeinsamen Frühstück wollte der junge Mann zum Pfarrhaus laufen, denn dort sollten sich alle Konfirmanden mindestens eine halbe Stunde vor Gottesdienstbeginn einfinden. Der Vater stand noch vor dem Waschbecken in der

Küche und rasierte sich mit einer frisch eingelegten Klinge. Wolfram verabschiedete sich,
wandte sich zur Küchentür, und noch bevor er
den Raum verlassen konnte, strauchelte er
und rutschte auf einem kleinen Kleks Rasierschaum mit seiner glatten Ledersohle des
rechten Schnürschuhs aus. Haltsuchend griff
er neben sich, erwischte die Schulter des
Vaters, und versetzte ihm so einen kleinen
Schubs. Das reichte aber aus, um die klingen-
führende rechte Hand des Vaters zum Wa-
ckeln zu bringen, so dass der sich selbst am
Kinn eine längere Schnittwunde zufügte. Der
kurze Aufschrei zeigte, dass Werner nicht nur
erschrocken war, sondern nun auch aus einer
Wunde blutete. Harsch wies er seinem Sohn
die Tür, bevor er einen feuchten Waschlappen
auf das Kinn presste. Hilde versuchte zu
helfen, aber Werner wehrte ihre Hände ab.
Nach einigen Minuten, es blutete nicht mehr
so stark, rasierte sich der Vater an der letzten
unrasierten Stelle, wusch mit klarem Wasser
das Gesicht und die letzten Rasierschaumreste
ab, um dann auf das abgetrocknete Kinn ein
Pflaster zu kleben. Er schimpfte laut vor sich
hin, wie unmöglich jetzt sein Gesicht aussehen
würde, zog dann aber das weiße Anzughemd
an und band die Krawatte. Alle mussten sich

nun beeilen, um pünktlich in der Kirche zu sein. Die Rasierpanne blieb natürlich in der Kirche bei den vielen Besuchern nicht verborgen. Einige klopften Werner auf die Schulter, und ein Nachbar, der Vater von Martina, fragte, ob denn der Festbraten nicht reichen würde, um sich selbst schlachten zu müssen. Zum Glück spielte endlich die Orgel. Die Konfirmanden waren auf dem Weg vom Pfarrhaus in die Kirche. Der Pfarrer an der Spitze des Zuges trug ein Barett, eine flache runde Kopfbedeckung. Das Beffchen, ein zweiteiliger weißer Stoffstreifen und in den Kragen des Talars gesteckt, war frisch gestärkt und gebügelt. Im Konfirmandenunterricht hatte Wolfram einmal gefragt, was und warum solch ein Stoffteil zum Talar gehöre. Der Pfarrer erklärte, dass Beffchen ursprünglich zum Schutz des Talares vor dem Bart der Geistlichen gedacht waren. Aus dieser Tradition heraus hatte sich der weiße Schmuck als Teil der Amtstracht erhalten.

Unter Orgelklängen betrat nun der Pfarrer die Kirche, nachdem ihm zwei Mitglieder des Kirchgemeinderates die zweiflügelige Kirchentür geöffnet hatten. Hinter dem Pfarrer schritten die Jungen, dann die Mädchen in die Kirche und gingen das lange Kirchenschiff entlang nach vorn zu den ersten Bankreihen. Die Jungen setzen sich rechts in die Bänke, die Mädchen wandten sich nach links. Der Gottesdienst mit gemeinsam gesungenen Liedern, Chorgesang und Gebeten verlief fast wie an allen Sonntagen. Dann aber wurden die Konfirmanden jeweils zu zweit aufgerufen, nach vorn an die Stufen des Altars zu treten. Ein breites Polster, gefüllt mit Rosshaar und mit weinrotem Samtstoff bezogen, diente als Polsterung für die jungen Leute, um darauf kniend den Segen der Gemeinde zu erhalten. Der Pfarrer legte seine Hände auf die Köpfe und sprach seine Segensworte, dabei betonend, dass sie nun in die evangelische Kirche aufgenommen waren. Dann durften sich die beiden Gesegneten erheben und jeweils nach links oder rechts gehend, wieder ihren Sitzplatz einnehmen. Diese Prozedur war vorher zweimal geprobt worden, um so den Ablauf geschmeidig zu halten. Während des Abganges waren ja schon die nächsten beiden Konfirmanden unterwegs zum Altar, um dort zuerst stehend den Konfirmationsspruch zu hören, und dann niederzuknien. Alles klappte reibungslos bis Susanne und Carola an der Reihe waren. Sie waren die drittletzten, die nach vorn gingen. Nach dem Segen standen die Mädchen auf, und während Susanne wie eingeübt ihren Schritt nach rechts lenkte, drehte sich Carola um die eigene Achse, stand nun frontal zur Gemeinde und winkte mit einem freundlichen Lächeln und einem „Juhu" ihrer Familie zu. Die nach ihr zu segnenden Mädchen stockten und standen etwas verdutzt vor Carola, die sich nun unbeirrt ihren Weg geradewegs zwischen den nachfolgenden beiden Mädchen hindurch bahnte. Als sie endlich auf ihrem Platz saß, fuhr der Pfarrer mit seinem Tun fort.

Nach dem Gottesdienst und dem feierlichen Auszug der frisch konfirmierten neuen Gemeindemitglieder wandten sich alle dem Ausgang zu. Die Mütter machten sich schon auf den Nachhauseweg, denn sie wollten alles Nötige für das Festmahl bereiten. Die Väter und Festgäste der vielen Familien standen noch auf dem Kirchvorplatz und warteten auf ihre Kinder, um dann gemeinsam in größeren Gruppen die Häuser aufzusuchen. Zuerst gingen aber Werner mit Wolfram und all den Festgästen zum Fotograf, der unmittelbar neben der Kirche sein Atelier hatte. Konfirmationsfotos von Wolfram, stehend und sitzend, mit und ohne Kirchengesangbuch in der Hand, wurden in großer Zahl geschossen. Nach der Übergabe eines kleinen Kartonabschnittes mit Nummer gingen dann endlich alle nach Hause.

Das Mittagessen begeisterte alle. Gerda Esche war zum Kochen für die Festgesellschaft gekommen, und hatte schon alle Vorbereitungen getroffen, sodass pünktlich die vielen Speisen auf dem Tisch standen. An diesem Festtag wurde viel erzählt, gelacht und gesungen. Am Nachmittag, bei herrlichem Sonnenschein und fast siebzehn Grad Außentemperatur, brachen alle noch zum Spaziergang durch den Ort auf. Gerhard staunte über die vielen Veränderungen, obwohl er schon am gestrigen Sonnabend vieles gesehen hatte. Sein Elternhaus war nach dem plötzlichen Tod der Mutter verkauft worden. Gerhard hatte sich fernmündlich einen Anwalt gesucht, der alles für ihn regelte.

Kaffeetrinken, später dann ein reichhaltiges Abendessen, wurde abgelöst von vielen Erzählungen aus der Familie. Immer wieder hieß es, "wisst ihr noch...?" Am Abend stellte Werner noch den Diaprojektor auf, bevor er sich für seine Bibelstunde verabschiedete. Allgemein wurde seine Abwesenheit bedauert, aber Hilde nahm ihn in Schutz und betonte, gerade so kurz vor der Jugendwoche sei eben in der Gemeinschaftsstunde noch vieles zu besprechen. Gerhard zeigte nun Dias aus Amerika. Er hatte genügend leere Diarahmen im originalverpackten Karton mitgebracht. Eine große Zahl Aufnahmen, die er aber, sollte er beim Grenzübertritt kontrolliert werden, in seinen zusammengelegten Oberhemden versteckt hatte, waren noch am Vorabend gerahmt und für die Diaschau sortiert worden. Die vielen Farbaufnahmen aus Amerika begeisterten alle und weckten bei Wolfram wieder eine Sehnsucht, das alles einmal selbst sehen zu können. Gegen Mitternacht verabschiedeten sich die Gäste, Werner war eine viertel Stunde vorher nach Hause gekommen. Mit Hilde stellte er noch die vielen Gläser in den Wohnzimmerschrank. Vorher hatte er Wolframs Geschenke auf den Wohnzimmertisch gelegt und die Glasscheiben eingesetzt, die das Schrankglasfach abschlossen. Beide schwiegen bei ihrer Arbeit, und Werner wusste genau, wie enttäuscht seine Frau über sein Wegbleiben am Abend war. Nachdem alles Geschirr, Gerda hatte am Abend noch alles abgewaschen und auf dem Küchentisch bereitgestellt, wieder in den

Schränken und Schubkästen verstaut war, ging Hilde grußlos aus dem Wohnzimmer zum Schlafraum. Sie zog ihr Kleid über den Kopf, streifte Strümpfe und Unterwäsche ab, legte alles auf einem Stuhl ab und legte sich, nachdem sie das lange Nachthemd angezogen hatte, in ihr Bett. Auf der Seite liegend, und abgewandt von Werner, der nun auch im Schlafzimmer war, schloss sie die Augen.

Wolfram schlief schon tief und fest. Für ihn war es ein besonders schöner, aber auch anstrengender Tag.

Die Zeit mit Gerhard wurde für Wolfram zu einer Bereicherung. Sein Onkel Gerhard war ein weltoffener und kluger Mann. All die kunterbunten Fragen des Vierzehnjährigen konnte er spannend und erschöpfend beantworten. Mit großer Begeisterung erzählte er auch von Kennedy, dem Präsidenten der Vereinigten Staaten von Amerika. Der war ein Jahr zuvor am 20. Januar 1961, in das neue Amt gewählt worden. Bei seiner ersten Rede als neuer Präsident forderte er die Amerikaner auf: „Ask not what your country can do for you – ask what you can do for your country – Fragen sie nicht, was ihr Land für sie tun kann – fragen sie, was sie für ihr Land tun können". Ein schwarzer Fleck in der gerade erst reichlich einjährigen Amtszeit waren die Unruhen in Vietnam. Kennedy hatte das militärische Engagement verstärkt und Hubschrauber, gepanzerte Fahrzeuge, Kampfbomber und Artillerie nach Vietnam entsandt. Weltweit kritisiert, stimmte er Ende 1961 dem Einsatz von Napalm und Entlaubungsmitteln zu. Die Bildung einer Elite-Einheit, der „Green Berets", die den Vietkong bekämpfen sollte, war bereits abgeschlossen. Auch mit der Berlinkrise setzte er sich auseinander, die der sowjetische Parteichef Nikita Chruschtschow mit seinem Ultimatum ausgelöst hatte. An die westlichen Besatzungsmächte Berlins hatte der eine Note gerichtet. Die Sowjetunion kündigte an, die Kontrolle der Verbindungswege zwischen Westdeutschland und West-Berlin, der DDR zu übertragen, wenn nicht innerhalb eines halben Jahres eine alliierte Übereinkunft zustande kommen würde. Sie forderten, Berlin in eine freie Stadt umzuwandeln.

Am Mittwoch, nach zwölf Besuchstagen, reiste Gerhard ab. Er wollte noch einen von Rudis Verwandten in Westberlin besuchen, bevor er wieder mit einer Pan Am - Maschine, einer Douglas DC-8, nach Amerika flog. Wenige Tage vorher hatte er Wolfram sehr ausführlich vom Flug, den Flugzeugen und deren Ausstattung berichten müssen. Die DC-8, so wusste er zu berichten, war ein vierstrahliges Düsenpassagierflugzeug der Douglas Aircraft Company, für fast 260 Passagiere. Wie gern wäre der Junge mit ihm weggegangen. Sein Onkel Gerhard verkörperte für ihn absolute Freiheit und grenzenloses Glück.

Nun war es endlich soweit, und die Jugendwoche begann in der Kirche mitten in Großtrona. Mit modernen und ansprechenden Jugendliedern wurden die Abende eingeleitet. Eine riesige Leinwand hing vor dem Altarraum. Auf diese wurden die Liedtexte zum gemeinsamen Mitsingen projiziert. Die Lichtleistung war zwar ziemlich schwach, aber der Begeisterung des Jugendchores, der das gemeinsame Singen leitete, tat das keinen Abbruch. Dann trat der Sprecher der Abende, Herbert, auf ein bereitstehendes Podest. Er sprach frei, ohne Handzettel oder irgendwelcher Notizen. In einer Hand hielt er die Puppe mit Knopfaugen. Sie war das Markenzeichen des Redners, gleichzeitig beteiligte er sie in mehreren Dialogen am Geschehen. Die angesprochenen Themen, Zukunft und Beruf, Partnerschaft und Sexualität, waren genau auf Jugendliche zugeschnitten. Das Thema Sexualität, es wurde nur versteckt und andeutungsweise angesprochen, hinterließ allerdings mehr Fragen als Antworten. Herbert verstand es, die Mehrzahl der jungen Leute zu interessieren. Seine Themen waren mit vielen lustigen Geschichten und Begebenheiten untermalt, und so wurde mehrfach an den Abenden gelacht und Beifall geklatscht. Die ebenfalls anwesenden Mitglieder des Kirchgemeinderates waren schon nach dem ersten Abend vom Erfolg der Jugendwoche überzeugt. Am Ende jeder Abendveranstaltung rief Herbert die Jugendlichen zur Entscheidung auf. Sie sollten sich zum persönlichen Gespräch melden und ihr Leben auf Jesus Christus ausrichten. Eine „Bekehrung", so nannte Herbert diese Entscheidung, würde zu einem erfüllten und glücklichen Leben führen. Vor allem aber, und das wurde von Herbert besonders herausgestrichen, würden die entschiedenen Christen einmal das Himmelreich erben und nach dem Tod in Ewigkeit bei Gott sein.

Nach dem zweiten Abend ging Wolfram sehr nachdenklich nach Hause. Er hatte nicht wirklich verstanden, was Ewigkeit, Gottesnähe oder Gottesferne bedeuteten. Auch von einer Bekehrung war er nicht überzeugt. Er war doch durch die Konfirmation vollwertiges Mitglied der evangelisch lutherischen Kirche geworden. Was musste darüber hinaus denn noch sein, um wirklich dazu zu gehören? Ein Gespräch mit seiner Mutter brachte nicht viel mehr Klarheit. Aber mit dem Vater wollte er lieber nicht über dieses Thema sprechen. Der würde nur wieder zu einer langen Erklärung ansetzen und mit unzähligen Bibelversen seine Belehrung ausschmücken.

Nach dem dritten Jugendabend sprach der Vater während des Mittagessens bei Tante Gerda am Küchentisch von den Jugendlichen, die sich „bekehrt" hatten. Er fragte Wolfram direkt nach dieser Entscheidung, und ob er sie schon getroffen hätte. Gerda sah mit einem leichten Stirnrunzeln auf den Vater von Wolfram. Der Junge schwieg, dann sagte er nur: „noch nicht…". Werner sah seinen Sohn an. „Ich habe mit Herbert einen Termin vereinbart. Er wird heute gegen vier zu uns nach Hause kommen und dich abholen. Du kannst mit ihm ein Stück im Auto fahren, und irgendwo, wo ihr nicht gestört werdet, könnt ihr dann zusammen reden." Damit war das Thema für Werner erledigt, und Wolfram wusste, dass er sich dem Ansinnen des Vaters beugen musste. Rechtzeitig wieder zu Hause, wartete er am Nachmittag auf Herbert. Als der kam und an der Haustür klingelte, war Wolfram schon bereit. Er hatte eine neue blaue Hose mit auffälligen Nähten an, und die schwarzen Lederschuhe übergestreift. Dann stieg er zu Herbert in dessen Trabant mit blauem Dach. Sie fuhren schweigend aus dem Ort. Kurz darauf bog Herbert in einen Weg ein, der durch den gemeindeeigenen kleinen Wald führte. Auf einer Lichtung blieb das Auto stehen. Herbert nahm seine Puppe, die auf der schwarzen Verkleidung oberhalb des Lenkrades gelegen hatte, und ließ diese nun zu Wolfram sprechen. Er machte Scherze und versuchte, die angespannte Stimmung aufzuheitern. Dann wandte er sich direkt an Wolfram. Die Themen der letzten drei Abende aufgreifend, erläuterte Herbert die Bedeutung von Bekehrung und Christusnachfolge. Wolfram hörte schweigend zu. Auf Fragen antwortete er nur zögernd mit „ja" oder „nein". Herbert war inzwischen auf seinem Autositz ganz nach rechts gerutscht. Er legte seinen rechten Arm um Wolframs Schulter. Mit der Puppe in der linken Hand, vollführte er vor Wolframs Gesicht komische Bewegungen. Mal kam die Puppe dem Gesicht sehr nahe, und Herbert erklärte, Susi hätte ihn besonders lieb und würde ihn gerne umarmen. Herbert zog Wolfram näher zu sich heran, dann gab er ihm einen zaghaften Kuss auf die linke Wange. So ging es eine ganze Weile mit Scherzen und Necken, bis Wolfram sagte, er müsse jetzt aber dringend nach Hause. Herbert startete seinen Trabant und wenige Minuten später entließ er den jungen Mann aus seinem Auto. Er winkte ihm kurz zu, um gleich darauf wegzufahren. Wolfram konnte nicht verstehen, was er am Nachmittag erlebt hatte. Alles war für ihn fremd und nahezu unheimlich. Wenig später, es war bereits halb sechs, kam der Vater nach Hause. Die Mutter war noch nicht zu Hause, und so deckte Werner nach dem Händewaschen den Tisch für das Abendessen. Eine große Kanne Pfefferminztee stand wenig später auf dem Tisch und drei Holzbrettchen, daneben ein Messer, warteten auf die hungrige Familie. Als Hilde kurz vor sieben nach Hause kam, konnte wenig später gegessen werden. Werner sprach wie nebenbei seinen Sohn an: „Herbert war noch kurz bei mir in der Schreinerei. Er sagte, ihr hättet ein gutes Bekehrungsgespräch gehabt. Das freut mich sehr. Aber er will dich morgen noch einmal abholen, weil er wohl bei dir den Bedarf sieht, noch einige Dinge zu klären." Wolfram nickte nur stumm und aß weiter.

Als Wolfram am nächsten Tag vom Mittagessen nach Hause kam, stand der Trabant mit dem blauen Dach schon vor dem Haus. Herbert saß wartend im Auto. Er winkte Wolfram zu, und der kam wenige Minuten, nachdem er sein Rad im Hof abgestellt hatte, und setzte sich neben den Fahrer. Wieder ging es schweigend aus dem Ort bis zum Waldweg. Diesmal fuhr Herbert noch weiter in den Wald, bevor er auf einer Lichtung vom Weg abbog und den Motor ausstellte. Schweigend saßen die Beiden nebeneinander. Dann sprach Herbert mit leiser Stimme: „Wir müssen noch über ein Thema reden, was für die Bekehrung wichtig ist. Hast du schon gewichst?" Wolfram saß wie erstarr auf seinem Autositz. Diese Frage hatte er natürlich nicht erwartet. Herbert sah den Halbwüchsigen von der Seite an, dann stupste er ihn leicht an die linke

Schulter. „Na nun sag schon – hast du?"
Wolfram nickte leicht, sah seinen Nachbarn
aber nicht ins Gesicht. Ausführlich beschrieb
Herbert nun, wie viele Jugendliche im Bett
und auf dem Rücken liegend sich selbst befriedigen würden. Das sei aber, so betonte er,
absolut schädlich, weil dann die Befriedigung
wie eine Gier auf den Liegenden zurückfallen
würde. Er würde dann immer tiefer verstrickt
und könne sich dem kaum noch entziehen.
Aus scheinbarer Lust würde immer mehr
Schuld erwachsen, aus der es kaum ein Ent-
rinnen gäbe. Herbert war auf seinem Autositz
wieder ganz nach rechts gerückt und hatte
seinen Arm um die schmächtigen Schultern
des wie erstarrt sitzenden Jungen gelegt. Sein
Griff an der Schulter wurde immer fester, so
dass Wilfried inzwischen an Herberts rechter
Brustseite lehnte. Detailliert und ausführlich
schilderte der nun die unterschiedlichen
Methoden, sich selbst zu befriedigen. Dabei
vermied es er aber, von Befriedigung zu reden.
Wolfram wusste zu all dem nichts zu sagen. Er
saß nur mit angespannten und hochgezogenen
Schultern schweigend neben Herbert. Dessen
linke Hand lag inzwischen auf dem Oberschenkel des Vierzehnjährigen. Mit dem
Zeigefinger seiner Hand zeichnete Herbert

Kreise, die klein am Knie begannen und größer in Richtung Schritt wurden. Dann brach er sein Tun ab, gab den Oberkörper des Jungen frei und setzte sich aufrecht auf den Fahrersitz. „Wir beten jetzt und bitten Gott um Befreiung von dieser Sünde" Während Herbert ein langes Gebet sprach, saß Wolfram mit geschlossenen Augen auf dem Beifahrersitz. Plötzlich spürte er wieder den Arm um seine Schulter und wie er nach links gezogen wurde. Ehe er sich versah, küsste ihn Herbert mit starkem Druck auf den Mund. Wolfram war wie gelähmt, und unfähig, sich irgendwie zu äußern. Der Kuss war nur kurz und heftig, aber es folgte eine noch intensivere Wiederholung. Wolfram fühlte sich wie schwindelig, und alles schien sich in seinem Kopf zu drehen. Deutlich spürte er die harten Bartstoppeln auf der Oberlippe seines Gegenübers. Die Umklammerung wurde noch fester und mit der linken Hand umfasste Herbert den Oberschenkel und drückte kräftig zu. Dann wanderte die Hand langsam drückend in Richtung Schritt. Wolfram spürte, wie die Finger sein Glied, in der sitzenden Haltung ausgerechnet neben dem linken Oberschenkel liegend, kneteten. Den Druck, der dadurch auch auf die Hoden ausgeübt wurde, empfand er als sehr schmerzhaft. Der Druck des Kusses verringerte sich, aber nun spürte Wolfram die Zunge, die sich zwischen seinen Lippen hindurch in den Mund schob. Wie erstarrt saß Wolfram im Auto, während sich ein Brechreiz vom Magen her in Richtung Kehlkopf ausbreitete. Wild mit den Armen um sich schlagend, versuchte er sich aus der Umklammerung zu lösen. Dann riss er die Autotür auf und beugte sich weit nach draußen. Wolfram musste sich übergeben, dann stieg er aus dem Trabant. Was war hier eben mit ihm passiert? Er empfand einen abgrundtiefen Ekel vor dem Mann, der ihn so angegangen war. „Komm steig ein, es ist doch nichts gewesen", wurde er aufgefordert. Wolfram schüttelte nur den Kopf und lief einfach los, alles hinter sich lassend. Als Herbert mit dem Auto an ihn herankam und zum Einsteigen aufforderte, schüttelte Wolfram nur den Kopf. Er lief lieber den ganzen Weg nach Hause. Unterwegs musste er noch einmal stoppen. Er spürte noch immer den Kuss und die Zunge in seinem Mund, und so machte ihm erneut ein Brechreiz zu schaffen, und er musste sich noch einmal übergeben.

Am Abend verschwand er ohne Abendessen in seinem Zimmer. Hilde war besorgt, ob ihr Sohn nicht vielleicht krank sei. Der Vater hatte gefragt, ob er sich zum Seelsorgegespräch mit Herbert getroffen hätte. Wolfram nickte nur und wandte sich ab, um keine weiteren Fragen beantworten zu müssen. Als er im Bett lag, gingen ihm die Erfahrungen des Nachmittags durch den Kopf. Er wusste sie nicht einzuordnen und alles schien ihm verworren und fremd. Eines aber wusste er sehr genau. Mit Herbert und den Seelsorgegesprächen wollte er nie wieder etwas zu tun haben.

Die letzten Jugendabende versäumte Wolfram und blieb zu Hause. Der Mutter sagte er, starke Magenbeschwerden würden ihn quälen und er hätte Angst, in der Kirche von Durchfall geplagt zu werden. Sie hatte dafür Verständnis, nur der Vater war überzeugt, dass er zur Evangelisation gehen sollte. Schließlich gab es im Pfarrhaus Toiletten, die er in zwei Minuten erreichen könnte.

Mutter nahm sich drei Tage frei. Mittags hatte sie einen Milchbrei mit Gries gekocht, und abends gab es Kamillentee und Zwieback.

Dann waren die Jugendabende endlich vorbei. Herbert und Wolfram waren sich nicht mehr begegnet. Die Kirchgemeinde war vom Erfolg der Veranstaltung überzeugt, aber Wolfram hatte eine andere Sicht der Dinge. Zunehmend wurde er allen kirchlichen und religiösen Fragen gegenüber kritischer und ablehnender. Wenn er sonnabends zur Jugendstunde geschickt wurde, traf er sich stattdessen häufig mit Harald, dem Schulfreund seit Beginn der ersten Klasse. Die beiden saßen dann oft auf dem Bett und hörten Musik. Die Schlagersendungen und die Platzierungen der einzelnen Titel und Interpreten wurden sorgsam in einem Vokalbelheft eingetragen. Dieses kleine Heft im A 6 - Format hatte Zeilen, die genau in der Seitenmitte senkrecht durch einen Strich getrennt waren. So ließen sich jeweils links das aktuelle Datum und rechts neben dem Strich die Sänger oder Gruppen mit ihrem Song notieren. Manchmal wurden auch kleine Fotos ausgetauscht, denn Harald bekam gelegentlich eine Westzeitschrift geschenkt. Die „Bravo" enthielt viele Bilder von Beatgruppen und Sängern, die er dann abfotografierte. Mit diesen nicht immer scharfen Fotos trieb Harald einen schwunghaften Handel. Für zehn Pfennig war er bereit, sie abzugeben, immer wieder betonend, wie rar diese Bilder seien. Wolfram allerdings durfte sich aussuchen, was er in seine eigene Sammlung aufnehmen wollte, ohne dafür zu zahlen.

Das Schuljahr ging zu Ende, und nach der Sommerpause sollte es eine neue Klassenzusammensetzung geben. Einige Schüler gingen dann zur erweiterten Oberschule, um nach dem zwölften Schuljahr das Abitur zu absolvieren. Für andere sollte ab September eine Lehre beginnen, vorrangig in handwerklichen Berufen. Aus den beiden Schulklassen wurden die noch verbliebenen Schüler zu einer Klasse zusammengefasst, die zwei Jahre später in der zehnklassigen allgemeinbildenden polytechnischen Oberschule ihren Abschluss machen konnten. Wolfram hatte aufgrund seiner stabilen Leistungen eine Empfehlung für die EOS, die erweiterte Oberschule.

Kurz vor dem Schuljahresende kam ein Mitarbeiter des Ministeriums für Staatssicherheit in das Schulamt, um dort vor republikfeindlichen Aktivitäten zu warnen. Nach seinen fast zweistündigen Ausführungen

forderte er Hilde auf, mit ihm in ihr Arbeits-
zimmer zu gehen, um dort persönliche Dinge
zu besprechen. Im Büro angekommen fragte er
sie, warum der eigene Sohn nicht an der
Jugendweihe teilgenommen habe, sondern
konfirmiert wurde. Ob sie denn keine Partei-
genossin sei, wollte er nun wissen. Hilde verneinte diese Frage und verbat sich Einmi-
schungen in ihre Familienangelegenheiten.
Lange sah sie der Mitarbeiter des MfS an,
dann sprach er leise: „Sie wissen schon, dass
ihr Sohn unter diesen Umständen kein Abitur
machen kann und schon gar nicht studieren
wird. Wollen sie das? Verbauen sie ihm nicht
die Zukunftschancen. Sie können ersatzweise
auch Mitglied der CDU werden und dort nach
Kräften mithelfen, den Sozialismus aufzubau-
en. Dann ist auch ihre christliche Gesinnung
berücksichtigt. Energisch schüttelte Hilde den
Kopf und lehnte derartige Forderungen ab. Sie
war sich sicher, damit einen Schlusspunkt
unter dieses unerfreuliche Gespräch gesetzt zu
haben. Am Abend hätte sie am liebsten mit
Werner über das Geschehene gesprochen, aber
der war wieder einmal unterwegs zu einer
auswärtigen Bibelstunde, die er zu leiten hatte.

Zwei Tage später bekam Wolfram einen Brief vom Schuldirektor, in dem dieser um einen dringenden Besuch der Eltern bat, möglichst schon am nächsten Tag. So saßen dann einen Tag später Hilde und Werner im Direktorat und bekamen mitgeteilt, Wolfram könne nicht von der Erweiterten Oberschule übernommen werden. Auch ein Verbleib hier in der Schule sei nicht möglich. Die Eltern sollten nun dringend nach einem Ausbildungsplatz ab September suchen. Kommentarlos hatte Werner zugehört, aber nun brach es aus ihm heraus: „Was gibt es für Gründe, unseren Sohn nicht für das Abitur zuzulassen? Sind seine Leistungen in den letzten drei Wochen so schlecht geworden? Oder passt ihnen nicht, dass wir Wolfram christlich erziehen?" „Ich kann nichts dagegen unternehmen und habe auch keine Einflussmöglichkeit. Das ist eine Anordnung der staatlichen Organe." „Was für Organe?" wollte Hilde nun wissen, „Ich sitze doch selbst im Schulamt, und da gibt es keine entsprechende Anweisung. Das wüsste ich mit Sicherheit." „Nein, Frau Starke, das kommt von der Staatssicherheit und aus dem Ministerium." Es gab nichts mehr zu besprechen, und deshalb verabschiedeten sich Werner und Hilde von dem kleinlaut wirkenden Mann am

viel zu großen Schreibtisch. Auf dem Nachhauseweg berichtete Hilde endlich vom
Geschehen im Schulamt und dem Besuch des
Mitarbeiters des MfS. Werner war zornig und
bemerkte nur bitter: „Keinen Deut besser, als
in der braunen Zeit."

Den ganzen Nachmittag arbeitete Werner
nicht in der Schreinerei, sondern war mit dem
Fahrrad unterwegs. Er kam rechtzeitig sechs
Uhr zum Abendessen. Schweigend aßen die
drei Starkes. Wolfram spürte die eigenartig
bedrückende Stimmung, aber er wagte es
nicht nachzufragen, was denn gewesen sei.
Nach dem Essen wollte er den Tisch verlassen,
aber der Vater hielt ihn zurück und berichtete
nun von den Ereignissen des Tages. Werner
eröffnete seinem Sohn, dass er nicht zum
Abitur sondern in eine Lehrausbildung gehen
würde. Es hatte im Ort eine Neuerung gegeben, denn eine große metallverarbeitende
Fabrik hatte sich angesiedelt und suchte nun
dringend Mitarbeiter und Lehrlinge. Für
Kinder nach dem Abschluss der 8. Klasse war
ein weiterer Schulbesuch bis zum Abschluss
der 10. Klasse möglich. Gleichzeitig begann
auch eine Lehrausbildung in metallverarbei-
tenden Berufen als Dreher, Fräser und Schlei-
fer. Ein Jahr nach Schulabschluss sollte dann

die Lehrzeit beendet werden und der Facharbeiterabschluss stattfinden. Werner hatte seinen Sohn nach der Absage der EOS für diese kombinierte Schul- und Lehrausbildung angemeldet. Wolfram war enttäuscht und traurig, und auch die Mutter weinte leise vor sich hin. Der Vater versuchte unbeholfen zu trösten, aber es gelang nur mäßig. „Ach Wolfram, dann wirst du eben auf dem zweiten Bildungsweg dein Abitur machen. Im Moment sehen wir wirklich keine anderen Möglichkeiten für dich." Hilde war aufgestanden und stand nun neben dem Stuhl, auf dem Wolfram saß. Sie nahm einfach den wie erstarrt sitzenden Jungen in die Arme und drückte ihn an ihre Brust.

Am Ende des 8. Schuljahres kam ein Fotograf, um von der noch kompletten Klasse ein Abschlussfoto zu machen. Dann ging es in die Sommerferien. Der Schulbeginn, eigentlich am 3. September, wurde für die „Sonderklasse Metall" in der Nachbarschule schon eine Woche früher angeordnet. Der Ausbildungsbetrieb und die Lehrmeister, aber auch die Schulleitung und Lehrkräfte für die neunte und zehnte Klasse wollten sich vorstellen. In einer Einführungswoche in der betrieblichen Lehrwerkstatt gab es den ersten theoretischen Berufsunterricht, auch Hilfsmittel und Fachliteratur wurden verteilt. Wolfram fühlte sich in der neuen Umgebung sehr unwohl. Er mochte nicht den Geruch von Metall und Öl, Bohrflüssigkeit und Staub. Die Maschinen, es gab Drehmaschinen und Bohrständer, Doppelschleifmaschinen und eine kleine hydraulische Presse, bereiteten ihm Unbehagen. Ob er es wirklich lernen würde, diese monströsen Ungetüme zu bedienen? Am meisten verabscheute Wolfram aber den Staub und die Metallspäne, die die Poren der Haut an den Händen zusetzten und sich nur mühsam mit einer Handwaschpaste entfernen ließen. Nach der Schrubb- und Waschaktion waren die Hände extrem gerötet und rau.

Mit der Mutter gab es ein langes Gespräch, bei dem sie ihrem Sohn deutlich machen musste, dass an dieser Ausbildung kein Weg vorbei zu anderen Plänen führen würde. Was er später nach dem Lehrabschluss machen wolle, könne in drei Jahren entschieden werden. Bis dahin galt die Entscheidung, die der Vater getroffen hatte. Hilde versuchte so wenig wie möglich Widerspruch zu Hause aufkommen zu lassen. Viel zu sehr waren die Eheprobleme und die damit verbundene Entfremdung zu Tage getreten. Hilde hatte schon an Scheidung gedacht, aber auch um Wolframs Willen sollte alles beim Alten bleiben. Was aber die Zukunft bringen würde, war ihr völlig unklar. Ein Ereignis stürzte sie zudem noch in eine tiefe Sinnkrise. Ihr Chef Roland, der alte Schulfreund aus früheren Jahren, hatte sie zum Gespräch gebeten. „Hilde, wir kennen uns gut genug. Ich will dir deshalb auch nichts vormachen. Von höherer Stelle kam die Anordnung, dich als Abteilungsleiterin abzuberufen. Du musst jemandem sehr auf die Zehen getreten haben. Leider kann ich nichts unternehmen, um dir zu helfen." „Danke, Roland, für deine Offenheit. Ich denke, unsere Wege werden sich nun trennen, denn was für Aufgaben könntest du mir in Zukunft wohl geben? Ich suche mir andere Arbeit. Enttäuscht bin ich sehr, vor allem, wenn ich bedenke, wie viel Zeit ich für meine Aufgaben eingebracht habe. Das zählt also alles nichts mehr. Du bekommst in den nächsten Tagen meine Kündigung." Hilde war aufgestanden und sah lange auf den Weggefährten, dann wandte sie sich um zur Tür und verließ den Raum. Am Abend berichtete sie das Geschehene und ihre Entscheidung, betonte auch, dass es keine Aufgaben für sie geben würde. Werner war ruhig und überlegt, dann beruhigte er seine Frau: „Mach dir keine Sorgen, Hilde, finanziell geht es uns doch recht gut. Deine Entscheidung zu kündigen ist richtig, und nun nimm dir einfach Zeit, neu zu orientieren. Vielleicht bleibst du erst einmal zu Hause. Wir sprachen ja vor Kurzem darüber, ein paar Hasen zu halten. Ich würde auch gern ein paar Hühner von Fritz holen und vielleicht auch ein oder zwei kleine Lämmer. Vielleicht könntest du dich um alles kümmern?" Hilde nickte stumm und ging aus der Küche. Na toll, dachte sie, Schafe anstatt Schul- und Lehrerplanungen, und verantwortliche Anleitung, ersetzt von Hühner- und Hasenfütterung. Werner konnte sicher nicht nachvollziehen, wie sie sich fühlte.

Im September bekamen die jungen Lehrlinge einen Aufnahmeantrag für den FDGB – Freier Deutscher Gewerkschaftsbund – ausgehändigt. Sie sollten über das Wochenende den Vordruck ausfüllen und von einem Erziehungsberechtigten gegenzeichnen lassen. Wolfram hatte alle nötigen Angaben in den

Antrag geschrieben und legte ihn dem Vater zur Unterschrift vor. „Das unterschreibe ich nicht. Du wirst kein Mitglied! Du darfst kein Abitur machen, also wirst du auch nicht den Kommunistenkram mitmachen", war die Reaktion des Vaters. Zum Abgabetermin der Folgewoche musste Wolfram mit hochrotem Kopf mitteilen, dass er aufgrund eines Verbotes des Vaters kein Mitglied werden könne. Ihm war dieses Eingeständnis sehr unangenehm und peinlich und er ahnte, dass er nun noch mehr zu Putzaufgaben herangezogen würde. Der Lehrmeister hatte ihn ohnehin schon besonders unter Beobachtung, auch weil Wolfram in alle den Aufgaben denkbar ungeschickt war.

Zwei Wochen später, inzwischen war der Tag der Republik am 7. Oktober vorbei, kamen der Lehrmeister und Klassenlehrer zum Elterngespräch in das Haus Starke. Am Ende des Gespräches mit seinen Eltern wurde auch Wolfram in das Wohnzimmer gerufen. Er blieb an der Tür stehen und sah mit bangem Gefühl auf die Vierergruppe, die um den Wohnzimmertisch saß. Der Vater schob ein Blatt in Richtung Wolframs und sagt: „Hier ist der Aufnahmeantrag für den FDGB. Ich verstehe gar nicht, warum du nicht Mitglied der Gewerkschaft sein wolltest." Wolfram verschlug es die Sprache. Das war eine dreiste Lüge, und dabei sah der Vater ihn auch noch vorwurfsvoll an. Wolfram trat an den Tisch, unterschrieb den Aufnahmeantrag, auf dem schon die Unterschrift des Vaters war, und ging wieder zurück an die Tür, um schnell den Raum verlassen zu können. Aber das Gespräch war ohnehin beendet, und die beiden Besucher verabschiedeten sich, um zu gehen. Als sie wieder allein waren, sah Wolfram seine Eltern nur fragend an, aber es kam keine Erklärung. Wie sollte Wolfram das verstehen?

Sein Vater hatte sich seit dem Jahreswechsel immer mehr zurückgezogen. Mit seiner Familie sprach er kaum noch. Nur im Bibelkreis wusste man um seine klugen Gespräche, die vielfach humorvollen Einwendungen und seine Fähigkeit, die Bibelworte in das aktuelle Lebensgefüge zu übertragen. Für Hilde war die familiäre Situation bedrückend und schwer. Sie hatte noch keine passende Arbeit gefunden und die Fütterung der Tiere reichte nicht für eine befriedigende Tagesgestaltung. So war sie häufiger bei Werners Eltern, aber auch bei ihren Eltern. Auch mit Gerda traf sie sich regelmäßig, und einmal in der Woche fuhr sie mit dem Bus in die Stadt, suchte einen Buchladen und das Kaufhaus auf.

Zum 15. Jahrestag der Berliner Luftbrücke am 26. Juni 1963 besuchte Kennedy als erster amerikanischer Präsident West-Berlin. Am Schöneberger Rathaus hielt er, der vom Außenminister Dean Rusk und von General Lucius D. Clay begleitet wurde, eine umjubelte Rede mit dem berühmten Satz: „Ich bin ein Berliner." Neben ihm stand der regierende Bürgermeister Willy Brandt. Nur knapp fünf Monate später starb der Präsident auf einer Wahlkampfreise am 22. November gegen 12:30 Uhr. An der Dealey Plaza, einem Platz in Dallas, Trexas, wurde er mit mehreren Gewehrschüssen während seiner Fahrt im offenen Wagen ermordet. An der Trauerfeier, drei Tage später, nahmen eine knappe Million Menschen teil, weltweit von den Medien übertragen. Kennedy wurde auf dem National-friedhof Arlington beigesetzt. Dieser Friedhof im Bundesstaat Virginia, südwestlich von Washingthon D.C. grenzt an das Gelände des Pentagons. Auf diesem Friedhof war schon das Grab des früheren Präsidenten William

Howard Taft, 1930, und des Generals John J. Pershing, seit 1948.

Die beiden Schuljahre, jede Woche von einem Arbeitstag in der Lehrwerkstatt unterbrochen, verliefen ohne Höhepunkte. Die Schlussprüfungen der 10. Klasse bereiteten Wolfram keine Mühe. Besondere Freude hatte er an der Abschlussarbeit im Schulfach Deutsch. Seine Leselust und die vielen Bücher, die er nahezu verschlungen hatte, festigten seine Rechtschreibkenntnisse, verbesserten aber auch das Allgemeinwissen. Nach dem Schulabschluss lag nun noch ein letztes Lehrjahr vor ihm.

Im September, und damit zum Beginn des letzten Lehrjahres, besuchten zwei Soldaten der NVA die Lehrgruppe. Sie warben für den freiwilligen Wehrdienst von mindestens drei Jahren und versprachen, eine bessere finanzielle Vergütung und längeren Erholungsurlaub bei kostenfreier Heimfahrt, als alle anderen Wehrpflichtigen erhielten.

Wenige Tage später warf der Zeitungsbericht vom 7. September Fragen auf, mit denen sich Wolfram zusätzlich beschäftigte. In einer Anordnung des Nationalen Verteidigungsrates der DDR wurde festgelegt, dass ab sofort ein waffenloser Wehrdienst als Bausoldat möglich sei. Wolfram überlegte, ob das für ihn in Frage kommen würde, oder ob er regulär zum Wehrdienst gehen sollte. Aber aktuell war die Entscheidung ja noch nicht erforderlich. Wolfram musste erst achtzehn sein und seine Lehre abgeschlossen haben. Vor dem Wehrdienst gab es auch noch eine Musterung, bei der dann diese Entscheidungen gefragt waren.

Die Berufsschultage, jede Woche einer, wurden von den Praxistagen in der Lehrwerkstatt eingerahmt. Wie zu Beginn der Ausbildung hatte Wolfram noch immer eine starke Abneigung für den ihm aufgedrückten Ausbildungsberuf als Zerspaner. Kurz vor der Lehrabschlussprüfung gab es im Sommer 1965 für alle noch eine Woche Urlaub. Wolfram hatte sich in einem evangelischen Ferienhaus um einen Platz in einer Jugendfreizeit bemüht, und diesen zugesprochen bekommen. Er fuhr nun mit Bus und Bahn in das Ferienhaus Hüttstattmühle. Südlich des kleinen Erzgebirgsortes Ansprung war eine ehemalige Glashütte und Mahlmühle zum Ferienheim des „Sächsischen Gemeinschaftsverbandes" ausgebaut worden. Dort fand die Jugendbibelwoche statt. Wolfram teilte das Zimmer mit Rainer, einem jungen Mann aus Dresden. Er war der älteste Sohn eines Apothekers und würde im September das letzte Jahr auf die Erweiterte Oberschule gehen. Geplant hatte der ein Medizinstudium, aber es war schwierig einen Studienplatz zu bekommen. Rainer war ein lustiger und fröhlicher junger Mann, der mit seinem lauten Lachen alle ansteckte. Auch Wolfram fühlte sich in seiner Nähe sehr wohl, und am Ende der gemeinsamen Zeit versprachen sie sich gegenseitig, Briefkontakt zu halten. Beim Verabschieden klopfte ihm Rainer auf die Schulter und wünschte gutes Gelingen für die Abschlussprüfung.

Wieder zurück in Großtrona, stand zuerst die theoretische Abschlussprüfung auf dem Programm. Wolfram bewältigte diesen Abschnitt mit guten Ergebnissen. Der Tag der praktischen Prüfung kam heran und nach einer Einführung in den Ablauf der Arbeit erhielt jeder Lehrling eine technische Zeichnung. Aus einem runden Metallstab sollte ein Zylinder entstehen, mit seitlichen Bohrungen und einem Gewindeteil. Von einer

Seite musste der Zylinder aufgebohrt und konisch ausgedreht werden. Für alle Arbeitsgänge war ein ganzer Tag angesetzt, wer aber vorher fertig wurde, konnte sein Gesellenstück abgeben und nach Hause gehen. Wolfram mühte sich bis zum Nachmittag, aber die konisch aufgearbeitete Längsbohrung war bei seinem Stück alles Andere, als der Zeichnung entsprechend. Kurz vor 16 Uhr, Wolfram war inzwischen der Letzte in der Werkhalle, forderte der Lehrmeister die Abgabe des Stückes. Wenige Tage später wurden die Prüfungsergebnisse mitgeteilt. Als Einziger hatte Wolfram die praktische Prüfung nicht bestanden. Er wurde aufgefordert, zur Wiederholungsprüfung eine Woche später zu erscheinen. Vorher bekam er an vier Tagen die Möglichkeit, die einzelnen Arbeitsschritte zu üben. Von der nichtbestandenen Prüfung erzählte er zu Hause nur, weil die Mutter nach den Prüfungsergebnissen gefragt hatte. Vater schwieg dazu und schüttelte nur leicht den Kopf.

Die Nachprüfung verlief für Wolfram, wie schon das erste Mal, desaströs. Ihm gelang nicht, was nach der Ausbildung erwartet wurde. Mit Tränen in den Augen und total deprimiert kam Wolfram am Prüfungstag nach Hause, ging ohne Worte in sein Zimmer und legte sich auf sein Bett. Abgewandt von der Tür reagierte er auch nicht auf seine Mutter, die ihn fragte, ob er zum Essen käme. Der Vater sah ihn am nächsten Trag nur lange an und bemerkte: „Du hast schon immer zwei linke Hände gehabt. Dann sieh auch zu, was du in Zukunft arbeiten willst. Ab September, wenn der Lehrvertrag ausgelaufen ist, zahlst du Kostgeld." Wolfram fühlte sich unverstanden und bestraft, und seine Arbeit im großen Industriebetrieb war ihm noch mehr verhasst.

Am 27. August 1965, es war der letzte Freitag im August, wurden die Lehrlinge in der Firma verabschiedet und die Facharbeiterzeugnisse ausgehändigt. Wolfram erhielt eine Ausbildungsbestätigung mit der folgenden Beurteilung: „Wolfram war ein ruhiger, anständiger Lehrling mit einer befriedigenden Lerneinstellung. Durch bessere Mitarbeit und Konzentration hätte er wesentlich besserer Leistungen erzielen können. Eine sinnvolle Verbindung von Theorie und Praxis war bei ihm nicht immer gewährleistet, was auch zum Nichtbestehen der praktischen Prüfung führte. Den Interessen des Kollektives ordnete sich Wolfram nur teilweise unter."

Wider Erwarten übernahm die Firma den jungen Mann. Ihm wurde eine Arbeit als Lagerist übertragen. Im Drei – Schicht - Rhythmus sollte er für die reibungslose Arbeit im Werk sorgen, indem er Werkzeuge und Hilfsmittel zur Verfügung hielt.

Enttäuscht mit sich und der Welt, beschäftigte sich Wolfram intensiv mit allen Lebensfragen, die sich ihm nun aufdrängten. Wie würde sein Leben weiter gehen? Gab es für ihn überhaupt eine Chance, einen anderen Beruf zu ergreifen? Vor allem, welcher Beruf könnte es sein? Hatte der Vater mit der Bemerkung recht, er hätte nur zwei linke Hände?

Im Januar des Jahres waren drei Briefmarken erschienen, dem 90. Geburtstag Albert Schweitzers gewidmet. Die 10–Pfennig-Marke mit seinem Profilbild war überschrieben mit: „Der große Humanist und Arzt". Auf der 20-Pfennig-Ausgabe stand, das Portrait einrahmend: „Der Kämpfer gegen Krieg und Atomtod". Der Aufdruck auf dem 25-Pfennig-Wert lautete: „Der Musiker und Bachinterpret". Dieser 1875 im Oberelsässischen Kaysersberg geborene Arzt, Philosoph, Theologe, Organist und Pazifist war Anfang

September neunzigjährig in Lambarene im westafrikanischen Gabun gestorben. Über ihn hatte Wolfram im Buch von Waldemar Augustiny, „Albert Schweitzer und du", gelesen. Er war fasziniert von dieser großen Persönlichkeit, und ganz im Geheimen wünschte er sich, auch solche selbstlosen Taten vollbringen zu können. Immer wieder träumte er sich in die Rolle eines uneigennützigen Helfers, der im Krankenhaus in Lambarene am Ogooué - Fluss, mitten im afrikanischen Regenwald am Äquator, den armen Einheimischen half. Leider stießen seine Phantasien immer wieder an Grenzen, denn Wolfram war extrem geruchsempfindlich, und wenn er eine andere Person bluten sah, wurde ihm schwindelig und übel. Außerdem war es ja nahezu unmöglich, nach Afrika zu reisen. Der Traum vom Retter der Kranken war deshalb recht schnell zu Ende. Zurück blieb nur die unbeantwortete Frage, wie Wolframs Zukunft aussehen würde.

Eine Woche Urlaub war im Oktober eingeplant. Seinen Urlaubsschein hatte Wolfram dem Schichtmeister im Werk übergeben, und die Eltern hatten sich einverstanden erklärt, dass er nach Dresden zu Rainer fahren konnte. Der schrieb ihm, wie sehr er sich freuen würde, und das für Wolfram ein Bett in seinem Zimmer auf ihn warte. Mit Vorfreude und zwei neuen Büchern als Geschenk für Rainer, fuhr Wolfram am 4. Oktober mit dem Bus in die Stadt. Ab dort sollte ihn dann ein Personenzug nach Dresden Hauptbahnhof bringen, wo Rainer ihn erwarten würde. Die Fahrt, mit Halt auf jedem Bahnhof der Strecke, kam Wolfram unendlich langsam vor. Er war erleichtert, als der Zug auf einem Gleis des großen Hauptbahnhofes Dresden einfuhr. Wolfram sah sich nach dem Aussteigen erst einmal um, um seinen Freund Rainer zu suchen, aber der stand schon wenige Meter hinter ihm. Gemeinsam gingen sie nach der herzlichen Begrüßung in Richtung Ausgang, um dort auf die Straßenbahn zu warten, die die beiden jungen Männer zum Wohnhaus der Familie bringen sollte. Sie mussten nicht lange warten, denn schon stand die Linie 11 für sie bereit, mit der sie fahren mussten. Durch die Prager Straße, deren Neubebauung gerade begonnen hatte, ging es über den Altmarkt bis nach Bühlau. In der Weißenberger Straße bewohnte die Familie von Rainer die obere Etage einer Villa. Wolfram wurde von Rainers

Mutter herzlich begrüßt, als sie endlich im Haus ankamen.

Die erste Nacht im fremden Bett war viel zu kurz, denn Wolfram und Rainer hatten noch bis sehr spät nachts viel zu erzählen. Nach einem reichhaltigen Frühstück fuhren die beiden jungen Männer in die Dresdner Innenstadt. Wenig später standen sie schweigend vor der Ruine der Frauenkirche. Im Luftkrieg des 2. Weltkrieges wurde sie in der Nacht vom 13. zum 14. Februar 1945 schwer beschädigt. Nach dem anschließend wütenden Feuersturm stürzte sie am Morgen des 15. Februar ein. Diese Ruine blieb als Mahnmal gegen Krieg und Zerstörung erhalten. Am nächsten Tag besuchten Wolfram und Rainer den weltberühmten Dresdener Zwinger. Der imposante Gebäudekomplex mit der barocken Gartenanlage gefiel Wolfram sehr, und Rainer konnte noch wichtige Informationen zum Wiederaufbau geben. Die schweren Zerstörungen im Krieg erforderten große Kraftanstrengungen und finanzielle Mittel, um alles wieder originalgetreu aufzubauen. Seit zwei Jahren war das äußere Bild wieder hergestellt. Rund elf Millionen Mark wurden in den zurückliegenden Jahren für die Restaurierung aufgewendet. Den Blick im Innenbereich auf das Kronentor fand Wolfram besonders schön. Er geriet ins Träumen und stellte sich laut aussprechend vor, wie wohl zu Zeiten des Kurfürsten Friedrich August I, auch „August der Starke" genannt, das Flanieren im Innenbereich des Zwingers ausgesehen hatte. Rainer kannte einige geschichtliche Details, so auch, dass der ganze Komplex als Vorhof für ein neues Schloss vorgesehen war. Diese Planungen wurden aber nach dem Tod des Kurfürsten August aufgegeben. Erst Gottfried Semper schloss die Architektur mit der Sempergalerie zur Elbe hin ab. Mit dieser Galerie, die 1855 eröffnet wurde, bekamen Dresden und der Zwinger einen Museumsbau im Stil der italienischen Hochrenaissance. Die Gemäldegalerie Alte Meister fand darin ein würdiges Zuhause.

Die Stadtbesichtigungen waren nicht nur interessant, sondern auch so anstrengend, dass Wolfram und Rainer abends ziemlich früh und rechtschaffen müde in die Federn sanken. An einem Abend aber gingen sie noch einmal aus dem Haus. In einem Kino wurde der Film „Mir nach, Canaillen!" gezeigt. In diesem Mantel-und-Degen-Film spielten unter anderem auch Manfred Krug, Erik S. Klein, Helga

Göring und Jutta Wachowiak. Die Handlung spielte in Preußen im Jahr 1730 und dann am Hof Augusts des Starken in Dresden. Der Film entstand nach Motiven eines Romanes von Joachim Kupsch. Die Kritiken zum Film fielen nicht gerade positiv aus, aber die Kinobesucher amüsierten sich köstlich an Prügelszenen, Liebesränken, betrogenen Fürsten, wilden Pferden, flotten Sprüchen und einem Superhelden, überzeugend gespielt von dem achtundzwanzigjährigen Manfred Krug. Für Wolfram war der Kinobesuch ein besonderes Erlebnis. Er saß zum ersten Mal in einem Filmtheater. Natürlich gab es in Großtrona auch ein Kino, aber irgendwie war es nie gelungen, einen Film dort anzusehen. Die Mutter hatte dafür nie Zeit und dem Vater konnte man mit dem Wunsch, doch gemeinsam einen Film zu sehen, nicht überzeugen. Er fand das viel zu unchristlich und es sei schade, um die nutzlos verbrachte Zeit. Aber noch im Dresdner Kino nahm sich Wolfram fest vor, seine Tante Gerda zu bitten mit ihm einen Film anzusehen.

Die Urlaubstage vergingen viel zu schnell. Der Abschied nach diesen erlebnisreichen

Tagen fiel Wolfram ziemlich schwer. Er hatte sich an das tägliche Zusammensein mit Rainer schnell gewöhnt und es kam ihm so vor, als seien sie beide Brüder, die nichts auseinander bringen konnte. Nach einer Umarmung von Rainers Mutter, begleitete ihn der Freund zum Hauptbahnhof. Der Personenzug stand bereit, und eine viertel Stunde später setzte er sich rückend in Bewegung. „Du besuchst mich bald", bat Wolfram seinen Freund Rainer. Der nickte nur stumm, wischte am Auge und schob Wolfram die Trittbretter zum Wagen nach oben. Vom Fenster aus winkte er noch, bis der Zug die erste Weiche erreicht hatte und der Bahnsteig aus dem Blick schwand.

Der Alltag holte Wolfram schnell ein. Die Arbeit mit allen Anforderungen beschäftigte ihn, nur abgelöst von den regelmäßigen Besuchen bei seiner Tante Gerda. Ausführlich hatte er ihr von seinen Erlebnissen in Dresden berichtet, und zur großen Überraschung holte sie aus ihrem Bücherschrank einen Bildband der Elbestadt. Dieses Buch aus dem Jahr 1932 enthielt viele Zeichnungen und Fotos von Dresden, wie es vor dem schrecklichen Krieg und seinem schlimmen Untergang ausgesehen hatte. Gerda schenkte dem verdutzten

Wolfram dieses wunderschöne Buch. Am Abend saß er noch im Wohnzimmer bei leiser Radiomusik und blätterte durch die Seiten. Einiges hatte er in Dresden bestaunen können, aber viele Bauten existierten nicht mehr, weil der Angriff auf diese ehemals blühende Stadt nahezu alles ausgelöscht hatte. Auch die Eltern betrachteten abwechseln den eindrucksvollen Bildband und bestaunten die Abbildungen von Elbflorenz, wie Dresden liebevoll genannt wurde.

Bei einem Samstagstreffen mit Harald berichtete Wolfram von seiner Reise. Er schilderte begeistert, wie schön und vor allem beeindruckend die Stadt sei. Dann lagen sie beide auf dem Rücken im zerwühlten Bett und hörten die Schlagerstunde. Von den Beatles erklangen „A Hard Day´s Night" und „She Loves You". Als Manfred Manns "Do Wah Diddy Diddi" gespielt wurde, wollte Wolfram wissen wer das sei. Harald nahm sein kleines Vokabelheft zur Hand, blätterte darin und las dann vor: „Eine britische Band, gegründet vom Keyboarder Manfred Mann, und aktuell die Nummer eins der amerikanischen Hitliste. Es gibt inzwischen eine neue Langspielplatte „Mann Made", aber davon kenne ich noch nichts." Wie ein krasser Kontrast wirkte der nächste Titel, der ließ Wolfram aber sehr aufmerksam zuhören. Roy Black sang „Du bist nicht allein". Was für eine Stimme, dachte er, genauso möchte ich auch singen können.

Noch vor dem Weihnachtsfest wurde zu Hause über wichtige bauliche Veränderungen gesprochen. Die Eltern planten, neue und moderne Fenster einzusetzen. Die hatte der Vater in der Schreinerei schon gefertigt. Es waren Fenster ohne Sprossen und ohne Unterteilung in die einzelnen kleinen Scheiben. Eine zweite Scheibe bot bessere Isolierung und Schutz gegen Zugluft und Kälte. Diese Kastenfenster standen zum Einbau bereit, aber der Dezember und Januar waren viel zu kalt für solche Arbeiten. Inzwischen war aber ein Ofensetzer im Wohnzimmer tätig. Er begann nach den Weihnachtsfeiertagen einen neuen Kachelofen zu setzen. Mit seiner besseren Heizleistung sollte er für wohlige Wärme sorgen. Das Besondere am Ofen war die Befeuerung von der Küche aus. So konnten Asche, Staub und Ruß vom Wohnzimmer ferngehalten werden. Im Unterschied zum vorher im Wohnzimmer vorhanden Kohleofen, einem sogenannten Kanonenofen, war seine pflegeleichtere

Handhabung und gleichmäßigere Wärmeab-
gabe. Der ehemalige kleine zylinderförmige
Ofen, mit seinem langen Rauchabzug, der
seitlich am oberen Teil angebracht war, musste
ständig mit Kohle nachgefüttert werden. Die
Wärmeangabe war zuerst heftig und danach
kaum noch spürbar. Nun sollte das Zimmer
mit dem neuen Kachelofen gleichmäßig
erwärmt werden. Als alles fertig war und der
neue Ofen langsam eingeheizt und getrocknet
wurde, konnten alle die Rundfunksendungen
besser genießen. Wolfram nutzte die Gelegenheiten, wenn er allein zu Hause war, um nach
Schlagermusik zu suchen. Sein Lieblingssen-
der wurde, obwohl der Empfang nicht sonderlich gut war, der RIAS Berlin mit seinen
„Schlager der Woche". Die Sendung lief montags ab 19:30 Uhr, Da war der Vater ohnehin
immer aus dem Haus zum Bibelgespräch oder
Mitarbeitertreffen für die Kinder- und Jugend-
leiter. Die Mutter ließ ihren Sohn gewähren,
nur wenn es zu laut wurde, hob sie ihre
Hände gegen die Ohren. Wolfram wusste
dann, dass die Lautstärke zurückgenommen
werden musste. Manchmal hörte er auch die
Wiederholung in der Nacht von Mittwoch auf
Donnerstag, gleich nach Mitternacht. Fred
Ignor, der Sprecher der Sendung, selten

abgelöst von Camillo Felgen, begrüßte mit seinen An- und Absagen. „Vor der Nummer drei wie immer – liebe Grüße von Ost nach West und von West nach Ost." Zum Schluss kam immer „Tschüs, liebe Schlagerfreunde, tschüs bis zum nächsten Mal und bis dahin – alles Gute."

Im Februar war es ziemlich mild und trocken, und die Einbauten der neuen Kastenfenster konnten beginnen. Nach einer Woche war alles erledigt. Renates Mann begann im Anschluss daran mit den Renovierungsarbeiten. Wolfram half, wenn er nicht im Werk zum Schichtdienst war, seinem Onkel bei allen anfallenden Arbeiten. Ihm gefielen diese Arbeiten viel besser, als es sein eigener Beruf tat. Dieses Handwerk zu erlernen war für ihn aber nicht die Lösung auf seine Lebensfrage, und was sein beruflicher Platz sei.

Im März kam per Postkarte die Aufforderung zur Musterung für den Wehrdienst, die dann in der Kreisstadt sein sollte. Wolfram musste vorher noch zum Lungeröntgen, bevor er dann zum angegebenen Termin eine halbe Stunde vor der Zeit im Wehrkreiskommando eintraf. Was würde ihn alles erwarten? Mit fünf anderen, ihm unbekannten jungen Männern, wurde er in einen großen Raum geführt. An einer Wand standen Stühle, auf denen die sie Platz   nahmen. An einem Schreibtisch mit einem hohen Stapel Papiere, saß eine ältere Krankenschwester in weißem Kittel und mit Schwesternhaube. Neben ihr saß ein Offizier in Uniform, der nun für alle anordnete: „Alle aufstehen. Ziehen sie sich bis auf die Unterhose aus und stellen sich in einer Reihe auf. Der Reihe nach werden ihnen Fragen gestellt, die sie wahrheitsgemäß beantworten. Ein Arzt wird jeden von ihnen untersuchen. Erst nach Aufforderung können sie sich wieder anziehen. Also los, wir beginnen!" Als Wolfram an der Reihe war, musste auch er die Fragen beantworten: Welche Schulbildung und Beruf? Dreher. Gesundheitliche Verhältnisse in der Familie? Unauffällig. Sportliche Betätigung und Schwimmfähigkeit? Beide Male Ja. Impfschutz: gegen TBK, Pocken und Tetanus, die jeweiligen Impfdaten wurden eingetragen. Dann untersuchte ihn ein junger Arzt, während Wolfram wieder Fragen beantworten musste, die von einer Krankenschwester in Unterlagen eingetragen wurden. Bettnässer? Rauchen? Alkohol? Auch er wurde gemessen und gewogen. Körperlänge? 172 cm. Körpergewicht? 62,5 Kilogramm. Halsumfang? 37 cm. Brustumfang? 90 cm. Bauchumfang? 72 cm. Körperbau? Athletisch. Körperhaltung? Aufrecht. Ernährungszustand? Gut. Allgemeiner geistiger Eindruck und Reflexstatus, Wirbelsäule, Extremitäten, Fußdeformitäten, Augen, Ohren und Gebiss, Hals, Atmungsorgane, Herz und Kreislauf, RR in Ruhe 170 / 90 / 88. Die Datenerfassung zu den Geschlechtsorganen war Wolfram unangenehm, angesichts der anderen fünf zu Musternden, der Krankenschwester und des Offiziers. Wolfram musste die Unterhose nach unten ziehen, der Arzt bestimmte: „Vorhaut zurück! Umdrehen und nach vorn beugen, Gesäß auseinanderziehen!" Wolfram hatte nicht gut verstanden und stand noch nach vorn gebeugt, als der Arzt sagte: „Nun ziehen sie schon die Arschbacken auseinander!" In den Gesundheitsunterlagen wurde eingetragen: Phimose? Nein. Keine Hämorrhiden. Hoden und Nebenhoden: o.B. Entwicklungsphase der sekundären Geschlechtsmerkmale: abgeschlossen. Laborbefunde: Urin: klar, Zucker o.B., Eiweiß: o.B. Tauglichkeitsfeststellung: tauglich. Zwischendurch wurde Wolfram mehrfach gefragt, ob er freiwilligen

Dienst von drei Jahren leisten wolle, aber er lehnte immer wieder ab.

Auf der Heimfahrt mit dem Bus gingen ihm die Bilder der Musterung wieder durch den Kopf. Er fand es absurd und entwürdigend, sich vor fremden Leuten ausziehen zu müssen. Zuhause wollte seine Mutter wissen, was denn nun festgestellt wurde, und Wolfram antwortete kurz: „Tauglich für allgemeinen Wehrdienst." Am Abend besuchte er noch Harald, der ganz neugierig war, und genau wissen wollte, wie alles abgelaufen war.

Anfang April, Leonid Breschnew war zum Generalsekretär der KPdSU ernannt worden, verlor Walter Ulbricht die Unterstützung der sowjetischen Führung. Ulbricht hatte die These aufgestellt, die DDR befinde sich auf dem Weg in das „entwickelte gesellschaftliche System des Sozialismus". Er wollte ein gleichberechtigter Partner der KPdSU sein, die vorgab, sie hätte den Sozialismus bereits realisiert und sei nun auf dem Weg zum Kommunismus. Ein neuer Mann, von den Russen favorisiert, profilierte sich immer mehr gegen Ulbricht, es war Erich Honecker. Der war noch Sicherheitssekretär des Zentralkomitees der SED und maßgeblicher Organisator des Baues der Berliner Mauer, auch für den Schießbefehl zeichnend.

Für Wolfram und die Bewohner der Stadt gab es nur wenige Veränderungen. Ein Jahr zuvor wurde die Zwangskollektivierung der Landwirtschaft in Goßtrona abgeschlossen, und die bisher LPG des Typ 1 in Typ 3 umwandelten. Im Typ 1 brachten Bauern ihren Boden in die Genossenschaft ein, dazu kamen später die Maschinen (Typ 2) und zuletzt der gesamte landwirtschaftliche Betrieb mit Vieh, Maschinen und Gebäuden. Die Bauern in Großtrona blieben von der Einführung des LPG Typ 3 lange verschont, weil die Stallungen zu klein waren. Natürlich gab es auch Veränderungen im Elternhaus der Starkes. Die großen Feldflächen gehörten ihnen nicht mehr, aber kleinere Stücke waren mit Gemüse für den Eigenbedarf bepflanzt und als Hausgarten deklariert. Die Milchkühe waren längst verkauft und nur Schweine, Schafe, Gänse und Hühner als kleine private Viehzucht mussten versorgt werden. Der Bürgermeister war zufrieden, denn er hatte mit den ansässigen Bauern einen Vertrag geschlossen und so die

Versorgung der HO - Läden gesichert. Die Engpässe des ganzen Landes machten sich dadurch in Großtrona wenig bemerkbar.

Wolfram feierte im September seinen 18. Geburtstag. Der 14. September fiel auf einen Mittwoch, und so lud er seine Geburtstagsgäste für das darauffolgende Wochenende ein. Auch Rainer, sein Freund aus Dresden, kam am Freitag angereist. Zur Geburtstagsfeier kam dann die ganze Familie, sein Schulfreund Harald und auch Susanne, eine Kollegin aus dem Werk. Sie war in der Buchhaltung tätig und Wolfram hatte sich mit ihr angefreundet. Da sie im Nachbarort wohnte, hatte Wolfram sie schon einige Male sonntags mit dem Rad besucht. Gemeinsam spazierten sie dann die Dorfstraße entlang, tranken bei ihren Eltern Kaffee, bevor sich Wolfram wieder am frühen Abend verabschiedete und die rund vierundzwanzig Kilometer nach Hause fuhr. Susanne hatte zugesagt, zum Kaffetrinken zu kommen, aber am Abend so gegen acht Uhr würde sie ihr Vater mit dem Moped nach Hause holen. Das Zusammensein mit allen Gästen war fröhlich und lebhaft, und allen vergingen die Stunden viel zu schnell. Wolfram wurde reich beschenkt. Susanne überreichte ihm einen Bildband und eine Schachtel Pralinen aus dem „VEB Zetti Schokoladen und Zuckerwaren Zeitz". Harald übergab ein Geschenk, genau in der Größe einer Schallplatte. Als Wolfram das bunte Geschenkpapier entfernt hatte, hielt er eine Dunhill Platte der „Mama´s & Pappa´s" in den Händen. Haralds Großmutter hatte diese aus Westberlin mitgebracht. Alle jüngeren Geburtstaggäste wollten sofort hören, und so landete die Schallplatte auf dem Spieler. Dann erklang, vielleicht etwas zu laut, der Hit „Monday Monday". Die Band hatte damit die amerikanische Hitparade erobert. Rainer schenkte seinem Freund eine Flasche Goldbrand aus dem VEB Bärensiegel. Von Onkel Gerhard aus Amerika war rechtzeitig ein Paket mit Hosen und Jeansjacke, mit Schokoladen und Kaugummi, mit Kosmetikartikeln und auch Geschenken für die Eltern eingetroffen. Die übrigen Verwandten übergaben gemeinsam eine größere Geldsumme, damit Wolfram sich seinen Wunsch erfüllen konnte. Er wollte die Moped - Fahrerlaubnis machen und sich möglichst bald auch eines kaufen. Erklärend sei gesagt: Der „VEB Simson Suhl" begann im Jahr 1955 mit dem Bau des Mopeds SR 1, das schon zwei Jahre später vom verbesserten Typ SR 2 abgelöst wurde. In der Typbezeichnung stand „S" für Suhl (Thüringen) und das „R" für Rheinmetall, denn der Motor wurde vom „VEB Büromaschinenwerk Rheinmetall" in Sömmerda gefertigt. Dieses erfolgreiche Moped war ausgestattet mit einem Einzylinder - Zweitakt - Ottomotor und einem Hubraum von 47,6 cm3. Es wurden knapp eine Million Stück produziert. Das Nachfolgemodell, das Kleinkraftrad „Simson Schwalbe", gab es ab 1964 im Handel, und genau das hatte Wolframs Begehren geweckt. Die technischen Daten konnte er nahezu im Schlaf aufsagen, so intensiv hatte er sich damit beschäftigt. Die Baureihenbezeichnung bedeutete: **KR** stand für Kleinroller, die **5** für den Nennhubraum von 50 cm3, und die **1** diente der Unterscheidung zum Vorgänger, dem KR 50. Die Höchstgeschwindigkeit des gebläsegekühlten Dreigangmotors betrug 60 km/h. Geschaltet wurde der blau lackierte Kleinroller per Hand. Ein solider Gepäckträger mit Spannband, hinter der Doppelsitzbank, komplettierte die Gebrauchseigenschaften. Die Technik war aber zu Beginn der Serienfertigung noch nicht optimiert, so dass es dem Motor in niedrigen Drehzahlen an Kraft fehlte.

Nach seinem Geburtstag bestellte Wolfram ein solches Kleinkraftrad. Es sollte voraussichtlich ein halbes Jahr später ausgeliefert werden. Für ihn, der schon eine größere Summe Geld geschenkt bekommen hatte, stand der Weihnachtswunsch fest: noch ein Zuschuss zum Moped. So war es sicher möglich, die benötigten rund 1.500 Mark zusammen zu bekommen, bis das Fahrzeug geliefert würde.

Kurz vor Weihnachten gab es mit Susanne einige Unstimmigkeiten. Sie hatte Wolfram bei einem Treffen auf den Mund geküsst und dabei ihre Zunge zwischen seine Lippen geschoben. Wolfram wehrte sie heftig ab und schob die erschrockene junge Frau von sich weg. „Was soll das denn", herrschte er sie an, „das ist ja voll eklig!" Susanne wusste nicht, was plötzlich in ihn gefahren war. Sie verabschiedete sich kurz darauf und lief allein nach Hause. Mehrere Tage sprachen und sahen sich die beiden nicht, bis zu einem Treffen, um das Susanne gebeten hatte. Sie wollte Klarheit und von Wolfram wissen, ob er sie denn wirklich liebe. Es gab ein kurzes Gespräch, bei dem Susanne ihr Erstaunen bekundete, und schließlich feststellte, dass sie zu unterschiedlich seien und gegensätzliche Vorstellungen von Partnerschaft hätten. Sie schlug vor, sich ein paar Tage nicht zu sehen, um in Ruhe alles zu bedenken. Wolfram war sofort einverstanden, und wenig später verabschiedete er sich, um mit seinem Rad nach Hause zu fahren. Zu Hause sprach er nicht über dieses Treffen mit Susanne. Er sagte nur seiner Mutter, sie würden sich Weihnachten nicht sehen.

Mit Harald traf er sich regelmäßig An einem Spätnachmittag, sie hatten sich wieder auf Haralds Bett gehockt, wurde ein Lied von Drafi Deutscher gespielt: „Marmor, Stein und Eisen bricht". Wolfram nutze die Gelegenheit, um mit seinem Freund über Susanne zu sprechen. Er berichtete detailliert, was sich zugetragen hatte, und zu welcher Einigung sie gekommen waren. Harald war erstaunt und fragte, warum für ihn das Küssen so unangenehm sei. Es sei doch eine normale und intensive Sache, vor allem könne man dann ungeniert den Oberkörper der Frau berühren und über die Brüste streichen. Harald steigerte sich in seine Schilderungen und bemerkte nur trocken: „Jetzt könnte ich genau so knutschen und pimpern." Ungläubig sah ihm Wolfram ins Gesicht und schüttelte leicht den Kopf.

Er hätte nicht gedacht, dass sein Freund so versaut sei. Zu Hause gingen ihm Haralds Worte noch einmal durch den Kopf.

Mit dem Vater gab es kurz nach Silvester eine harte Auseinandersetzung. Der hatte bemängelt, dass Wolfram kaum noch die Gottesdienst und Jugendstunden besuchte. Wolfram war voller Protest und wehrte sich heftig gegen die Ansprüche, die sein Vater an ihn stellte, und so gab es keine Verständigung zwischen den beiden Männern. Vater und Sohn standen sich mit zornblitzenden Augen gegenüber, und aus Wolfram brach es heraus: „Du bist mir gegenüber nur streng. Nichts darf ich tun oder entscheiden. Ich will nicht mehr in die Kirche gehen, und außerdem trete ich aus!" Der Vater schwieg eine kurze Zeit, aber dann sprach er, langsam und mit Nachdruck: „Wie du willst. Aber dann brauchst du deine Füße auch nicht mehr unter meinen Tisch setzen. Dann such dir ein neues Zuhause." Daraufhin wandte sich Werner von seinem Sohn ab und verließ die Küche, in der die Auseinandersetzung stattgefunden hatte.

Am Abend sprachen die Eltern noch sehr lange miteinander. Hilde war nicht einverstanden, dem Jungen mehr oder weniger den Stuhl vor die Tür zu stellen. Sie verlangte Mäßigung von ihrem Mann. Der aber war unerbittlich und zornig auf die, wie er sagte, Abkehr von allem Guten des Glaubens. Für Hilde war die harte Haltung ihres Mannes wie ein erneuter Stich ins Herz.

Die folgenden Wochen verliefen in der Familie noch distanzierter und schweigsamer. Auch die Mutter war seltsam ruhig. Irgendetwas bedrückte sie, aber darüber zu sprechen, schien unmöglich. Vor wenigen Tagen hatte sie bei einem Einkauf in der Stadt eine ehemalige Kollegin getroffen und, auf der Straße stehend, kurz mit ihr gesprochen. Die Frau berichtete von Roland, dem ehemaligen Chef von Hilde, und dass er die Verdienstmedaille „Für treue Dienste im Ministerium für Staatssicherheit" in Silber erhalten hatte. Diese Auszeichnung wurde nach einer zehnjährigen Dienstzeit vergeben. Roland war also nicht nur Leiter des Schulamtes, sondern auch Mitarbeiter der Staatssicherheit. Hilde war erschrocken und enttäuscht. Roland, ihr ehemaliger Schulkamerad und Vorgesetzter, war also ein Stasi - Mitarbeiter. Er steckte also hinter der Zwangsversetzung, der Hilde durch ihre Kündigung entgangen war. Sie war maßlos enttäuscht, vor allem aber machte sie sich selbst Vorwürfe, davon in den zurückliegenden Jahren nichts mitbekommen zu haben. Wie konnte sie sich nur so täuschen und belügen lassen! Wie oft hatte sie in der Dienststelle von der Familie erzählt, und auch ihre Eheprobleme nicht verheimlicht. Roland war immer so mitfühlend und verständnisvoll, und oft hatte er nach Einzelheiten nachgefragt. Musste Hilde jetzt nicht davon ausgehen, dass er alles weitergemeldet hatte? Ihr Vertrauen war erschüttert, und tief in ihrem Inneren schwor sie sich, viel mehr zu misstrauen und alle Freundschaften zu prüfen.

Wolfram vermied es, sich zu Hause aufzuhalten. Er hatte die Fahrerlaubnis für das Moped gemacht, und das neue Gefährt stand auch endlich im Schuppen. So oft wie möglich, war er damit unterwegs, oftmals ohne Ziel in der Gegend umherfahrend.

Anfang April fuhr Wolfram in die Kreisstadt, eine Postkarte des Wehrkreiskommandos in der Tasche. Er musste zur Einberufungsüberprüfung erscheinen. Nun saß er in der Behörde einem Offizier gegenüber. Für Wolfram stand fest, so schnell wie möglich sein Elternhaus zu verlassen. Aber wohin sollte er gehen? Die Gelegenheit, über einen längeren Wehrdienst auch neue Wege einzuschlagen, erschien ihm verheißungsvoll. So erklärte er sich einverstanden, das interessante Angebot des Offiziers anzunehmen. Wolfram unterschrieb eine Verpflichtungserklärung für einen dreijährigen Armeedienst. Da er nach Aussage des Offiziers auch die Waffengattung frei wählen könne, entschied er sich für das Bodenpersonal der Luftstreitkräfte. An diesem Schreibtisch im Wehrkreiskommando unterzeichnete er auch noch eine Austrittserklärung aus der evangelischen Kirche. Als Wolfram den Raum verließ, war ihm unwohl. Was hatte er mit seinen Unterschriften entschieden? Natürlich wollte er sich damit gegen seinen Vater wehren, aber ob das wirklich richtig war? Bedrückt und sehr verunsichert fuhr er nach Hause. Den Eltern verschwieg er seine Entscheidungen.

In den folgenden Wochen ereignete sich nichts. Zu Hause wurden die Streitigkeiten nicht erwähnt, und Wolfram sah sich nicht

genötigt, vom Kirchenaustritt und der Wehr-
dienstverpflichtung zu berichten. Er arbeitete
weiterhin in der „Metallbude", wie das Werk
allgemein im Ort genannt wurde. Mit Susanne
hatte es keine Treffen mehr gegeben, und für
Wolfram war die Freundschaft, wenn es denn
überhaupt eine gewesen war, längst erledigt.
Die Treffen mit Harald hatte er beibehalten,
und das gemeinsame Musikhören war für ihn
immer ein Höhepunkt im sonst täglichen
Allerlei. Harald hatte fast immer die
„BRAVO", auch wenn die Ausgaben nicht die
Neuesten waren. So fühlten sich die beiden
jungen Männer bestens informiert, was die
Musik betraf. Neben inzwischen altbekannten
Beatgruppen hörte Wolfram besonders gern
einen deutschen Sänger. Dessen kraftvolle und
klare, aber auch weiche Stimme begeisterte
ihn. Roy Black – für Wolfram der Inbegriff für
Können und Harmonie. Alle seine Songs
konnte er mitsingen, und wenn Wolfram allein
zu Hause war, übte er vor dem Spiegel am
Küchenwaschbecken, so zu singen, wie sein
Idol.

Die „BRAVO" berichtete folgendes: „Roy
Black ist der Mann des Jahres – aber das
Ausland gibt den Ton an. 53 mal brachte
BRAVO 1967 in der Musicbox die 20 beliebtes-

ten Schlager der Woche. Genau 107 Songs schafften diesen Sprung. Unter diesen 107 Hits errechnete BRAVO die besten Schlager des Jahres 1967. Das Ergebnis ist geradezu sensationell, denn nicht die großen Beatles oder Stones siegten, sondern Deutschlands Schlager - Wunderknabe Roy Black. So überlegen, dass man nur staunen kann. Roy Black ist der Mann des Jahres. Die ausländischen Stars geben nach wie vor den Ton an. Die Schlager des Jahres unter der Lupe: 14 Plätze für England, 3 für Amerika, 2 für Deutschland (beide Roy), 1 für Frankreich."

Richtig stolz war Wolfram, dass ihm sein Freund Harald diese Ausgabe der „BRAVO" schenkte.

Was würde das neue Jahr bringen? Man schrieb inzwischen den 29. Januar 1968. Im zurückliegenden Jahr hatte es Ereignisse gegeben, die nun natürlich auch im neuen Jahr weiter wirkten. Im letzten Juni gab es Krieg zwischen Israel und den arabischen Staaten Ägypten, Jordanien und Syrien. Die Waffenruhe danach war brüchig und angespannt. Auch in Vietnam waren die kriegerischen Auseinandersetzungen nicht zu Ende. Anfang

Dezember machte eine sensationelle Meldung die Runde um die ganze Welt. In Südafrika hatte Dr. Christiaan Barnard die erste Herztransplantation erfolgreich durchgeführt. In der Tschechoslowakei begann eine schrittweise Liberalisierung der Lebensverhältnisse. Unter dem Motto „Sozialismus mit menschlichem Antlitz", hatte der neue erste Sekretär des KSC, der „Komunistická strana Ceskoslovenska", der Kommunistischen Partei der Tschechoslowakei, Alexander Dubcek, diesen Kurs eingeschlagen. Was würde dieser Prager Frühling für die Menschen der acht Mitgliedsstatten des „Warschauer Vertrages über Freundschaft, Zusammenarbeit und gegenseitigen Beistand" bringen?

Im März kam per Posteinschreiben der Einberufungsbefehl für Wolframs Wehrdienst. Nun musste er endlich auch seine Eltern über seinen Entschluss zum freiwilligen Wehrdienst informieren. Werner hatte diese Information schweigend angehört, Hilde nur bemerkt: „Du musst wissen, was du tust."

Anderes als erwartet stand im Schreiben als Waffengattung „Grenztruppen der DDR", und als Dienstort „Grenzbrigade drei Perleberg".

Wolfram war enttäuscht, dass die Zusage, den Dienst bei der Luftwaffe zu leisten, nicht eingehalten wurde.

Wenige Tage nach dieser Einberufungsmitteilung schrieben alle Zeitungen von der Ermordung des US - amerikanischen Bürgerrechtlers Martin Luther King. Er war der prominenteste Sprecher der Bürgerrechtsbewegung „Civil Rights Movement". Vier Jahre zuvor wurde ihm der Friedensnobelpreis verliehen. King hatte gegen die gesetzlich festgeschriebene Diskriminierung der schwarzen Bevölkerung den zivilen Ungehorsam propagiert. Sein Engagement galt der Gleichberechtigung der Afroamerikaner und der Überwindung des Rassismus. Er vertrat strikt den gewaltlosen Widerstand. Seit 1961 gab es die so genannten Freedom Rides, Freiheitsfahrten mit Bussen in die Bundesstaaten, in denen die Rassentrennung noch nicht aufgehoben war. Durch die mediale Berichterstattung wuchs der moralische Druck auf die Gewalttäter, aber auch auf die Behörden. Im August 1963 fand ein legendärer Marsch auf Washington statt. Eine viertel Million Menschen, Schwarze und Weiße, nahmen teil und hörten in der bekannten Rede Martin Luther Kings die bis heute legendären Worte: „I Have a Dream – Ich habe einen Traum", in der er die Integration der Schwarzen in die weiße Gesellschaft beschwor.

Martin Luther King, der sich strikt von der gewaltbereiten „Black Panther Party" distanziert hatte, starb durch das Attentat am 4. April. Für die Tat wurde James Earl Ray verurteilt. Wenige Tage nach Kings Tod führte seine Witwe den Protestmarsch durch Memphis an. King wurde am 9. April in Atlanta, Georgia, beigesetzt. In der Berichterstattung wurde immer wieder ein Name in der DDR - Presse genannt: Angela Davis, Führungsmitglied der Kommunistischen Partei der USA und als Freiheitskämpferin und Freundin der DDR gelobt.

Am 6. Mai fuhr Wolfram mit dem Zug in den Standort der Einheit, in der er seinen Wehrdienst beginnen musste. Vor Ort gab es zunächst die Zuweisung des Schlafplatzes in einem Saal mit fünf Doppelstockbetten. Für jeden der zehn Rekruten stand ein schmaler Spind an der Wand. Dann ging es, geschlossen marschierend, zur Kleiderkammer. Der

Gleichschritt klappte noch nicht, aber das Marschieren gehörte schon ab dem nächsten Tag zum Standardprogramm der Grundausbildung. Die empfangenen Kleidungsstücke wurden, eingehüllt in eine große quadratische Zeltbahn, zur Unterkunft zurück getragen. Dann hieß es erst einmal umziehen und die Zivilkleidung verpacken. Als frischgebackene Unteroffiziersschüler ging die Einheit anschließend geschlossen in die Friseurstube, und ausnahmslos jeder wurde mit einem bürstenartigen Kurzhaarschnitt versehen. Dabei spielte es keine Rolle, ob schon kurze Haare den Kopf zierten. Der Tag verging schnell, und all das Neue und Unbekannte forderte die ganze Aufmerksamkeit der Wehrpflichtigen. Das Abendessen, für fast alle ungewohnt und mit zugeteilten Wurstscheiben und Brot, musste im Eiltempo eingenommen werden. Es begann mit einem Kommando: „Kompanie, setzen!" und endete mit „Kompanie aufstehen, raustreten!" Am Abend wurden die Spinde noch vorschriftsmäßig eingeräumt, ständig kontrolliert und korrigiert. Als 21:30 endlich der Befehl zur Abendtoilette und 22:00 Uhr der Befehl „Nachtruhe! Licht aus!" gegeben wurde, war Wolfram so müde, dass er schnell einschlief. Noch im Tiefschlaf, riss ihn am anderen Morgen 6:00 Uhr der Weckruf aus dem Schlaf. „Kompanie Nachtruhe beenden, fertig machen zum Frühsport!" Zehn Minuten später rannten alle um den großen Exerzierplatz. Nach einer halben Stunde Dauerlauf ging es zurück in die Unterkunft, für die Morgentoilette und das Frühstück blieb nur wenig Zeit.

Der Alltag bei der Truppe brachte jeden Tag neue Herausforderungen. Das Exerzieren war dabei noch die kleinste Hürde. Schlimmer empfand Wolfram die Plagerei, wenn es über die sogenannte Sturmbahn ging. Mit schweren Stiefeln an den Beinen, einen Stahlhelm auf dem Kopf, mit dem Holzmodell eines Maschinengewehres über der Schulter und gelegentlich sogar einer Atemschutzmaske im Gesicht, mussten im Laufschritt die einzelnen Etappen der 200 Meter langen Hindernisbahn bewältigt werden. Aneinandergereiht waren Kriechhindernisse, ein zwei Meter breiter Graben, ein horizontal befestigtes Seil in drei Meter Höhe, eine Holzwand von zwei Meter Höhe, Steighindernis, Kanalhindernis, Grabenhürden und Giebelwand. Wer es bis dahin geschaffte hatte, musste sich nur noch an einem Seil hochziehen, durch ein Fenster klettern und auf einem vier Meter hoch gelegenen schmalen Brett entlanglaufen. Steigen, balancieren, springen – die Sturmbahn war für alle eine große Herausforderung, und für Wolfram das Folterinstrument schlechthin. Er war körperlich immer total ausgepowert, wenn er am Ende der Bahn in das Schützenloch sprang und von dort eine Übungshandgranate warf. Auch das gelang ihm nur mäßig, und seine Wurfweite reizte immer wieder den Ausbildungsunteroffizier zu scharfen Bemerkungen wie „Schlappschwanz, Versager, Null". Nach dem Handgranatenwurf musste die Gasmaske aufgesetzt werden und im Laufschritt ging es wieder zurück zum Anfang der Sturmbahn. Zum Abschluss hinter der Ziellinie musste sich jeder mit der Gewehrattrappe im Anschlag zu Boden werfen. Die Zeit wurde gestoppt, aber wohl niemand erreichte die Vorgaben.

Die ständigen militärischen Übungen und damit verbundenen Kontrollen setzten Wolfram mächtig zu. Er hatte einige Kilogramm Gewicht abgenommen und schlief nachts unruhig und wenig erholsam. Die Spezialausbildung Nachrichten, in die er eingeteilt wurde, war einigermaßen interessant und vielseitig. Zum Einen ging es um Nachrichtenbau, das hieß, Telefonleitungen legen, mit Steigeisen auf Holzmasten klettern und Isolatoren und Halterungen einschrauben. Der andere Bereich war die Nachrichtenübermittlung. Die Grundbegriffe im Sprech- und Tastfunk wurden gelehrt und viel Zeit darauf verwendet, eine Funknachricht zu empfangen und zu senden. Wolfram hatte zunächst Mühe, das Morsealphabet zu erlernen, noch mehr aber, die Tastfunksignale zu verstehen und in Buchstaben umzusetzen. Während einer Schießübung mit scharfer Munition auf einem Truppenschießplatz zog er sich ein Knalltrauma zu. Sein Hörvermögen war für einige Zeit deutlich eingeschränkt, so dass Wolfram fast einen Monat lang keine Funksignale bei den Übungen hören konnte.

In der Nacht zum 21. August marschierten eine halbe Million Soldaten der Sowjetunion, Polens, Ungarns und Bulgariens in die Tschechoslowakei ein. Innerhalb weniger Stunden besetzten sie alle strategischen Positionen des Landes. Dubcek und andere hochrangige Regierungsmitglieder wurden festgenommen und nach Moskau gebracht. Auch bei den Grenztruppen gab es Unsicherheiten, ob ein Befehl zum Einmarsch in Tschechien kommen würde. Zur großen Erleichterung blieb es aber ruhig und die Alarmbereitschaft wurde aufgehoben.

Nach der Ausbildung und der Ernennung zum Unteroffizier kam Wolfram in eine Einheit der Grenzbrigade neun. Auf der Ladefläche eines LKW sitzend, wurden die frisch ernannten Unteroffiziere in ihre Grenzeinheiten gebracht. Wolfram landete in Plauen, immer noch weit entfernt von zu Hause. Er hatte seine Eltern seit einem halben Jahr nicht gesehen, und es war noch nicht abzusehen, wann er Urlaub bekommen würde. In der Kaserne angekommen, bekam Wolfram ein Bett in einem Viererzimmer zugewiesen. Die anderen Unteroffiziere seines Zimmers begrüßten ihn und wiesen ihm das obere Bett an der Wand zu. Seinen Spind räumte er schnell ein, und verstaute die Wäsche und Ausrüstung normgerecht. Inzwischen war es Zeit zum Abendessen. Mit seinen Zimmerkameraden ging Wolfram zur Kasernenküche mit angrenzendem Speisesaal. Dort saßen schon viele Soldaten an langen Tischen mit Bänken. Für die Unteroffiziere war ein Bereich des Saales mit zwei großen Tischen und Bestuhlung reserviert. Das Essen wurde an einer Ausgabe gereicht und bestand aus Brot, Butter und kleinen Wurstkonserven, die jeder aus drei bereitgestellten Metallschüsseln auswählen konnte. Blutwurst und Leberwurst, Bierschinken und Mortadella stand jeweils auf den kleinen Dosen. Mit einem kleinen Dosenöffner, jeder Soldat hatte ein solches kleines Gerät, P-38 Öffner zum ausklappen, mit seiner militärischen Grundausrüstung erhalten, wurden die Konservendosen geöffnet, und der Inhalt auf dem Butterbrot verteilt. Wolfram hatte nach der langen Fahrt auf dem LKW ziemlich großen Hunger, und so nahm er noch ein extra vorbereitetes Leberwurstbrot mit auf sein Zimmer. Was würden die nächsten Tage und Wochen an seinem neuen Standort bringen? Vor allem, wann gab es für ihn den ersten Urlaub? Ende November forderte ihn der Hauptfeldwebel auf, einen Urlaubsantrag für die erste Dezemberwoche zu stellen.

Dieser erste Urlaub für eine Woche wurde genehmigt. Wolfram fuhr Anfang Dezember nach Hause. Es dauerte fast einen ganzen Tag, bis er endlich in Großtrona ankam. Die

Zugverbindung war zu schlecht, vor allem die Wartezeiten auf die Anschlüsse nervten ihn. Die Eltern freuten sich, als er endlich wieder einmal zu Hause war, und Hilde hatte an allen Tagen für die Lieblingsspeisen gesorgt. Wolfram besuchte Harald, dem er ausführlich über sein Ergehen berichtete. Gemeinsam hörten sie Lord Knud, der schon seit dem 28. Januar 1968 die RIAS-Schlagerkassette moderierte. Er war der Ex-Bassist der Gruppe „The Lords". Durch seine Verabschiedung von den Hörern war er inzwischen bekannt und beliebt: „Oki Doki".

Auch Tante Gerda Esche freute sich über einen Nachmittagsbesuch von Wolfram.

Viel zu schnell verging diese Dezemberwoche, und am 2. Advent musste er wieder zurück in seine Kaserne fahren. Wolfram wusste, dass es pro Halbjahr eine Woche Urlaub gab, nur bei den langwierigen Bahnreisen nach Hause würde sich nichts ändern.

Ansonsten spielte sich das gesamte Leben in der Kaserne ab, nur selten unterbrochen von genehmigten Ausgängen vom Dienstschluss 17:00 Uhr bis zur Nachtruhe 22:00 Uhr. Nach Dienstschluss saßen die meisten Soldaten abends im Clubraum zusammen. Dort wurde dann Schach oder Skat gespielt, viel geraucht und geredet. Ein Radio spielte nur DDR Sender, Westrundfunk war streng verboten. Regelmäßig kam der jeweilige OvD, der „Offizier vom Dienst", zur Kontrolle in den Raum.

Eine Montagssendung des DDR Fernsehens war Pflichtprogramm für alle anwesenden Soldaten. Es war „Der schwarze Kanal". Im Vorspann lief ein kurzer Trickfilm: Der Bundesadler landete auf mehreren Fernsehantennen, hüpft, das Gleichgewicht suchend, hin und her und stürzt kopfüber ab. Ein schwarz-weiß-rotes Brustband symbolisierte eine unterstellte nationalkonservative Gesinnung des Westfernsehens. Schnitzler sprach vor der allerersten Sendung über die Beweggründe:

„Der schwarze Kanal, den wir meinen, meine lieben Damen und Herren, führt Unflat und Abwässer; aber statt auf Rieselfelder zu fließen, wie es eigentlich sein müsste, ergießt er sich Tag für Tag in hunderttausende westdeutsche und Westberliner Haushalte. Es ist der Kanal, auf welchem das westdeutsche Fernsehen sein Programm ausstrahlt: Der schwarze Kanal. Und ihm werden wir uns von heute an jeden Montag zu dieser Stunde widmen, als Kläranlage gewissermaßen."

Diese Sendung war also Bestandteil des politischen Unterrichtes, der immer dienstags vormittags stattfand.

Ausgang in die Stadt wurde selten genehmigt, und wer einen der begehrten Ausgangsscheine ergattern konnte, nutzte die wenigen Stunden, um kräftig Alkohol zu trinken. Auch Wolfram war inzwischen ziemlich trinkfest, und neben Bier trank er ganz gern auch den typischen Klaren. Der wurde durch Gärung aus Kartoffeln und dem anschließenden Brennen hergestellt. Nicht selten kamen die Soldaten so betrunken aus dem Ausgang zurück, dass als Strafe für vier Wochen alle Anträge gestrichen wurden. Es gab Feiertage, an denen Abordnungen der Grenzkompanie in Betriebe oder Einrichtungen eingeladen wurden. Am 1. Mai, das war der „Internationale Kampf- und Feiertag der Werktätigen für Frieden und Sozialismus", oder am 8. Mai, dem „Tag der Befreiung vom Hitlerfaschismus durch die ruhmreiche Sowjetarmee", wurden die Soldaten eingeladen, um so die „enge Verbundenheit" zu demonstrieren. Zum Tag der

Republik am 7. Oktober waren es meist Kindereinrichtungen, Schulen und Kindergärten, die sich mit Uniformierten schmückten. Die Gäste bekamen dann meist eine Bockwurst mit Kartoffelsalat und einen dürftigen Blumenstrauß aus drei roten Nelken. Niemand war begeistert von solchen Vorzeigeterminen, aber wichtig war allemal, die Kaserne hinter sich lassen zu können und vielleicht als Abschluss ein paar Gläser Klaren zu trinken. Wolfram wurde vom Kompaniechef zu solchen Terminen in Begleitung von drei Soldaten geschickt, denn er scheute sich nicht, spontan ein Gruß- oder Dankesworte zu sagen. Er hatte sich zu einem talentierten Redner entwickelt, der gern mit Worten jonglierte und geschickt die nötigen Phrasen einbauen konnte. Zu allem brauchte er nie ein ausgearbeitetes Konzept. Auch zu Feiern der Offiziere, die meist zu militärischen Feiertagen, am 1. März, dem Tag der NVA oder am 1. Dezember, dem Tag der Grenztruppen, zusammen kamen, um sich gegenseitig neue Orden zu überreichen, war er gefragt. Zu diesen Feiern war er Rezitator von schwülstigen Heldengedichten, die die Arbeiterklasse oder die „ruhmreiche Sowjetunion" glorifizierten.

Nur selten wurde Wolfram, der offizielle Führer eines motorisierten Funktrupps war, zu Übungen in die nahen Wälder des Vogtlandes gesandt. Er war dann verantwortlich für einen Kraftfahrer, einen Funker und das Kraftfahrzeug, den russischen Kübelwagen GAZ - 69, mit seiner Funktechnik. Das Auto war ein zweitüriger robuster Kübelwagen mit einem nahezu unverwüstlichen aber „durstigen" Vierzylinder-Reihenottomotor. In einem vorgegebenen Areal musste die mobile Funkstation dienstbereit gemacht werden. Dazu wurde eine ausfahrbare Antenne aufgestellt, zwei Funkarbeitsplätze einsatzbereit gemacht und die Funkverbindung zum Regimentsstab hergestellt. Der Kraftfahrer, gleichzeitig für den Sprechfunk verantwortlich, saß auf seinem Fahrerplatz, neben ihm der Truppführer mit einem Arbeitsbrett auf den Oberschenkeln, was zur Fixierung und Stabilisierung unterhalb der Frontscheibe in eine Querstrebe eingehängt war. Hinten auf der kleinen Ladefläche saß der Funker, vor sich die fest installierten Geräte und eine Schreibunterlage mit Funktaste und einer Kladde, um eingehende Funksprüche zu notieren, und ausgehende Texte zu senden. Zu Übungszwecken wurden in der Regel zwei bis drei Funksprüche gesendet und empfangen. Es waren willkürlich festgelegte Fünferkolonnen mit Zeichen und Buchstaben, entnommen aus Arbeitsheften, die allen Funkern zur Verfügung standen. Der diensthabende Offizier gab aus dem Regimentsstab per Sprechfunk die jeweilige Aufgabe an den Truppführer weiter. Das hieß dann beispielsweise Anton–Cäsar–Null-Sieben-Theodor. Diese Information, vom Kraftfahrer auf einen Zettel notiert, wurde an den Truppführer weitergereicht. Der nahm aus einer Mappe das Heft mit der Bezeichnung A-C, suchte die Seite 07 für Tastfunk, und reichte den auswählten Text zum hinten sitzenden Funker, der dann alles als Funkspruches sendete. Die meiste Zeit war aber Warten angesagt, denn diese Übungen erstreckten sich über den ganzen Tag. Besonders beliebt waren für alle die vorherigen Einkäufe in einem Dorfladen auf dem Weg zum befohlenen Einsatzort. Brötchen, Jagd- und Leberwurst, vor allem aber Bier und eine Flasche Klarer, wurden gekauft und im Fahrzeug verstaut. Wolfram zahlte für seinen Trupp die geringen Kosten, denn er bekam immerhin 550 Mark, ab dem zweiten Dienstjahr sogar 600 Mark, Wehrsold. Die Soldaten mussten monatlich mit 80 und die Gefreiten mit 90 Mark auskommen. Leider blieben diese durchaus beliebten Funkübungen seltene Ereignisse.

In der Kompanie gab es unterschiedliche Dienstgrade, die ihre 18 Monate Wehrdienst ableisteten. Durch die Einberufungen, immer Ende April und Ende Oktober, waren immer drei unterschiedliche Diensthalbjahre vertreten. Wer neu kam, wurde von allen anderen „Spritzer" oder „Rotarsch" genannt. Die Soldaten des zweiten Diensthalbjahres wurden von den Älteren „Mittelschwein" und von den Jungen „Vize-EKs" genannt. Die Schulterklappen, stoffbezogene Pappen, wurden als äußeres Zeichen in der Mitte geknickt. Am Ende des zweiten Diensthalbjahres gab es die Beförderung zum Gefreiten. Dann war man endlich „EK"- Entlassungskandidat. Das Symbol des letzten Diensthalbjahres war ein Bandmaß und zwei Querknicke in den Schulterklappen. Das Bandmaß, ein 150 cm langes textiles Schneidermaßband, wurde vor dem ersten Anschneiden bemalt, die Sonntage rot und die Samstage halbschräg rot. Die 133, das war die Postleitzahl von Schwedt/Oder, dem Sitz des Militärgefängnisses, war mit einem schwarzen Rahmen versehen, und die letzten zehn Tage ebenfalls schwarz bemalt. Täglich nach Dienstschluss wurde ein Zentimeter, das bedeutete ein Tag, abgeschnitten. Diese Schnipsel schickten alle nach Hause zur Freundin oder den Eltern. Die klebten diese dann auf eine Sektflasche, die dann am Tag der Entlassung „geköpft" wurde, Der erste Anschnitt, das war der sogenannte Goldzahn, ein halbrundes Messingteil am Beginn des Maßbandes, wurde mithilfe eines kleinen Schlüsselringes an der Armbanduhr getragen. Als Zeichen der Überheblichkeit gegenüber neuen Soldaten, wurde das Bandmaß häufig symbolisch entrollt. Das Peinlichste für einen „EK" war, wenn ihm von einem Offizier sein Statussymbol abgenommen wurde. Für Unteroffiziere auf Zeit, die eine Dienstzeit von 36 Monaten ableisteten, gab es heimlich auch diese „EK-Bewegung", die in den Armeeeinheiten teilweise geduldet wurden.

Über ein Ereignis berichtete natürlich auch das DDR-Fernsehen in seiner Aktuellen Kamera am 20. Juli. Die Welt staunte über den ersten Menschen, der den Mond betrat, es war der amerikanische Astronaut Neil Armstrong. Er sprach vom Mond aus: „Das ist ein kleiner Schritt für den Menschen, ein riesiger Sprung für die Menschheit". Sein Astronautenkollege

Buzz Aldrin kam kurz nach ihm aus der Mondlandefähre LM-5. Die Gesamtzeit auf dem Erdtrabanten bis zum Start vom Mond dauerte 21 Stunden und 36 Minuten. Alle Welt verfolgte gebannt das unglaubliche Geschehen dieser Apollo-11-Mission.

Zum Weihnachtsfest 1969 musste Wolfram in der Kaserne sein. Seinem Antrag auf Urlaub wurde nicht stattgegeben, stattdessen konnten zwei Unteroffiziere nach Hause fahren, die verheiratet waren und Kinder hatten. An den Feiertagen gab es keinen Dienst, und alle Anwesenden saßen in ihren braunen Sportanzügen im Aufenthaltsraum, rauchten, erzählten und spielten Karten oder Schach. Der Fernsehraum war ganztägig geöffnet. Auch das neue zweite Programm, seit Anfang Oktober auf Sendung, war zu empfangen, aber in Ermangelung eines Farbfernsehgerätes nur in schwarz – weiß zu sehen. Die Nachrichtensendungen der „Aktuellen Kamera" zählten zu den Pflichtprogrammen für alle, aber es liefen auch „Du und dein Garten" der „Tierparkteletreff" mit Prof. Dr. Dr. Heinrich Dathe und Annemarie Brodhagen und die „Tipps des Fischkochs" mit Rudolf Kroboth. Beliebt waren „Da lacht der Bär", und mit Reiner Süß die Sendung „Da liegt Musike drin".

Wenn nicht ferngesehen wurde, wurde gelesen, vor allem auch die ausliegende Zeitung „Wochenpost". Im Gegensatz zur „Junge Welt" und „Neues Deutschland" gab es interessantere Beiträge über Kultur, Rätsel, Karikaturen von Willy Moese und vor allem Inserate. Letztere wurde eifrig studiert, vor allem die Rubriken Kennenlernen und Heirat. Auch Wolfram nahm das Blatt regelmäßig zur Hand. Am 1. Weihnachtsfeiertag, der war in diesem Jahr an einem Donnerstag, las er interessiert die Anzeigen heiratswilliger Frauen. Eine Kindergärtnerin aus Zeitz suchte einen liebevollen und unternehmungslustigen Mann zwecks Freundschaft. „Spätere Heirat nicht ausgeschlossen" stand im Nachsatz. Eine andere Anzeige, aufgegeben von einer Berlinerin, suchte einen „gleichgesinnten Christen für eine Partnerschaft und gemeinsame Zukunft".

Noch am gleichen Abend saß Wolfram im Zimmer und schrieb an beide Frauen einen kurzen Brief, in dem er sich vorstellte. Von den Inserentinnen wollte er Näheres zu Alter und Beruf wissen, und so bat er um Rückantwort. Um sich Zeit und Mühe zu sparen, hatte er beide Briefe im gleichen Wortlaut, nur mit unterschiedlicher Anrede geschrieben. „Sehr geehrte Dame aus...„ Ob er eine Antwort erhalten würde? Die Briefe gingen, adressiert an den Zeitungsverlag und unter der Anzeigennummer, noch am gleichen Tag in den Briefkasten neben dem Kasernentor. Der würde aber erst am Sonnabend nach Weihnachten geleert.

In der zweiten Januarwoche bekam Wolfram einen Brief aus Zeitz. Die Kindergärtnerin, die in der „Wochenpost" auf der Suche nach einem Mann war, hatte geschrieben. Margitta, so stellte sie sich im Brief vor, schrieb in wenigen Zeilen eine Absage. Sie wollte keinen Armeeangehörigen, und schon gar nicht einen, der mehr als den Grundwehrdienst leistete. Wolfram war über diese Haltung etwas erstaunt, aber schnell hatte er diesen Brief vergessen.

 Eine Woche später kam ein Brief aus Berlin. Bärbel, eine Krankenschwester, schrieb recht ausführlich über sich, ihre Wünsche und Vorstellungen und vor allem über ihr Christsein. Das war ihr so wichtig, dass sie weitere Kontakte oder gar eine Brieffreundschaft an die gleichen Werte und Vorstellungen bei Wolfram knüpfte. Sollte er kein Christ sein, so hätte sich alles Weitere erledigt. Wie sollte Wolfram darauf reagieren? Der Brief war so herzlich und freundlich, dass er sich entschloss, noch nicht zu dieser Glaubensfrage Stellung zu nehmen. Ein ausführlicher Brief ging wieder zurück nach Berlin, in dem Wolfram seine Familie und das Leben vor dem Wehrdienst schilderte. Er berichtete von der christlichen Jugendarbeit, obwohl er ja längst aus der Kirche ausgetreten war. Auch seine Leselust und die zuletzt gelesenen Bücher, beschrieb er. Es dauerte nur wenige Tage, bis Wolfram wieder ausführliche Zeilen in der Hand hielt. Von da ab wechselten die Briefe wöchentlich zwischen Berlin und Plauen. Bärbel, so entdeckte Wolfram, hatte eine erfrischende und packende Art zu schreiben. Die Briefe enthielten so viel Spannendes aus ihrem Leben, und waren immer emotional und liebevoll an ihn gerichtet. Aus dem ersten Briefwechsel entwickelte sich in wenigen Wochen eine intensive, und die beiden Schreiber erfreuende Brieffreundschaft. Natürlich trug er längst ein Foto in seiner Geldbörse. Bärbel war eine dunkelhaarige Schönheit, in die er sich nach und nach aufgrund der wunderschönen Briefe verliebt hatte.

Im April war eine Woche Urlaub geplant, und Wolfram fragte an, ob er nach Berlin kommen könne. Bärbel besorgte für diese Woche ein Zimmer bei Bekannten und schrieb, wie sehr sie sich auf das erste Treffen freue. Die Fahrt von Plauen in die „Hauptstadt der DDR" wurde für Wolfram zu einer großen Geduldsprobe. Drei Mal umsteigen, mit jeweils mehr als 30 Minuten Wartezeit auf den Anschlusszug, wurden für ihn zu einer echten Herausforderung. Dann endlich war es so weit, und der Zug fuhr in den Berliner Bahnhof Lichtenberg ein. Bärbel stand wartend auf dem Bahnsteig. Wolfram hatte sie aus dem Abteilfenster sofort gesehen und erkannt. Die Begrüßung war ungewöhnlich förmlich und zurückhaltend. Bärbel dirigierte ihren angespannten Gast durch den Bahnhof bis zu den Gleisen der S - Bahn, denn sie müssten noch eine halbe Stunde fahren, um das Urlaubsquartier zu erreichen. Dort ange-kommen zeigte sich, dass es der Haushalt eines Pastors war. Der älteste Sohn hatte sich bereit erklärt, den neuen Freund von Bärbel in seinem Zimmer schlafen zu lassen. Wolfram war darüber sehr überrascht, aber die Frau des Pastors gewann mit ihrer herzlichen Begrü-ßung schnell die Sympathie des noch Unifor-mierten. Der Koffer wurde abgestellt und Andreas, der Pastorensohn, öffnete seinen

Kleiderschrank. „Hier, probier mal die Hose und den Pulli an. Das müsste dir passen, denn wir sind etwa gleich groß. Dann musst du nicht die Uniform tragen." Schnell hatte Wolfram die Uniform abgelegt, und sich neu eingekleidet. Alles passte, eine Jacke wurde noch übergestreift, und dann ging es mit Bärbel, die gewartet hatte, hinaus auf die Straße. Mit der Straßenbahn fuhren sie nun durch Berlin. Die vielen Eindrücke in der quirligen Stadt faszinierten Wolfram. Er war begeistert und wünschte sich heimlich, einmal hier leben zu können. Den Abend verbrachten die beiden jungen Leute bei Bärbels Eltern. Nach dem gemeinsamen Essen gab es für jeden noch ein Glas süßen Dessertweines „Murfatlar". Bärbels Vater hatte diesen in einem „Delikat"- Laden gekauft. Die Berliner nannten diese „Lebensmittelgeschäfte des gehobenen Bedarfs" umgangssprachlich „Deli" oder „Fress-Ex". Am Abend, kurz nach neun Uhr, fuhren Bärbel und Wolfram zum Nachtquartier in den Stadtbezirk Pankow.

Der neue Tag begann für Wolfram mit einem reichhaltigen Frühstück. Andreas saß mit am Frühstückstisch und es wurde viel gelacht und erzählt. Ausführlich musste Wolfram von seiner Familie und dem Heimatort Großtrona berichten. Auch der Wehrdienst bei den Grenztruppen kam zur Sprache. Andreas hatte die Einberufung zum Wehrersatzdienst als Bausoldat erhalten und war die letzten Apriltage zu Hause. Er berichtete von Abendveranstaltungen für Jugendliche in der Gemeinde, die zwei Tage vorher begonnen hatten. „Du wirst ja mit Bärbel auch am Abend kommen, denn sie gehört zum Mitarbeiterteam unserer Gemeinde."

Den Tag verbrachten Wolfram und Bärbel, viele Sehenswürdigkeiten in Berlin besuchend. Sie schlenderten über den Alexanderplatz zum Fernsehturm. Dort fuhren sie mit dem schnellen Lift bis zur Aussichtsplattform. Nach der Besichtigungsrunde, hoch oben über den Dächern Berlins, spazierten sie durch die Straße „unter den Linden", vorbei an Zeughaus und neuer Wache, Humboldtuniversität und, fast am Brandenburger Tor, der großen Sowjetischen Botschaft. Das berühmte Wahrzeichen Berlins sah man, aber nahe herantreten war durch die vorgelagerte Absperrung unmöglich. Wieder zurück am Alexanderplatz ging es mit der U-Bahn nach Pankow. Ein größerer Abschnitt dieser U-Bahn-Linie wurde als

Hochbahn über dem Straßenniveau geführt, so dass Wolfram einen Eindruck von der Großstadt gewann. In Pankow gab es eine „Broilergaststätte", ein Lokal, in dem Brathähnchen serviert wurden. „Zwei halbe Broiler und zwei Pilsner", bestellte Bärbel.

Den Nachmittag verbrachten sie im Volkspark Friedrichshain mit seinem Märchenbrunnen. Es war erholsam, aber auch eine intensive Zeit des Redens zwischen Wolfram und Bärbel. Sie hatten sich viel zu erzählen, zu fragen und gelegentlich auch zu schweigen. Das Kennenlernen war für beide eine Bestätigung, dass sie eine große Sympathie, oder war es schon Liebe, füreinander empfanden.

Am Abend besuchten sie gemeinsam die Jugendveranstaltung in der Gemeinde. Mit einer Musikgruppe und einem jungen Redner war die Veranstaltung auch für Wolfram sehr interessant, so ganz anders als die immer gleich laufenden Gottesdienste, die er zu Hause erlebt hatte. Im Anschluss saßen fast alle noch bei Tee und Keksen zusammen. An kleinen Tischen sitzend wurde heftig diskutiert, an anderen saß man, still zum Gebet geneigt, aber es wurde auch gelacht und gesungen. An den Tisch, an dem Wolfram saß, kam der Redner des Abends, der ihn bald in ein intensives Gespräch verwickelte. Wolfram fühlte sich in dessen Nähe sehr wohl, hatte er doch den Eindruck, dass er akzeptiert war. Auch die Tatsache seines freiwilligen Armeedienstes wurde widerspruchslos und ohne Rückfragen akzeptiert. Im Gespräch ging es viel mehr um Zukunftspläne und die Fragen, wie es mit Beruf und Partnerschaft weitergehen sollte. Wolfram wusste auf viele Fragen noch keine Antwort. Immer stärker kristallisierte sich aber heraus, eine Entscheidung für oder gegen den Glauben treffen zu müssen. War diese Frage nur angeregt von der klaren Haltung Bärbels, die betont hatte, nur mit einem Christen eine Ehe eingehen zu wollen? Wolfram war sich aber sicher, dass diese Grundsatzfrage seine eigene Lebensentscheidung sein musste. Konnte er sich vorstellen, das Christsein ernst zu nehmen? Würde das dann Konsequenzen für den Alltag haben und vor allem, was würde das für seinen Armeedienst bedeuten? Wolfram war sich sicher, nie so verbissen wie sein Vater in Glaubensfragen leben zu wollen. Aber ihm war auch aufgefallen, wie fröhlich Andreas war, wie auch viele andere junge Leute an diesem Abend. Mit dem Jugendpastor sprach er am späten Abend noch ein Gebet, mit der festen Absicht, von jetzt an als Christ geradlinig und eindeutig leben zu wollen. Die Mitgliedschaft in der evangelischen Kirche wollte er aber erst nach dem Ende seiner Armeezeit wieder bedenken, um dann auch aktiv in einer Kirchgemeinde mitarbeiten zu können.

Noch lange saßen Wolfram und Andreas in dessen Zimmer zusammen. Vieles gab es zu bedenken und zu besprechen. Wolfram fühlte eine große Ruhe und Glücksgefühle in sich, wusste er doch, dass er in Andreas einen Freund gewonnen hatte. Vor allem aber war er fest überzeugt, Bärbel zu lieben. Mit ihr konnte er sich eine Zukunft vorstellen, und sie wollte er so schnell wie möglich um ihre Hand anhalten.

Wolfram saß uniformiert im Zug nach Karl-Marx-Stadt, denn sein Urlaub war leider zu Ende. In der Stadt musste er umsteigen, um dann nach Plauen zu fahren. Diesmal fiel es ihm schwer, zurück zu seiner Einheit zu fahren, hatte er doch viele schöne Stunden mit Bärbel verbringen können. Geküsst hatten sie sich, aber eher zart und unaufdringlich. Wolfram war glücklich.

Der Dienstbeginn in der Kaserne war unspektakulär und eher langweilig. Wolfram musste ab Mai drei junge Soldaten im Tastfunk ausbilden. Während in Westdeutschland die Gründung der Rote Armee Fraktion die Gemüter erhitzte und die staatlichen Organe herausforderte, bewegten die Menschen in der DDR eher Versorgungsfragen und Engpässe bei Konsumgütern. Zum Jahresende wurde eine Ausgangssperre für alle Grenztruppen angeordnet. Arbeiteraufstände in Polen, vor allem in Gdansk (Danzig), Gdynia (Gdingen) und Szczecin (Stettin) hatten Todesopfer gefordert. Die Regierung unter Wladyslaw Gomulka wurde vom Politbüro der PZPR zum Rücktritt gezwungen, und als Nachfolger Edward Gierek bestimmt. In der DDR ging die Angst um, in das Nachbarland mit Truppen einmarschieren zu müssen. Die Gefechtsbereitschaft wurde schließlich kurz vor Weihnachten wieder aufgehoben, und auch Wolfram durfte seinen lange geplanten Weihnachtsurlaub antreten.

Es wurde eine harmonische Urlaubswoche. Selbst mit dem Vater gab es keine langatmigen Diskussionen. Die Mutter hatte an Speisen alles das besorgt, was Wolfram gerne aß. Die Besuche bei Tante Gerda und auch bei Harald rundeten die Tage ab. Von Onkel Gerhard aus Amerika war wieder eine Sendung über den Genex Geschenkdienst gekommen. Er hatte für die Familie ein Farbfernsehgerät „Color 20" aus dem „RFT Werk Staßfurt" liefern lassen. Mit einer Bildschirmdiagonale von 59 cm kostete das Gerät offiziell 3.700 Mark. Leider gab es bei den ersten Geräten dieser neuen Baureihe noch keine Decodernachrüstung, und so blieb der Empfang des Westfernsehens nur schwarz–weiß. Die Überraschung über das großzügige Geschenk war riesig. Für den Fernsehempfang wurde eigens einen Tag später eine Antenne unter dem Dach angebracht, damit von der Straße aus nicht sichtbar wurde, wer Westfernsehen empfing. Für Wolfram, als Angehörigen der Grenztruppen, war das ja ausdrücklich verboten. Die DDR – Polizei, in allen Orten mit ABV, den „Abschnittsbevollmächtigten", vertreten, gingen regelmäßig die Straßen entlang. Dabei wurden natürlich auch die Dächer der Wohnhäuser betrachtet, um festzustellen, wer eine Fernsehantenne nach Westen ausgerichtet hatte. Darüber wurde dann an die vorgesetzte Dienststelle Meldung gemacht.

Als der Urlaub zu Ende ging und Wolfram seinen Koffer für die Rückfahrt in die Kaserne packte, bekam er von der Mutter noch ein paar Tafeln Schokolade. Die hatte sie in der Stadt in einem „Fress-Ex" erstanden, der neu eröffnet hatte.

Wieder zurück am Standort wartete schon Post von Bärbel auf Wolfram. Es war ein kleines Päckchen mit beigefügtem ausführlichen Brief. Ein gerahmtes Foto, das hatte sie in einem Atelier in Berlin machen lassen, aber auch vier Päckchen Zigaretten, „Juwel", mehrere Schokoladen und Weinbrandbohnen waren liebevoll verpackt. Mit dem Brief und der Antwort beschäftigte sich Wolfram besonders ausführlich. Sie beide hatten sich schon seit dem Sommer darüber ausgetauscht, welche Möglichkeiten es geben könnte, damit Wolfram nach der Armeezeit nach Berlin kommen könne.

Seit dem 10. November hatte auch Wolfram ein Bandmaß, von dem er regelmäßig einen Zentimeter abschnitt und den Schnipsel zu Bärbel schickte. Zum Jahresende lagen nur noch 99 Tage vor ihm. Dann wollte er gern nach Berlin ziehen.

Der Vietnamkrieg beherrschte noch immer die Nachrichtensendungen der „Aktuellen Kamera". Seit den späten 1950er Jahren wurden Nordvietnamesen zum Studium in die DDR eingeladen. Inzwischen gab es aber umfangreiche Verhandlungen, um die Beziehungen der beiden Staaten weiter auszubauen. Eine Anwerbung von Vertragsarbeitern aus dem sozialistischen Bruderland Vietnam war angedacht, aber noch nicht vertragsreif.

Bärbel konnte für Wolfram wichtige Absprachen tätigen. Er sollte in einem Berliner Stadtbad, in der Nähe des Alexanderplatzes, zunächst eine Arbeit als Badewärter aufnehmen. Für den September war dann eine Ausbildung in der Physiotherapie geplant. Noch im März kam die schriftliche Zusage für einen Platz in der Erwachsenenqualifizierung an der medizinischen Fachschule Berlin – Buch. Wolfram freute sich schon auf die Möglichkeiten in Berlin zu wohnen und endlich eine Ausbildung im medizinischen Bereich zu beginnen, die ihm hoffentlich mehr Freude machte, als sein erster nichtbestandener Beruf.

Die Entlassung aus dem aktiven Militärdienst stand nun kurz bevor. Bärbel hatte ein Zimmer bei einer alten Berliner Witwe gefunden. Wolfram sollte dort zunächst wohnen, bis sie gemeinsam andere Entscheidungen treffen würden. Die Eltern sandten rechtzeitig einige Pakete mit den persönlichen Sachen ihres Sohnes nach Berlin. Bärbel kümmerte sich, neben ihrem Schichtdienst in einem Berliner Krankenhaus, um alles. Sie nahm die Pakete in Empfang und richtete das Zimmer gemütlich ein. Dann endlich war es soweit. Am 29. April wurde Wolfram aus dem aktiven Dienst bei den Grenztruppen entlassen. Am Vormittag mussten noch alle Kleidungs- und Ausrüstungsgegenstände abgegeben werden. Dann wurden alle Entlassenen mit einem Mannschaftswagen zum Bahnhof gefahren, wo sie verabschiedet wurden. Wolframs Zug zur Bezirksstadt ging erst drei Stunden später, und von dort fuhr dann ohne Wartezeit der Bus nach Großtrona. Zwei Tage würde Wolfram zu Hause sein, um sich zu verabschieden. Am 2. Mai sollte das

Abenteuer Berlin mit der Zugfahrt in die Hauptstadt beginnen.

Die Eltern Hilde und Werner freuten sich, endlich ihren Wolfram wieder zu Hause zu haben. Es sollten für ihn schöne Stunden werden, so hatte sie es sich vorgenommen, bevor er dann nach Berlin ging. Natürlich freuten sie sich mit ihm, aber mindestens ebenso gern hätten sie ihn wieder bei sich gehabt. Werner, der Vater, war über die Ausbildungschancen in der Stadt sehr froh. Er sprach lange mit seinem Sohn über die neuen Möglichkeiten, sich beruflich zu orientieren. Er war überzeugt, dass Wolfram im angestrebten medizinischen Fach gute Arbeit leisten würde. Auch die Freundschaft mit Bärbel war Grund zur Freude. Die hatte vor gut einem Monat für ein Wochenende Wolframs Eltern besucht. Die beiden hatten die junge Berlinerin gleich ins Herz geschlossen. Sie wussten ihren Jungen in guten Händen. Vor allem Werner war zufrieden, denn Bärbel nahm ihr Christsein sehr ernst. Mit ihren angehenden Schwiegereltern hatte Bärbel auch über eine Hochzeit gesprochen. Hilde hatte direkt und ohne Umschweife nachgefragt, ob sie geplant hätte, Wolfram zu heiraten. Dann wurde ausführlich über die Trauung in einer Berliner Kirche gesprochen, über eine Feier und die Gegebenheiten, Übernachtungsmöglichkeiten bereitzustellen. Hilde holte einen „Konsument-Katalog" aus dem Wohnzimmerschrank. Die Titelseite zierte eine Frau im weißen Wintermantel mit langen, weißen Stiefeln und einer Pelzmütze, ebenfalls aus weißem Fell. Wiederholt hatte Hilde Bestellungen aufgegeben, mal war es ein Winterkleid, dann aber auch Herrenstiefel mit Pelzfutter. Allerdings war jeweils folgendes Schreiben bei ihr eingetroffen: „Ihren Auftrag haben wir dankend erhalten. Unser Warenangebot hat im Kreis unserer Kunden so gut angesprochen, dass bei einigen Artikeln die Bestände nicht ausreichen. Das trifft leider auch für die von ihrer Bestellung enthaltene Ware zu. Mit freundlichen Grüßen….." Es gab im Katalog auch Brautkleider, und man könnte ja versuchen, so überlegte Hilde laut, eines zu bestellen. Bärbel fand die abgebildeten Modelle nicht sonderlich attraktiv, und so blieb diese Möglichkeit, zu einem Kleid zu kommen, unberücksichtigt. Vielleicht könnte man Gerhard per Brief bitten, für ein Kleid zu sorgen, schlug Werner nun vor. Aber Bärbel war sich sicher, alles in Berlin selbst regeln zu können. Außerdem war noch kein Hochzeitstermin geplant, und es blieb ja auch so noch genügend Zeit für alle Einkäufe.

Wolfram kam endlich in Berlin an. Mit seinem großen Koffer und einem Rucksack auf dem Rücken, entstieg er dem Zug aus dem Süden. Bärbel hatte ihn schon sehnsüchtig erwartet. Sie war vor wenigen Tagen in ein Zimmer im Wohnheim für Schwestern, direkt neben der Klinik, gezogen. Lange hatte sie warten müssen, bis sie bei der Zimmervergabe berücksichtigt wurde. Von dort bis zu Wolframs Zimmer, waren es nur wenige Gehminuten. So konnten die beiden jungen Leute täglich zusammen sein, und nur zum Schlafen wollte Wolfram in sein neues Zuhause gehen. Am ersten Abend in Berlin wurde lange gefeiert. Wolfram öffnete die mit Bandmaßabschnitten beklebte Flasche Sekt, danach gab es noch Wein und echten Nordhäuser Korn. Andreas, der Sohn des Pastors, war nicht bei der Feier dabei, er hatte wenige Tage zuvor in Prora auf Rügen seinen Wehrersatzdienst als Bausoldat angetreten.

Nur wenige Tage später am Mittwoch, begann Wolfram seine neue Tätigkeit im

Stadtbad. Im Stadtbezirk Prenzlauer Berg gab es unzählige Wohnungen, zum Teil in Wohnvierteln mit zwei oder drei Hinterhöfen, die über keine eigene Toilette und schon gar nicht ein Bad verfügten. Die Toiletten in den Treppenaufgängen wurden in der Regel von zwei Mietparteien genutzt wurden. Zum Baden ging man dann einmal in der Woche in das öffentliche Stadtbad in der Oderberger Straße. Das Gebäude aus dem Jahr 1899 wurde auch nach dem Krieg wieder als öffentliche Badeanstalt genutzt, und dort, in der Wannenabteilung, war nun der neue Arbeitsplatz von Wolfram. Er betrat das große Haus durch das wuchtige Eingangsportal, warme Luft, geschwängert mit dem Geruch von Desinfektions- und Reinigungsmitteln, schlug ihm entgegen. Durch eine Pendeltür gehend stand er plötzlich vor einer kleinen und beleibten Frau mit dicker Brille auf der Nase. „Guten Tag, ich bin Wolfram Starke, der Neue", stellte er sich vor. Nach einer kurzen Begrüßung wurde er in einen Aufenthaltsraum mit Kleiderspinden geschoben. Auf einer Bank vor den schmalen Schränken lag bereits ein Bündel mit weißer Dienstkleidung. Wolfram sollte sich umziehen und anschließend wieder nach draußen kommen. Rosa, so hatte sich die Frau vorgestellt, würde ihn dann in die Arbeiten einweisen. Wenige Minuten später stand Wolfram, neu eingekleidet in eine weiße Hose und eine kurze Jacke mit vorderer Knopfleiste, wieder im langen Gang der Badeanstalt. Links und rechts gingen jeweils die Türen zu den einzelnen Kabinen ab, in denen eine freistehende Badewanne auf die Kunden wartete. Rosa erklärte nun die Aufgaben, die er erfüllen sollte. Nach der Benutzung wurde die Badewanne mit einem Lappen, der in einen kleinen Eimer mit Waschlauge und viel Desinfektionsmittel getaucht wurde, gründlich ausgewaschen. Mit der Handbrause nachgespült, ließ Rosa dann frisches Badewasser ein. Sie hielt eine Hand unter den einlaufenden Wasserstrahl, um die Temperatur zu regeln. Dann trat sie auf den Gang und rief laut: „der Nächste bitte." Aus dem Vorraum kam dann ein neuer Badegast, betrat die Kabine, und Rosa schloss die Tür, die von innen verriegelt werden konnte. Nach dem Baden ging der nun frisch duftenden Kunde aus der Kabine, ließ die Tür offen stehen und verließ das Stadtbad. Die offene Tür signalisierte: Fertig! Kabine säubern und nicht den Fußboden vergessen! Neuen Badegast rufen! Fertig. Wer über die angesetzte Zeit von 20 Minuten die Kabine belegte, wurde mit einem energischen Klopfen an der Tür zur Eile angemahnt. Wer nach 35 Minuten noch immer nicht gegangen war, wurde persönlich zum Gehen aufgefordert. Der Badewärter öffnete dann mit einem Vierkantschlüssel die Kabinentür und sah nach dem rechten. Gelegentlich kam es vor, dass männliche Badegäste bei ihrer eigenen sexuellen Betätigung ertappt wurden. Laut schimpfend verwies man sie des Bades.

Wolfram hatte den ersten Tag im neuen Arbeitsumfeld geschafft. Von Freitag bis Samstag sollte er morgens ab halb acht Uhr seinen Dienst beginnen, in der Folgewoche aber im Nachmittagsdienst von 14 bis 21 Uhr arbeiten.

Vier Tage später kam die für Physiotherapie zuständige Ärztin in das Stadtbad. Sie stellte sich vor, begrüßte den jungen Mann und besprach die Einzelheiten für den Antrag auf Erwachsenenqualifizierung, die im September beginnen sollte. In Berlin Buch würde der Unterricht stattfinden. Wolfram bekam ohne Umstände die Zusage zum Ausbildungsbeginn wenige Tage später per Hauspost zugesandt. Ein beigefügter Stundenplan informierte über die Ausbildungsinhalte.

Neben Anatomie standen auch allgemeine und spezielle Pathologie, Gesundheitsschutz, Reaktionslehre, Psychologie und Pädagogik, Massage, Elektrotherapie und Hydrotherapie auf dem Stundenplan. Natürlich fehlte auch der übliche Unterricht in Marxismus-Leninismus nicht. Kurz vor Ausbildungsbeginn wechselte Wolfram in eine kleine therapeutische Einrichtung, nur wenige Querstraßen vom Stadtbad entfernt. Dort wurden medizinische Bäder und Unterwassermassagen verabreicht. Auch Massage und therapeutische Gymnastik zur Behandlung unterschiedlicher Krankheitsbilder wurden von Fachkräften gegeben.

Wolfram hatte schon nach wenigen Tagen in Berlin gute Kontakte zur Kirchgemeinde, in der auch Bärbel Mitglied war. Die lebendige Jugendarbeit faszinierte ihn, und so brachte er sich mit seinen Fähigkeiten in die Mitarbeit mit ein. Schon nach recht kurzer Zeit hatte er einen recht großen Freundeskreis und war, wie er den Eltern in einem Brief schrieb, „immer mittendrin". Für August wurde eine gemeinsame Fahrt nach Potsdam geplant. An einem Sonntag fuhren dann alle Teilnehmer von Berlin mit der S-Bahn über den Berliner Ring in die Stadt am Mittellauf der Havel. Potsdam war nicht nur für das Schloss Sanssouci berühmt, sondern auch für das Filmstudio Babelsberg und das Schloss Cecilienhof. Letzteres war der Wohnsitz des letzten deutschen Kronprinzen Wilhelm von Preußen. Von Mitte Juli bis zum Anfang August 1945 fand dort die Potsdamer Konferenz der Kriegssiegemächte, USA, Vereinigtes Königreich und Sowjetunion statt. Diese Konferenz endete mit dem Potsdamer Abkommen, das die Besetzung und Teilung Deutschlands in vier Zonen besiegelte.

Nach dem Gottesdienstbesuch in der Kirche gab es das gemeinsame Mittagessen. Ein Prager Schnitzel mit Röstkartoffeln und Gurkensalat kostete 5,40 Mark. Andere entschieden sich für Deutsches Beefsteak mit Kartoffelpüree und Salatteller für 3,90 Mark. Wer noch ein helles Bier dazu trank, zahlte knapp eine Mark mehr. Der anschließende Besuch von Sanssouci interessierte Wolfram sehr. Gemeinsam spazierten sie durch den Park. Im Sommerschloss, im Stil des Rokoko errichtet, bestaunten sie die prächtigen Innenausstattungen. Dann ging es durch die Weinbergterrassen zum Brunnen mit der großen Fontaine. Am Abend, und wieder zu Hause in seinem Zimmer, versuchte Wolfram die Erinnerungen zu beleben. Was hatte er alles gesehen? Neptungrotte, chinesisches Haus, Obeliskenportal, künstliche Ruinen, Drachenhaus ... Aber in welcher Reihenfolge hatte er das besichtigt? Wolfram war sich sicher, bald wieder nach Potsdam zu fahren, um dann gezielt die Gebäude und Ensembles im Park zu besuchen. Im Neuen Palais hatte er eine kleine Mappe gekauft, in der einige Einzelbilder gesammelt waren. Wolfram wollte, wenn er das Geld dafür erarbeitet hätte, bald einen Fotoapparat kaufen. Dann wären die Erlebnisse besser zuzuordnen.

Treffen mit Bärbel, arbeiten im Schichtrhythmus, Ausbildungsbeginn in Berlin-Buch, Jugendstunde, Gottesdienste, Bibelstunden – Wolfram war fast nie in seinem kleinen Zimmer. Seine Tage waren angefüllt mit allem, was ihn interessierte. Der Ausbildungsstart gelang ohne Komplikationen. Auch die zunächst schwierig erscheinenden Fächer Pathologie und Anatomie bereiteten ihm keine Schwierigkeiten. Der Aufbau des Körpers interessierte Wolfram sehr, und so war er schnell in der Lage, Gestalt und Struktur von Körperteilen zu benennen. Wolfram lernte die Begriffe, wie Clavikula, Scapula oder Plexus kennen, und am Skelett im Unterrichtsraum konnte er genau erklären, was sich bei einzelnen Bewegungen abspielte. Er sah eine große Chance, in anderthalb Jahren, wenn die Ausbildung zu Ende gehen würde, die Facharbeiterprüfung zu bestehen. Zumindest wollte er alles dafür unternehmen, um gut abzuschneiden.

Zum Jahreswechsel fuhren Wolfram und Bärbel nach Großtrona. Sie wollten dort mit den Eltern feiern, vor allem aber über die Hochzeit sprechen, die das junge Pärchen für den Mai 1972 geplant hatte. Die standesamtliche Hochzeit war schon für den 26. Mai angemeldet.

Mit großer Freude begrüßten Werner und Hilde die beiden, als sie am Spätnachmittag des 29. Dezember zu Hause eintrafen. Hilde hatte das ehemalige Zimmer von ihrem Sohn mit einem zweiten Bett ausgestattet. Bärbel hatte eigentlich nicht damit gerechnet, gemeinsam mit Wolfram das Zimmer und schon gar nicht die ehebettähnliche Schlafstatt zu teilen. Aber sie schwieg und stellte nur ihren Koffer im Zimmer ab, bevor sie sich mit an den Tisch im Wohnzimmer setzte. Hilde hatte frischen Kuchen gebacken, die Kanne mit Kaffee in den dicken Kaffeewärmer gesteckt, und einen Tropfschutz an der Ausgusstülle befestigt. Als jeder seinen frischen und heißen Kaffee vor sich hatte, wurde nicht nur gegessen, sondern vor allem viel von Berlin erzählt. Wolframs Eltern wollten viele Details wissen, natürlich auch, wie der Ausbildungsstart für ihren Sohn gelaufen sei. Der Abend verlief harmonisch und bei angenehmen Gesprächen. Spät noch hatte der Vater ein Glas Wein eingeschenkt. Kurz vor Mitternacht wünschten Wolfram und Bärbel eine gute Nacht und gingen ins Bett. Bärbel nutzte noch das Bad im Erdgeschoss, um sich für die Nachtruhe fertig zu machen. Mit ihrem langen Nachthemd bekleidet kam sie wieder zurück, und legte sich in das noch freie Bett. Wolfram löschte das Licht, dann suchte seine linke Hand im Nachbarbett nach Bärbels Hand, hielt sie fest und wartete. Bärbel lag ganz still, sie atmete ruhig und leise. „Willst du zu mir kommen?" flüsterte sie Wolfram zu. Der schob sich langsam in das Bett von Bärbel und lag bald darauf unbeweglich und steif neben ihr. Die Wärme ihres Körpers, die er auch durch ihr Nachthemd spürte, erregte ihn.

Wolfram war unsicher, es war sein erstes Mal, dass er das Bett mit einer Frau teilte. In seinem Kopf rasten die Gedanken kreuz und quer. Er wünschte sich seinen ersten Geschlechtsverkehr, wusste aber nicht, wie er das anstellen sollte. Er war erregt, fürchtete aber, Bärbel weh zu tun. Auch war ihm unklar, wie genau er das anstellen sollte. Sollte er sich auf sie legen, oder von der Seite einen Versuch wagen? Bärbel schob ihr Nachthemd weit nach oben, und lag nun entblößt auf dem Rücken neben Wolfram. Dann griff sie neben sich, zog ihren Liebsten einfach auf sich und dirigierte mit einer Hand sein Glied an die richtige Stelle. Wolfram kam schnell und heftig in ihr und wollte sich schon wieder abwenden. Bärbel aber hielt ihn fest und so lagen sie beide noch eine lange vereint im Bett. Eine lange Zeit später, Bärbel war inzwischen eingeschlafen und atmete gleichmäßig und tief, war Wolfram noch immer wach. Er lag auf dem Rücken und durchlebte in Gedanken noch einmal seinen ersten Sex. Irgendwie war das schön, aber auch viel zu kurz, ging es ihm durch den Kopf. Die Anatomie des Aktes war ihm von seinem Unterricht in Berlin her bekannt, aber was den Geschlechtsverkehr zu etwas einmalig Schönen machte, war ihm nicht klar. Wolfram musste sich eingestehen, viel zu wenig zu wissen, um von beglückend sprechen zu können. Wer konnte ihm aber in diesen Partnerschaftsfragen weiterhelfen? Eines verwunderte ihn aber. Er hätte nicht erwartet, schon vor der Hochzeit mit Bärbel zu schlafen. Oder hatte die Anordnung der Betten in seinem Zimmer das alles forciert? War an allem seine Mutter Hilde schuld, oder wäre es ohnehin bald zum ersten Verkehr gekommen? Über all den Fragen schlief er schließlich ein. Am Morgen, es war noch dunkel und recht kalt im Zimmer, fühlte Wolfram die Hand von Bärbel in seinem Bett. Sie suchte seinen Oberkörper, kraulte ihn schließlich an der Brust und zog ihn sanft in ihr Bett. Wieder lagen die beiden eng aneinandergeschmiegt nebeneinander. Bärbel dirigierte nun seine Hand an ihren Schoss. Wie schon in der Nacht schob sie kurzerhand ihr Nachthemd nach oben, zog Wolfram auf sich und verhalf mit einer Hand dem aufgerichteten harten Glied zur richtigen Stellung. Diesmal ruhte Wolfram eine ganze Weile in ihr, bevor er schließlich heftig explodierte. Es war betörend schön, und Wolfram lag noch lange auf Bärbel, seinen Kopf in der Beuge zwischen Hals und Schulter ruhend. Das zweite Mal war eindrücklich und intensiv.

Wolfram fühlte sich glücklich und geliebt. Mit dieser Frau, das war für ihn völlig klar, würde er sein Leben teilen und eine Familie gründen. Der Gedanke an Familie verunsicherte ihn nun doch. Flüsternd fragte er, ob Bärbel schwanger werden könne. Die verneinte, denn ihr Zyklus, den sie regelmäßig beobachtete, spräche dagegen.

Der Vater hatte den Badeofen geheizt, und so konnten sich Wolfram und Bärbel in aller Ruhe vor dem Frühstück abbrausen. Dann gab es ein reichhaltiges Frühstück mit allem, was das Herz begehrte. Wunderbarer Schinken und für jeden ein gekochtes Ei, selbstgemachte Marmelade von den Verwandten, Schokoladencreme aus einem Paket von Onkel Gerhard und natürlich knusprigen Brötchen standen auf dem Tisch bereit. Nach dem Frühstück gingen die beiden jungen Leute aus dem Haus. Wolfram wollte bei einem Besuch bei Tante Gerda seine Bärbel vorstellen. Das Wiedersehen war herzlich und tränenreich. Gerda Esche freute sich riesig mit über die beiden, die sie für die Hochzeit im kommenden Jahr nach Berlin einluden.

Es war der letzte Tag des Jahres. Wolfram und Bärbel saßen auf dem Wohnzimmersofa und unterhielten sich mit Werner, dem Vater, als die Mutter mit einem Paket den Raum betrat. Es war das Weihnachtspaket von Onkel Gerhard. Der hatte die Familie Starke wieder reich mit unterschiedlichen Gaben beschenkt. Zwei Winteranoraks, einer mit Fellbesatz an der Kapuze, waren für Wolfram und seine Bärbel gedacht. Sie freuten sich riesig über die farbenfrohen Geschenke. Dann aber waren das Erstaunen und die Freude besonders groß. In einer kleinen Schatulle und extra eingewickelt in Metallfolie, kamen zwei goldene Trauringe an das Tageslicht. Gerhard hatte dazu geschrieben: Für Wolfram und seine wunderbare zukünftige Frau, die ich hoffentlich bald kennenlernen kann. Sollten die Ringe etwas zu groß sein, dann kann ein guter Goldschmied Abhilfe schaffen! Die Ringe waren für beide nur geringfügig zu groß, aber das war auf jeden Fall besser, als wenn sie zu klein ausgefallen wären. Wolfram sah seine Bärbel an, dann die Eltern und fragte: „Mein Schatz, wollen wir uns Silvester verloben? Wir sind ja mit in der Gemeinde zur großen Silvesterfeier eingeladen, das wäre doch der richtige Ort dafür?" Bärbel nickte heftig mit dem Kopf und sah ihren Wolfram mit strahlendem Lächeln in die Augen.

Die Silvesterfeier wurde ein unvergesslicher Abend. Die vielen Gäste trugen zum Gelingen des Abends mit bei, und so vergingen die Stunden bis Mitternacht wie im Fluge. Es wurde gesungen und gespielt, lustige Gedichte und Geschichten vorgelesen, und zwischendurch gegessen und getrunken. Kurz vor dem Jahreswechsel las der Vater ein Bibelwort vor. „Wir verkünden uns nicht selbst, sondern Jesus Christus als den Herrn." Dieses Bibelwort aus dem 2. Korintherbrief, Vers 5 des 4. Kapitels, war die Jahreslosung für das neue Jahr 1972. Dann sprach Werner noch ein Dankgebet für alle Bewahrung des zurückliegenden Jahres. In die Bitten für das neue Jahr schloss er auch Segenswünsche für Wolfram und seine Bärbel mit ein, die für den Mai ihre Hochzeit geplant hatten. Nach dem „Amen" erhob sich Wolfram von seinem Platz, ergriff die rechte Hand von Bärbel und fragte öffentlich und laut vernehmlich, ob sie seine Frau werden wolle. Nach ihrem freudigen „ja" steckte er ihr den Goldring an, um kurz darauf von ihr den Ring zu erhalten. Weit nach Mitternacht kamen die Starkes zu Hause an, und alle gingen schnell in die Zimmer, um sich schlafen zu legen. Wolfram und Bärbel küssten sich zaghaft, um dann aber umso heftiger die Liebesausdrücke zu genießen. Wolfram lag noch länger wach und bewegte in Gedanken so manches, was er am Abend erlebt hatte. Was wird das neue Jahr wohl alles bringen? Im vergangenen Jahr war Walter Ulbricht abgelöst und von Erich Honecker in der Parteiführung ersetzt worden. Die Verbesserungen und Erleichterungen, die im ganzen Land erwartet wurden, waren nicht eingetroffen. Wolfram sah seine Hochzeit vor sich und er fragte sich, ob sie dann eine Wohnung in Berlin bekommen würden. Endlich fielen ihm die Augen zu und ein erholsamer Schlaf stärkte seinen müden Körper.

Am 2. Januar fuhren Wolfram und Bärbel wieder zurück nach Berlin. Beide mussten am nächsten Tag zum Frühdienst an ihrem jeweiligen Arbeitsplatz erscheinen, Bärbel in der Intensivstation des Krankenhauses, und Wolfram in der Hydrotherapieabteilung im Prenzlauer Berg. Am Donnerstag startete auch wieder der Schulbetrieb in Berlin-Buch. Schnell traten die Ereignisse und Begegnungen der Tage in Großtrona in den Hintergrund. Der Alltag hatte wieder alle voll im Griff. Schon im Februar begann ein wichtiger

Praxisteil von Wolframs Ausbildung. Er sollte in verschiedenen physiotherapeutischen Abteilungen arbeiten, um so das breite Anwendungsgebiet der Physiotherapie kennen zu lernen. Das erste Praktikum fand in einer Poliklinik im Stadtbezirk statt, die sich auf Elektrotherapien spezialisiert hatte. Wolfram lernte nun viele Behandlungs- und Therapiearten in der Praxis kennen, Behandlungen mit galvanischen Strömen, Kurzwellentherapie und Ultraschallbehandlungen. Schon drei Wochen fand ein weiteres Praktikum stattfinden. Die leitende Physiotherapeutin hatte dazu im Stadtbezirkskrankenhaus mit Kollegen telefoniert, und für Wolfram in der Chirurgie und in der Frauenabteilung Termine vereinbart. Mit bangen Gefühlen und ziemlich verunsichert, betrat er an einem Montag kurz nach sieben Uhr die chirurgische Station, um dort nach der Physiotherapie zu fragen. Er wurde in den Kellergang unter der Station geschickt, wo er von einer jungen Kollegin erwartet wurde. Gemeinsam starteten sie dann in den Behandlungstag. Auf dem Weg in eines der Krankenzimmer erläuterte Karin, so hatte sie sich dem etwa gleichaltrigen Wolfram vorgestellt, dass sie an das Bett eines verunfallten Motorradfahrers gingen, um dort seine Querschnittslähmung zu behandeln. Wolfram war wie innerlich erstarrt. Er wusste nicht, was ihn dort am Krankenbett erwarten würde, vor allem aber, wie er sich verhalten sollte. Karin öffnete kurz darauf die Zimmertür. Im Zweibettzimmer lag in Fensternähe ein junger Mann, der ihnen zuwinkte. „Na, kommen meine Folterknechte wieder?" rief er Karin entgegen. Die lachte, begrüßte den im Bett liegenden und stellte Wolfram vor. „Also das ist Wolfram, der macht praktische Erfahrungen auf der Chirurgie. Ich wollte ihm nicht vorenthalten, den größten Chaoten vom Prenzel - Berg, vorzustellen." Zu Wolfram gewandt sagte sie: „und das ist Ralf. Der hat die Straßenbahn mit seinem Motorrad ausbremsen wollen. Rate mal, wer stärker war. Du hilfst jetzt erst einmal bei der Morgenwäsche. Er muss pinkeln, anschließend wird er gewaschen. Hol dir im Waschraum eine Schüssel, Waschlappen hat er selbst dabei. Ich schau in einer halben Stunde nach, wie weit du gekommen bist, und dann gibt's noch ein paar wichtige Informationen. Ralf wird übrigens nach Bad Saarow verlegt, dort wird er dann mit Moor und Bädern behandelt, und eine gezielte Bewegungstherapie soll ihm helfen, mit seiner Situation klarzukommen. Also bis gleich, und Ralf, benimm dich, der hier ist neu!" Wolfram holte eine runde Schüssel, füllte sie am Waschbecken mit warmem Wasser und sah nun erwartungsvoll auf den Patienten im Bett. Der hatte keine Scheu, die einzelnen Schritte der Morgentoilette anzusagen. Wolfram war geschickt, aber zum Teil auch unsicher. Mit einem Querschnittsgelähmten hatte er noch nicht gearbeitet. „Also ich sollte erst mal Urin ablassen. Seit die mir den Katheder wieder entfernt haben, geht's nicht mehr automatisch. Reich mir mal die Urinflasche und stütz mich im Rücken." Wolfram legte die gläserne „Ente" auf das Bett, zog Ralfs Beine über den Bettenrand und als er sich aufgerichtet hatte trat er hinter ihn, um ihn im Rücken zu stützen. Wolfram vermied es, auf den entblößten Schritt des jungen Mannes zu schauen. Er vernahm wenige Augenblicke später ein rhythmisches Geräusch, was ihn verwirrte. Es klang so, als würde sich Rolf selbst befriedigen und dabei gegen den Unterbauch schlagen. „Ne, keine Bange, ich hol mir keinen runter" lachte Rolf kurz auf. „ich muss nur gegen die Bauchdecke klopfen, damit es endlich läuft." Wolfram brauchte länger für all die Handgriffe, die für diese Morgentoilette nötig waren, aber Ralf half mit seinen lockeren Sprüchen über manche Unsicherheit hinweg. Viel später, Karin hatte den Patienten neu gelagert und vorsichtig durchbewegt, saß sie mit Wolfram im Aufenthaltsraum der Therapeuten. Während sie eine Zigarette rauchte, erklärte sie, was man überhaupt noch tun könne, um den Patienten Erleichterung zu verschaffen. Eine Querschnittslähmung, das war Wolfram klar, war nicht heilbar. Ein Leben im Rollstuhl und unter sehr erschwerten Bedingungen wartete auch auf Ralf. Muskeln und Gelenke wurden behandelt, um Kontrakturen zu verhindern. Eine Mobilisierung und Kräftigung der Muskeln sollte den Kreislauf trainieren. Auf die Haut war zu achten, um Dekubitus zu vermeiden, aber besondere Aufmerksamkeit wurde auf die ableitenden Harnwege und natürlich auch auf den Magen-Darm-Trakt gelegt. „Du hast einen ersten kleinen Eindruck in unsere Aufgaben gehabt. Es ist körperlich anstrengend, und wenn du das später willst, könntest du unser Team ergänzen. Männer sind da besonders gern gesehen, denn die Herausforderungen sind nicht nur psychische, sondern auch in hohem Maße körperliche für uns Physiotherapeuten. Du hast dich sehr geschickt angestellt, vor allem deine ausgeglichene Art war toll. Vielleicht sehen wir uns in unserer Einrichtung wieder"

Die Eindrücke von der Chirurgie traten schnell in den Hintergrund, als Wolfram am nächsten Morgen durch die Stationstür auf die Frauenabteilung der Klinik ging. Auch dort wurde er erwartet und mit den Behandlungsmethoden zu unterschiedlichen Diagnosen vertraut gemacht. Beckenbodeninsuffizienz nach operativen Eingriffen, Adnexitis, Dysmenorrhoe, oder Endometritis wurden physiotherapeutisch behandelt. Für eine Patientin sollte Wolfram am Vormittag eine manuelle Lymphtrainage durchführen. Sie litt nach ihrer Mastektomie, einer Entfernung der rechten Brust nach einer Tumorerkrankung, unter einem Lymphstau im rechten Arm. Der war sehr stark bis zum Handgelenk angeschwollen. Die Behandlung der etwa vierzigjährigen Frau forderte Wolfram psychisch enorm heraus, denn sie kämpfte die ganze Behandlungszeit lang mit ihren Tränen. Mit ihrem leisen Weinen und den Bemerkungen, sie sei keine Frau mehr, konnte er nicht wirklich umgehen. Schweigend behandelte er sie, verabschiedete sich dann und verließ den Raum. Nach Dienstschluss, es war kurz nach vier am Nachmittag, fuhr Wolfram mit der

Straßenbahn zum Alexanderplatz. In der Drogerieabteilung des Kaufhauses suchte er nach einem Lippenstift. Mit diesem, zusammen eingewickelt in Geschenkpapier mit einer Schachtel „Halloren-Kugeln", eíner Pralinensorte aus der Schokoladenfabrik Halle / Saale, fuhr Wolfram wieder zurück zum Krankenhaus. Auf der Frauenabteilung ging er in das Zimmer von Frau Kaiser, der Frau, die er mit einer Lymphtrainage behandelt hatte. Traurig und mit tränennassen Augen saß sie in ihrem Krankenbett. Als Wolfram das Patientenzimmer betrat, sah sie ihm erstaunt entgegen. Wolfram reichte ihr das kleine Präsent und sagt: „Frau Kaiser, sie sind so eine schöne Frau, da musste ich einfach einen Lippenstift für sie kaufen. Der wird ihnen besonders gut stehen und sie noch attraktiver machen." Noch bevor die verdutzte Frau reagieren konnte, hatte sich Wolfram wieder verabschiedet und das Zimmer verlassen.

In den Physiotherapien des Stadtbezirkes war einige Tage später diese Aktion Wolframs Gesprächsthema. Alle fanden es lobenswert, vor allem aber war es für die Patientin eine besondere Ermutigung. Sie benutzte täglich den Lippenstift und ihre Therapeuten wussten von einem Stimmungsumschwung zu berichten.

Ein letztes Praktikum führte Wolfram in das „Interhotel Stadt Berlin". In dem 125 Meter hohen Hotel mit 37 Stockwerken, gab es in der zwölften Etage eine Saune mit Massageangeboten. Das Hotel am Alexanderplatz, eröffnet im Oktober 1970, war das Vorzeigehotel in Berlin und sehr beliebt bei den bekannten Gästen aus Politik und Showbusiness. Bezahlt werden konnte mit Mark der DDR, auch für die Dienstleistungen der Gesundheitsabteilung. Gäste wurden täglich von 10 bis 22 Uhr betreut, und für Wolfram gab es als Masseur ziemlich viel zu tun. Am Ende des dreitägigen Praktikums freute er sich über Trinkgelder in Höhe von 18 D-Mark. Es waren interessante Stunden in diesem Bereich des Hotels, aber auf Dauer hätte Wolfram sich nicht vorstellen können, dort zu arbeiten. Der PLO-Chef Jassir Arafat war zu einem inoffiziellen Gespräch in Berlin und logierte mit seinem Beraterstab im Hotel. Ihn bekam Wolfram zwar nicht zu Gesicht, aber einen seiner Sicherheitsmänner massierte er zwischen zwei Saunagängen. Trinkgeld bekam er aber nicht.

Zwischen der DDR und der Bundesrepublik wurde 1972 das Transitabkommen eingeführt, das den Personen- und Güterverkehr zwischen dem Bundesgebiet und Westberlin regelte. Das Abkommen, in Bonn ausgehandelt und am 17. Dezember des letzten Jahres unterzeichnet, sollte ein Wegbereiter für einen „Vertrag über die Grundlagen der Beziehungen zwischen der Bundesrepublik Deutschland und der Deutschen Demokratischen Republik" werden. Für die Bewohner der DDR verbanden sich damit keine Hoffnungen. Für sie war die Grenze zum anderen Teil Deutschlands hermetisch abgeriegelt. Ein Vertrag mit Polen fand mehr Zustimmung. Seit dem Neujahrstag war der Pass- und visafreie Grenzverkehr in Kraft. Für Bewohner der Grenzregionen entlang von Oder und Neiße wurden so die kostengünstigeren Einkäufe von Tabak und Alkohol in den grenznahen polnischen Orten möglich.

Die Stimmung im Land war nahezu auf dem Tiefpunkt. Versorgungsengpässe im Konsumgüterbereich, aber auch bei Obst und Gemüse, plagten die Menschen. Wenn es nicht die vielen Kleingärtner gegeben hätte, die ihre nicht selbst aufgebrauchten Erzeugnisse in den Aufkaufstellen für einen viel zu geringen

Betrag verkauft hätten, wäre die Mangelwirt-
schaft noch deutlicher sichtbar geworden.
In den Tageszeitungen der DDR standen wie
immer die Berichte über die erfolgreiche Wirtschaft und bildeten einen kaum zu ertragen-
den Kontrast. Viele Wünsche der Menschen
blieben unerfüllt, und gerade für junge Leute
war die ideologische und politische Enge eine
Beschneidung der Lebensqualität. Frei zu
reisen war unmöglich. Die Verbundenheit mit
den „sozialistischen Brudervölkern" wurde
zwar öffentlich gelobt, aber in der Praxis blieben auch diese Länder den Reisewilligen
nahezu verschlossen. So gab es für Reisen
nach Rumänien, Bulgarien oder Polen nur die
Möglichkeit, über das „Staatliche Reisebüro
der DDR" zu buchen. Das hieß dann, geführt
und kontrolliert seinen Urlaub zu verbringen.
Die Anzahl der Reisen war eng begrenzt, und
nicht alle Wünsche wurden erfüllt.

Wolfram wünschte sich ein neues Radiogerät.
Im Kaufhaus am Alexanderplatz hatte er den
Radiorekorder R 160 aus dem „VEB Sternradio
Berlin" gesehen. Genau dieses kompakte Gerät
mit Holzgehäuse sollte es sein, aber ohne Vor-
bestellung und Wartezeit war auch das nicht
zu haben. Als dann endlich die Lieferung
per Postkarte angekündigt wurde, es waren

fast zwei Monate inzwischen vergangen, konnten Bärbel und Wolfram die neueste Anschaffung nach Hause holen. In der Jugendgruppe wurden Musikkassetten ausgetauscht, die auf irgendwelchen Wegen aus Westberlin in den Osten gelangt waren. Beliebt war die Musik von Middle of the Road, die hatten mit "Sacramento" einen Hit gelandet. Aber auch Juliane Werding mit ihrem Song „Am Tag, als Conny Cramer starb", oder Christian Anders mit seinem „Es fährt ein Zug nach Nirgendwo" machten, auf Kassetten kopiert, die Runde. Eifrig wurde mitgeschnitten, vor allem montags von 20 bis 21 Uhr, weil von RIAS 1 die internationalen Top 12 – Hits gesendet wurden. Im HO – Centrum - Warenhaus am Alexanderplatz kam es oftmals zu Engpässen bei der Belieferung unbespielter Tonträger.

Wolfram fuhr gern mit Bärbel zum Alexanderplatzt. Gemeinsam besuchten sie die Aussichtsplattform des Fernsehturmes, der mit 368 Metern die Stadt überragte und einen Blick nach Westberlin ermöglichte. Von dort oben in 203 Meter Höhe sah man das Brandenburger Tor und den Verlauf der

Mauer, die alles absperrte. Aber auch der Blick bis hin zur Siegessäule auf dem Großen Stern im Westberliner Tiergarten machte schmerzlich die Teilung der Stadt bewusst. Wieder unten angekommen, gab es im Kaufhaus noch einen Kaffee und, wenn noch im Angebot, einen Windbeutel. Dieser ungesüßte Brandteigkrapfen und mit Schlagsahne gefüllt, war aber auch schnell ausverkauft. Dann ließ sich Bärbel als Ersatz ein Plunderstück mit Puddingfüllung bringen. Vom Kaufhaus war es nur ein kurzer Fußweg bis zur U-Bahn. An der Weltzeituhr vorbei, im September 1969 feierlich der Öffentlichkeit übergeben, ging es neben dem Brunnen der Völkerfreundschaft zu den Treppen, die zur Linie U 2 nach Pankow führte.

Häufig musste Wolfram seine Freizeit ohne Bärbel verbringen, die natürlich auf der Intensivstation des Krankenhauses auch Wochenenddienste hatte. Sehr gern besuchte er dann auch allein das Haus des Lehrers in der Alexanderstraße. In den beginnenden 60er Jahren erbaut, war es lange Zeit das erste Hochhaus am Alexanderplatz. Das Besondere am Gebäude war ein umlaufendes Fries, eine bildnerische Darstellung aus 800.000 Mosaiksteinen, im Bereich der dritten und vierten Etage. Entworfen von Walter Womacka und mit dem Namen „Unser Leben" war das gesellschaftliche Leben in der DDR dargestellt. Womacka war inzwischen Rektor der Kunsthochschule Berlin- Weißensee und Vizepräsident des Verbandes Bildender Künstler der DDR. Im Haus des Lehrers, als Bildungs- und Begegnungsstätte für Pädagogen errichtet, gab es im dritten und vierten Geschoss eine umfangreiche und bedeutende pädagogische Bibliothek und im fünften Geschoss den dazugehörigen Lesesaal. Dort saß Wolfram oft und las in Büchern, die im Handel für ihn unerreichbar waren, vor allem auch Literatur aus dem nichtsozialistischen Ausland. An einem Donnerstagnachmittag gegen drei Uhr hatte er sich einen Bildband von London ausgeliehen, und war nun auf dem Weg zum Lesesaal. Ziemlich unsanft stieß er mit einem etwa gleichaltrigen Mann zusammen, kräftig gebaut und heftig schnaufend, der ihn harsch ansprach. „Pass doch auf, die Idi". Kurz darauf war im Lesesaal das geräuschintensive Atmen des Dicken zu hören. Es wurde unterbrochen von heftigen Worten, die der Rempler einer jungen Frau entgegen schleuderte. Die war mit ihrem Kleinstkind auf dem Arm auf Platzsuche, und dabei versehentlich gegen den Bücherstapel gestoßen den der Dicke, auf dem Platz vor sich aufgebaut hatte. „Unverschämt und frech", kam es Wolfram in den Sinn. Bald aber hatte er diesen Vorfall vergessen, weil das Buch ihn so fesselte. Ein dringendes Bedürfnis veranlasste ihn, den Lesesaal zu verlassen. Die Toiletten befanden sich genau gegenüber im mittleren Aufgangsbereich. Wolfram betrat die Anlage, die sich hell erleuchtet und vorbildlich sauber präsentierte. Durch den Vorraum, mit Waschbecken ausgestattet, trat er an eines der vielen freien Becken, und während er noch urinierte, hörte er ein angestrengtes Schnaufen aus einer verschlossenen Kabine. Wolfram wusch sich danach die Hände und ging wieder zurück in den angrenzenden großen Toilettenraum. Mit seinen Blicken prüfte er, ob noch eine andere Kabinentür von einem Nutzer verschlossen war. Aber nein, nur der Dicke saß auf dem Topf. Wolfram verließ die fensterlose Toilettenanlage, und kurz bevor er die Außentür einklinkte, löschte er das Licht. Ein langgezogener Schrei ertönte „Heh, was soll das?!" aber mit einem schadenfrohen Lächeln ging er wieder zurück in den Lesesaal. Wolfram nahm bald darauf sein

Buch und ging zur Bibliothek, um es wieder abzugeben. In dieser Zeit war der Dicke noch nicht wieder aufgetaucht. Was war wohl in der Kabine passiert? War die Hose nun nass, oder …. Wolfram musste fast laut lachen, als ihm beim Hinausgehen solche Gedanken durch den Kopf schossen.

Endlich war Mai, und der Hochzeitstermin zum Monatsende rückte näher. Verwandte und Freunde, aus Großtrona waren es die Eltern von Wolfram, Tante Gerda Esche, der Schulfreund Harald mit seiner jungen Frau, und der Dresdner Freund Rainer, waren angereist und in einem kleinen Hotel untergebracht. Der Hochzeitstermin auf dem Standesamt, da waren nur Wolfram und Bärbel, ihre und seine Eltern mit dabei, endete mit einem Essen in einem kleinen Restaurant. Ein bestellter Fotograf machte noch Erinnerungsfotos von den frisch verheirateten jungen Leuten. Wolfram trug einen steingrauen Anzug, das weiße Hemd mit einer Krawatte geschmückt, während Bärbel, angekleidet mit schwarzem langen Rock und weißer Bluse, einen Strauß roter Nelken im Arm trug. Der nächste Morgen, sonnig und warm, begann für

Wolfram mit einiger Aufregung. Aus einem Blumenladen sollte der Brautstrauß geliefert werden, aber zur angegebenen Zeit war noch niemand da. Bärbel hatte das lange Brautkleid schon angezogen und saß, mit einem Umhang geschützt, unter den geschickten Händen einer Friseurin, und wurde nun mit Hochsteckfrisur, einer Spitzenkrone und dem Schleier geschmückt. Wolfram lief unruhig vom Fenster zur Eingangstür, aber nichts rührte sich. Dann kam das bestellte Taxi, und noch immer fehlten die Blumen. Der Taxifahrer hatte die Idee, auf dem Weg zur Kirche am Blumengeschäft vorbei zu fahren. Zur Not müssten eben die Hochzeitsgäste und der Pfarrer ein paar Minuten auf das Brautpaar warten. Wolfram und Bärbel stiegen ein und das Taxi fuhr los, als ein Trabant um die Straßenecke bog und lang anhaltend hupte. Endlich, die Blumen waren da und nun konnte alles wie geplant ablaufen.

Als das blumengeschmückte Auto vorfuhr, standen die Hochzeitsgäste schon vom Eingang der Kirche bis zum Straßenrand Spalier. Wolfram half seiner Bärbel aus dem Wagen, bot ihr den Arm und gemeinsam schritten sie langsam zum Kirchenportal. Vor ihnen liefen Kinder, ein Geschwisterpaar aus der Gemeinde, ein sechsjähriges Mädchen und ihr fünfjähriger Bruder, die aus kleinen Körbchen Rosenblätter entnahmen und auf den Weg streuten. Auch im Hauptgang der Kirche wurden Blütenblätter gestreut, aber dann warf der kleine Junge seine Blätter in hohem Bogen über die Kirchenbänke, bevor er an den Stufen des Altares sein Körbchen ganz ausschüttete. Vor dem Altar stand der Pfarrer, der das Brautpaar erwartete. Das Blumenwerfen des kleinen Jungen ließ auch ihn lachen, bevor er dann, wieder mit feierlichem Blick, das junge Paar zu den geschmückten Stühlen geleitete. Der feierliche Traugottesdienst, mit Chorgesang und festlicher Instrumentalmusik, mit gemeinsam gesungenen Liedern und zwischendurch Fotografieren, berührte nicht nur das Brautpaar und die Eltern, sondern alle Gäste und Gemeindemitglieder. Nach der Trauformel, dem lauten und deutlichen „Ja, ich will" von Wolfram und Bärbel, der Segnung durch den Pfarrer und dem Überreichen einer Bibel, das Geschenk der Kirchgemeinde, gingen die frisch Vermählten vor die Kirchentür in den großen Vorhof. Es dauerte viele Minuten, bis alle gratuliert hatten, und das Paar im Taxi zum Fotografen davonfuhr. Der Treffpunkt für die Feier, ein Lokal mit festlich eingedeckter Tafel in einem gepflegten

Garten, Bärbel hatte lange vorher für diesen Tag gebucht, erwies sich als idealer Ort für das großartige Fest. Weit nach Mitternacht wurden Wolfram und seine Bärbel mit einem Taxi in das Zimmer im Schwesternwohnheim gebracht. Sie waren sehr müde und freuten sich auf die Ruhe, denn schon wenige Stunden später waren ein Treffen mit den Eltern und eine Fahrt durch Berlin geplant. Kaum im Bett, schliefen die Frischvermählten schnell ein. Ihre „Hochzeitsnacht" hatten beide nicht im Sinn, dazu waren sie einfach zu erschöpft.

Drei Wochen nach diesem wunderschönen Fest saß Bärbel mit den Hochzeitsfotos im Zimmer. Sie schrieb viele Dankeskarten für all die liebevoll zugedachten Geschenke, die sie erhalten hatten. Jedem Brief fügte sie ein Foto bei. Am Vormittag hatte sie die Bilder im Fotogeschäft abgeholt, und die Vielzahl der Aufnahmen auf dem Tisch ausgebreitet. Wolfram würde, wenn er am Nachmittag aus der Fachschule Berlin Buch käme, ganz sicher begeistert alles ansehen.

Eine schreckliche Katastrophe ereignete sich am 14. August. Vor den Toren Berlins stürzte eine Iljuschin IL-62 der staatlichen Fluggesell-schaft Interflug in der Nähe von Königs Wusterhausen ab. An Bord befanden sich 148 Passagiere und 8 Besatzungsmitglieder. Die Maschine war regulär kurz nach 16:00 Uhr zum Flug nach Burgas in Bulgarien gestartet, als sich eine knappe viertel Stunde später Probleme mit der Trimmung des Höhenleit-werkes bemerkbar machten. Die Rückkehr nach Berlin-Schönefeld wurde eingeleitet, Treibstoff abgelassen, aber im Sinkflug verlor die Maschine das Heck mit Höhen- und Sei-tenleitwerk. Die Maschine kippte kopfüber ab und Trümmerteile stürzten zu Boden. Niemand überlebte den Absturz.

Wenige Tage nach diesem schrecklichen Zwischenfall begannen in München die olym-pischen Sommerspiele 1972. Mit 122 teilneh-menden Mannschaften wurde ein neuer Teil-nehmerrekord aufgestellt. Aus der DDR reisten 297 Sportler in die bayrische Landes-hauptstadt. Am Morgen des 5. September ereignete sich ein folgenschweres Attentat. Acht Mitglieder einer palästinensischen Terrororganisation drangen in das Apparte-ment der israelischen Olympiamannschaft ein.

Elf Delegationsmitglieder wurden als Geiseln genommen und zwei verwundet, die wenig später an ihren Verletzungen starben. Bei einem gescheiterten Befreiungsversuch in Fürstenfeldbruck wurden alle Geiseln, fünf Terroristen und ein Polizist getötet. Nach dem Tod der israelischen Sportler blieben die Spiele für einen Tag unterbrochen, wurden aber nach einer Trauerfeier im Olympiastadion vom IOC-Präsident Avery Brundage mit den Worten „The games must go on!" fortgeführt. Die DDR-Sportler kehrten mit 20 Gold-, 23 Silber- und 23 Bronzemedaillen zurück.

Im Schwesternwohnheim sollten eigentlich nur alleinstehende Mitarbeiter der Klinik wohnen, aber inzwischen gab es auch eine Etage, in der in den Zimmern auch die Ehepartner oder Freunde des Pflegepersonals mit wohnten. Ein Wohnungsantrag, den gab Bärbel im Rathaus ab, hatte wenig Aussichten auf baldigen Erfolg. Es gab einfach noch zu wenig Wohnraum in Berlin. Den jungen Eheleuten wurde empfohlen, doch Mitglied der größten Berliner Arbeiterwohnungsbaugenossenschaft zu werden. Die AWG, ein Zusammenschluss von Interessierten, vergab dann Wohnungen an die Mitglieder, die Genossenschaftsanteile erworben und Arbeitsleistungen erbracht hatten. Die Verteilung der Wohnungen erfolgte differenziert nach Familiengröße, Reihenfolge des Eintritts und nach persönlichen Erfordernissen, aber auch nach Leistungen am Arbeitsplatz und der gesellschaftlichen Mitarbeit. Auf einem Parteitag der SED wurde ein großes Wohnungsbauprogramm beschlossen. Inzwischen gab es schon erste Gebäude in Berlin - Hohenschönhausen, so das Dynamo-Sportforum und auch Wohnkomplexe in der Kniprodeallee und Große Leegestraße. Auch das Industriegebiet Lichtenberg Nordost war inzwischen erschlossen, und zwischen Wartenberger und Falkenberger Straße standen die ersten Wohnhäuser. Es waren Plattenbauten, aus Betonfertigteilen gefertigte Gebäude. Deckenplatten, aber auch Wandelemente wurden, fertig gegossen, auf die Baustelle geliefert und vor Ort montiert. Wolfram und Bärbel fuhren mit der Straßenbahn in die Neubaugebiete, um das Baugeschehen zu besehen. Sie hatten große Hoffnungen, bei der Vergabe der AWG-Wohnungen mit berücksichtigt zu werden. Zunächst aber mussten sie viele Aufbaustunden ableisten. Das geschah meist als

Nachtwächter auf den Baustellen, um den Diebstahl von Baumaterial einzugrenzen. Auch einige Freunde aus der Jugendgruppe übernahmen für die Starkes solche Wochenendstunden, so dass die Zahl der geforderten Leistungsstunden schnell erfüllt war.

Kurz vor dem Jahreswechsel bekamen die Schüler der Akademie in Berlin Buch noch den Ablaufplan für die Abschlussprüfungen zum Facharbeiterabschluss als Medizinischer Bademeister/Masseur. Wolfram sah den Prüfungen ohne Sorgen entgegen. Er hatte gute schulische Leistungen, und auch die praktischen Ausbildungsergebnisse waren gut bis sehr gut. Nach dem desaströsen Prüfungsergebnis seines ersten Lehrberufes als Dreher wusste er sich nun am richtigen Arbeitsplatz. In der Physiotherapiepraxis war er anerkannt und seine Arbeit wurde geschätzt. Wolframs einfühlsame Art war immer wieder Anlass für Patientenlob.

Im Januar 1973 war es dann endlich so weit. Die Abschlussprüfungen bestätigten die guten Ausbildungsergebnisse. Wolfram bestand seinen Facharbeiterabschluss und bekam im Abschlusszeugnis die Note „Gut". Von der

Leitung der Physiotherapie zur Prämie vorgeschlagen, gab es als Anerkennung noch 100
Mark. Wolfram war stolz auf das Erreichte
und mit Bärbel feierte er seinen Erfolg bei
einem besonderen Essen im Restaurant am
Fuß des Fernsehturms. Dieses Restaurant der
Preisklasse „S" hatte auf seiner Karte folgendes, von Wolfram auch ausgewählt: Ragout
fin, überbacken, mit Zitrone und Toast (3,70),
danach Rumpsteak „Strindberg" mit Pommes
frites und Gurkensalat (7,05). Mit einem Ape-
ritif wurde das Festmenü eingeleitet. Es gab
einen Wermut im konischen Cocktailglas,
dekoriert mit einer Olive. Bärbel nahm diese in
den Mund, sah sich kurz darauf im Raum um,
und als sie sich unbeobachtet fühlte, beförder-
te sie diese unbekannte Zugabe in ihr Taschentuch. Wolfram sah sie erstaunt an, darauf
bemerkte sie nur leise zu ihm: „Die Kirsche
war wohl schlecht. Die schmeckt ja grässlich."
Der Abend verlief harmonisch und schön und
wurde für das junge Ehepaar auch aufgrund
der schmackhaften und besonderen Speisen
zum Höhepunkt. Als eine kleine Musikgruppe
zu spielen begann, bat Wolfram seine Bärbel
um einen ersten Tanz. Was hatte ihn so mutig
gemacht, obwohl er doch gar keine Tanzstun-
de besucht hatte? Vielleicht war es die Musik,

die ihn besonders ansprach, denn es waren zunächst alles instrumental gespielte Titel von Roy Black. Die beiden tanzten nun, eng umschlungen und Wange an Wange, mit langsamen rhythmischen Bewegungen. Dabei interessierte es Wolfram absolut nicht, ob seine Schritte und Bewegungen dem Standard entsprachen. Er war einfach nur glücklich und zufrieden, seine Bärbel im Arm zu halten. Aber auch sein Stolz über die bestandene Facharbeiterprüfung schwang im Gefühlsgemenge mit. Es wurde sehr spät, und nach zwei geleerten Flaschen rumänischen Rotweines, süß und schwer, machten sie sich auf den Nachhauseweg. Die letzte Bahn war längst weg, und ein Taxi nicht in Sicht. Also beschlossen sie, nach Hause zu laufen. Die klare Nachtluft machte den Kopf wieder etwas frei, und eine Stunde später standen sie zufrieden und Hand in Hand vor der Haustür des Schwesternwohnheimes. Aus der oberen Etage klangen erregte Rufe aus einem geöffneten Fenster. Bärbel hielt Wolframs Oberarm mit beiden Händen umschlossen und lauschte in die Nacht. „Ich verlasse dich, du dämliche Kuh", ertönte eine Männerstimme oben aus dem Fenster. Darauf erwiderte eine weinerliche Frauenstimme: „Wenn du das tust, dann spring ich aus dem Fenster!" Bärbel und Wolfram sahen nach oben, als eine Etage tiefer ein Fenster geöffnet wurde und eine zornige Männerstimme rief: „Nun spring endlich, damit Ruhe wird! Alle wollen schlafen und nicht euren Mist anhören." Augenblicklich war es still, und das Fenster im obersten Stockwerk wurde fast geräuschlos geschlossen. War das ein toller Abend mit einem unmöglichen Abschluss, dachte Wolfram. „Wie gut, dass wir uns lieben. Außerdem sind wir ja zu solchen Aktionen gar nicht fähig, oder?" Wolfram sah seine Frau zärtlich an, küsste sie und betrat mit ihr das Haus.

Am nächsten Morgen, die Eheleute hatten bereits gefrühstückt und waren für den Arbeitsweg angezogen, musste Bärbel mehrmals hintereinander nießen. Schnell griff sie in die Tasche ihres Wintermantels um ihr Taschentuch zu benutzen. Sie erschrak, denn irgendetwas kullerte gegen ihre Brust und fiel zu Boden – es war die Olive vom Vorabend. Verächtlich hob sie diese auf und warf sie in den Mülleimer.

Die DDR sah sich in ihrer Außenpolitik bestätigt, denn die Niederlande eröffneten nach der Anerkennung des deutschen Staates ihre Botschaft in Ostberlin. Der 27. Januar bewirkte ein weltweit großes Aufatmen, ausgelöst durch das Kriegsende zwischen Vietnam und den USA. Die beiden Gegner hatten ein Waffenstillstandsabkommen geschlossen und kurz darauf zogen die amerikanischen Truppen aus dem geschundenen Land in Südostasien ab. Das historisch belegte Königreich, entstanden etwa im 1. Jahrtausend nach Christus, erlebte im Laufe seiner Geschichte eine Blütezeit der Kultur und Gesellschaft, Wirtschaft und Politik. Im 19. Jahrhundert wurde es Teil von Französisch-Indochina und stand unter französischer Kolonialherrschaft. Während des 2. Weltkrieges besetzten die Japaner die Region. Danach versuchte Frankreich in einem mehrjährigen Krieg seine Macht wieder aufzurichten. Die Folge der französischen Niederlage war die Teilung des Landes in ein sozialistisches Nordvietnam und das von den Westmächten unterstützte Südvietnam. Begonnen als Bürgerkrieg in Südvietnam, dabei wollten die Viet Minh die Regierung stürzen und das Land wiedervereinigen, begann ab Februar 1965 ein Krieg gegen den sozialistischen Norden mit der Hauptstadt Hanoi, in den die US-Amerikaner aktiv eingriffen. Nach dem Abkommen zog Richard Nixon alle US-Truppen ab.

(Der Krieg im geteilten Land dauerte noch bis zum 1. Mai 1975. Nordvietnamesische Truppen nahmen den Süden vollständig ein und beendeten die kriegerischen Auseinandersetzungen.)

Der Sommer war besonders heiß. Die lange Trockenperiode mit subtropischen Temperaturen hatte die Waldbrandgefahr in den Wäldern um Berlin stark erhöht. Wolfram bereitete es einige Mühe, seine Behandlungen in der Physiotherapie durchzuführen. Die Patienten schwitzten zum Teil so stark, dass Massagen kaum noch effektiv waren. Mit seinen Händen rutschte er dann über die Haut, ohne wirksame Griffe ansetzen zu können. Da waren die Unterwasserdruckstrahlmassagen wesentlich beliebter und auch erfolgreicher. In einer großen Wanne, gefüllt mit mäßig warmen Wasser, lagen die zu Behandelnden mit dem Rücken zum Therapeuten und wurden mit einem Wasserstrahl, der mit hohem Druck aus einer speziellen Düse am Wasserschlauch kam, massiert. Neben Erkrankungen des Stütz- und Bewegungsapparates wurden Zerrungen an Bändern und Muskeln behandelt. Auch Arthrosen, das sind Verschleißerscheinungen an den Gelenken, und Morbus Bechterew, einer rheumatischen Erkrankung der Gelenke mit schmerzhaften Versteifungen, waren therapierbar. Wolfram hatte sich gut in den Arbeitsrhythmus des Früh- und Spätdienstes integriert. Er mochte durchaus auch die zweite Tagesschicht, dann arbeitete er bis 21 Uhr. Bärbel, als Schwester auf einer intensivmedizinischen Station beschäftigt, hatte oftmals Mühe mit dem Wechsel vom Nacht- zum Tagdienst. Nicht immer ließen sich die Dienstzeiten miteinander abstimmen, und so hielt sich Wolfram oft nach seiner Arbeit im Haus des Pastors auf. Er durfte das Zimmer von Andreas, der noch bis zum Herbst als Bausoldat in Prora seinen Wehrersatzdienst ableistete, benutzen und wenn nötig auch dort schlafen. Mit der Familie verband ihn inzwischen eine feste Freundschaft, und so war es wenig verwunderlich, als der Pastor ihn einmal fragte, ob er sich vorstellen könne, Theologie zu studieren. Er hätte die Gabe, frei zu reden und gut und verständlich zu formulieren. Auch sei auffällig, wie intensiv er in der

Bibel lese und sich über theologische Schriften informiere, seit er im letzten Mai nach Berlin gekommen sei. Wolfram konnte sich ein solches Studium nicht vorstellen, versprach aber, darüber nachzudenken und mit Bärbel zu besprechen.

Im Juli fand in Berlin das Weltjugendtreffen statt. Ende des Monats wurden im umgebauten ehemaligen Walter-Ulbricht-Stadion, das jetzt „Stadion der Weltjugend" hieß, die „X. Weltfestspiele der Jugend und Studenten" eröffnet. Die Stadt, besser gesagt der Ostteil der Stadt, der sich Berlin-Hauptstadt der DDR nannte, war wie ein quirliger Ameisenhaufen. Aus 140 Ländern waren die Jugendlichen, und natürlich auch viele Funktionäre, angereist. Rund fünfundzwanzigtausend Teilnehmer tummelten sich in den Straßen der Stadt. Viele Gäste aus Westeuropa übernachteten in Westberlin, kamen aber dann in großen Scharen in den Ostteil der Stadt. Die Kontrollen an den Übergängen waren nur noch sporadisch, und so wurden unzählige Zeitschriften und Journale, Kataloge und Bücher, Südfrüchte und Delikatessen mitgebracht. So oft es möglich war, hielt sich auch Wolfram in der Mitte Berlins auf. Er hatte Mühe, an den neun Tagen des Festivals alle 95 Bühnen aufzusuchen, auf denen Beat- und Rockmusik, aber auch Lieder von Singeclubs gespielt wurden. An einer Bühne stieß er mitten im Gedränge einen jungen Mann an. Modisch gekleidet und mit einer großen Pilotensonnenbrille auf der Nase, sah der ihn lachend an und tippte dem verdutzten Wolfram auf die Schulter. „Hello young man, what is your name?" Wolfram tippte sich auf die Brust und nannte seinen Namen. Darauf der andere: „I´m Wanja from Washington." Kurz darauf saßen die beiden auf einer kleinen Wiese an der Straße. Mit Händen und Füßen versuchten sie, sich zu verständigen, als sich ein kleiner Asiate näherte, der sich einfach dazu setzte und als Chuong vorstellte. In gut verständlichem Deutsch fragte er Wolfram, ob er helfen könne, bevor er sich in fließendem Englisch an den Amerikaner mit russischem Namen wandte. Mit Chuongs Hilfe wusste Wolfram bald, dass Wanja Kessler in der amerikanischen Hauptstadt Washington D.C. von russischen Einwanderern geboren wurde. Er war Student der Georgetown Universität und studierte Politikwissenschaft und Internationale Beziehungen. Er interessierte sich für das Leben in der DDR und hatte viele Fragen zu den

Entwicklungsmöglichkeiten und Ausbildungen. Kurz vor seinem Abflug nach Berlin hatte er in New York das im April eröffnete World Trade Center besichtigt. Sichtlich davon beeindruckt, ließ er nach seiner Ankunft in Berlin den Ostteil der Stadt wie ein Kontrastprogramm auf sich wirken. Chuong übersetzte nicht nur, sondern erzählte auch von sich. Er war angehender Arzt aus Vietnam, der in der Berliner Charité seine Facharztausbildung in Chirurgie abschließen wollte. Er lebte in Westberlin, und hatte auch enge Kontakte zur Freien Universität Berlin. Chuong war gerne bereit, gemeinsam mit Wolfram und Wanja Zeit zu verbringen und beiden bei ihren Verständigungsbemühungen zu helfen. Einen Tag später konnte Wolfram die beiden, schon äußerlich sehr verschiedenen, Männer seiner Frau vorstellen. Bärbel war von beiden sehr angetan und bewirtete mit ihrer liebevollen Herzlichkeit die Gäste. Die Tage bis zu Wanjas Abflug nach Amerika vergingen viel zu schnell. Alle drei jungen Männer bekamen scheinbar nicht genug, voreinander zu erfahren. Wolfram erzählte von seiner Familie und dem Heimatort, berichtete von Onkel Gerhard in Amerika, sprach von seinen beruflichen Entwicklungen und nahm die beiden schließlich auch zu einem Jugendtreffen mit in die Gemeinde. Für Wanja Kessler, russisch orthodox aufgewachsen, war die lockere Atmosphäre während des Jugendabends beeindruckend. Sein Bild von Christen in der DDR, geprägt von der Vorstellung von Unterdrückung und Zensur, änderte sich grundlegend. Chuong hatte keine Berührungsängste mit der Kirchgemeinde. Obwohl religionsneutral aufgewachsen und eher von den kommunistischen Idealen Nordvietnams geprägt, wusste er auch um die religiösen Traditionen seiner Heimat. Dort war es eher der Buddhismus, der mit seiner Toleranz auf seine Erziehung eingewirkt hatte.

Für alle drei wurden es unvergessliche Tage in Berlin, und all die gemeinsamen Erlebnisse hinterließen tiefe Spuren bei ihnen.

Die bunten Tage in Berlin waren vorbei, Wanja hatte einen ersten Brief aus Washington geschrieben, den Chuong übersetzte. Mit dem jungen vietnamesischen Arzt hatte sich eine Freundschaft entwickelt, die beiden sichtlich gut tat. Choung war mehrmals in der Woche bei Bärbel und Wolfram zu Hause, und an manchen Tagen kochte er typische Speisen seiner Heimat. Die drei verstanden sich wirklich sehr gut, und das vertrauensvolle Miteinander strahlte auch in die kirchliche Jugendarbeit hinein. Durch die Kontakte, die Chuong zur Freien Universität in Westberlin hatte, kamen häufig auch Studenten von dort zu den Jugendstunden.

Im September nahm die ganze Welt Anteil am Machtwechsel in Chile. Die drei Jahre vorher gewählte Regierung unter dem sozialistischen Präsidenten Salvador Allende wurde von einer Militärdiktatur abgelöst. Unter Führung von Augusto Pinochet begann die Luftwaffe, den Präsidentenpalast La Moneda zu bombardieren. Putschmilitär drang in den Palast ein, um den Präsidenten festzusetzen. Der entzog sich seiner Verhaftung durch seine Selbsttötung. Unmittelbar nach dem Putsch gab es unzählige Verhaftungen, bis Ende des Monats weit über 2.000, und sogar Folterungen. Nach den bürgerkriegsähnlichen, von unglaublicher und massenhafter Gewalt seitens des Militärs geprägten Wochen mit tausenden Toten, ging das Regime dazu über, die Gegner auszuschalten. Etwa 20.000 Menschen flohen in das Ausland

Die Hauptverwaltung „Aufklärung im Ministerium für Staatssicherheit der DDR" half im Herbst bei der Ausschleusung führender chilenischer Linkspolitiker nach Argentinien. Etwa 2.000 Flüchtlinge kamen auch in die DDR, um hier ein neues Leben aufzubauen. Die DDR verurteilte den Putsch und zog kurz darauf ihre Botschaft in Chile ab. Die von Allende eingeführten Reformen, so hatte er große Banken, Industriebetriebe und vor allem die Kupferbergwerke verstaatlicht, nahm Pinochet zurück.

Nur wenige Tag nach diesem politischen Schock gab es einen wirtschaftlichen Aufschrei. Ausgelöst vom Jom-Kippur-Krieg im Oktober 1973, drosselten die OPEC-Länder die Fördermenge von Rohöl um etwa fünf Prozent. Sie wollten die westlichen Länder bezüglich ihrer israelfreundlichen Unterstützung unter Druck setzen. Der Ölpreis stieg pro Barrel von drei auf fünf Dollar. In der Bundesrepublik wurde als direkte Reaktion darauf ein Energiesicherungsgesetz erlassen, auf dessen Grundlage an vier autofreien Sonntagen ein allgemeines Fahrverbot und für sechs Monate eine Geschwindigkeitsbegrenzung auf Tempo 100 verhängt wurden.

(Aufgrund der unterschiedlichen Verrechnungspreise im RGW – „Rat für gegenseitige Wirtschaftshilfe" – kam diese Ölkrise deutlich später in der DDR an. Erst in den Anfängen der 80er Jahre war der Ölpreis deutlich höher, als auf dem Weltmarkt. Dringend benötigte Ölmengen blieben aus, und in der DDR war man nun aufgrund des Devisenmangels gezwungen, vermehrt auf heimische Braunkohle und Kohleverflüssigungsanlagen zu setzen. Unzählige Dampflokomotiven der Bahn wurden von der Öl- auf Kohlefeuerung umgestellt.)

Das Jahr 1973 ging zu Ende, und sehnlichst wünschten sich Bärbel und Wolfram ein Kind. Eine Schwangerschaft war noch nicht eingetreten, obwohl sie nun 19 Monate verheiratet waren und regelmäßigen Geschlechtsverkehr hatten. Bärbel ließ sich einen Termin in der Spezialabteilung der Charité geben, und wenige Tage später saßen sie und Wolfram im Sprechstundenzimmer vor dem Arzt, der grundsätzliches abklärte. Wie lange besteht bei ihnen Kinderwunsch? Waren sie vorher schon deswegen in ärztlicher Behandlung? Haben sie eine eigene Erklärung für ihre Kinderlosigkeit? Wie sehr leiden sie unter der Kinderlosigkeit? Was hat sich in ihrem Leben seither verändert? Wolfram musste nun den Raum verlassen, weil Bärbel noch untersucht werden sollte. Eine Tast- und vaginale Ultraschalluntersuchung beendete den ersten Teil der umfassenden Betreuung durch den Facharzt. Bärbel wurde noch umfassen über eine Zyklusanamnese aufgeklärt, und wie sie diese dokumentieren sollte. Auch die Basaltemperaturkurve sollte von ihr geführt werden. In den folgenden Wochen gab es häufig Unstimmigkeiten, wenn Bärbel ihren Wolfram zum Geschlechtsverkehr aufforderte, weil gerade die richtigen Voraussetzungen geben waren. Einmal sagte Wolfram: „Ich bin doch kein Zuchtbulle, der auf Kommando seinen Samen abzugeben hat." An den relevanten Terminen in der Charite nahm er aber teil, auch zum geforderten Spermiogramm stimmte er nach einem kurzen Hinauszögern zu. Wolfram kam zum angesetzten Termin in die Klinik. Er hatte sich angemeldet und bekam ein medizinisches Glas überreicht. Die Schwester wies ihm den Untersuchungsraum zwei zu, dort sollte er nun für die Spermaprobe sorgen. „Wenn sie das brauchen, können sie die ausgelegten Zeitschriften als Anregung benutzen", hatte die junge Krankenschwester zu ihm gesagt. In besagtem Raum stand eine Liege neben einem Stuhl. Auf einem kleinen Tisch lagen Zeitungen, die sich beim Blättern als Westprodukte mit Sexabbildungen entpuppten. Ein Stapel Zellstofftücher, sorgsam von einer Rolle abgeschnitten und übereinander gelegt, konnte genutzt werden, wenn sich die Probe erfolgreich im medizinischen Gefäß befand. Wolfram sah sich um, er war allein im Raum, aber ein komisches Gefühl beunruhigte ihn. Er öffnete seine Hose, sah kurz auf die Abbildungen in der obenliegenden Zeitung und wenig später hatte er die Anforderung erfüllt. Das war erledigt, aber wohin nun mit dem Glas? Musste er etwa damit über den Flur laufen und es zum Labor bringen? Wo war eigentlich das Labor? Sein Blick fiel auf einen kleinen Wandschrank, dessen Tür er nun öffnete. Dahinter verbarg sich eine Öffnung, die zum Nebenraum führte und ebenfalls mit einer Tür verschlossen war. Auf einem Schild stand: „Stellen sie die Probe in das Fach, schließen Sie die Tür auf Ihrer Seite und drücken Sie kurz auf den Klingelknopf links neben der Luke. Sie können dann ohne Abmeldung gehen. Zum angegebenen Termin erhalten sie die Ergebnisse ihrer Probe."

Alle Untersuchungen brachten keine Resultate. Bärbel und Wolfram waren gesund, zeugungsfähig und rein organisch gesehen, fähig, ein Kind zu bekommen. Also hieß das, weiter hoffen und auf eine Schwangerschaft warten. Sie beide hofften aber auch, dass der enorme Erfolgsdruck, der auf ihnen lastete, nun nicht länger ihre Lust aneinander beeinflusste.

Zum Weihnachtsfest fuhren Wolfram und Bärbel nach Großtrona. Sie hatten für die Eltern kleine Geschenke eingepackt und in einer stabilen Hülle auch ein Geschenk von Chuong mitgenommen. Der würde noch am 1. Feiertag nach Vietnam fliegen, weil seine Mutter plötzlich verstorben war. Für ihn hatten sie in der Jugendgruppe Geld gesammelt, um den recht teuren Flug zu finanzieren. Chuong freute sich riesig über diese Hilfe, und er versprach, auf jeden Fall wieder zurück nach Berlin zu kommen. Dann würde er ein Fest für die Jugendgruppe geben und für alle kochen.

Die Weihnachtstage verliefen sehr harmonisch und schön. Wolfram und Bärbel besuchten die Verwandten, hatten auch eine besonders schöne Zeit gemeinsam mit Tante Gerda. Gerda Esche gehörte einfach zur Familie, hatte sie doch wesentlichen Anteil an der Betreuung und Erziehung von Wolfram. Wolfram sah ihr lange in die Augen, als sie sich begrüßten. Er musste an die gemeinsamen Erlebnisse mit ihr denken. „Tante Gerda, ich bin so froh, dass es dich gibt." Mit Bärbel saß er nun im Wohnzimmer auf dem großen Sofa mit der hohen Lehne. Während Gerda den Kaffee in die Tassen mit dem Blümchenmuster goss, erinnerte sich Wolfram laut an seine Kindheit. „Weißt du noch, Tante Gerda, wie ich hier auf dem Sofa stand und mühsam versuchte, die kleinen Blümchen auf der Tasse zu zählen? Ich war erst fünf, und es gelang nur mit deiner Unterstützung. Dann erinnere ich mich auch an das Missgeschick mit dem frisch eingelegten Brathering. Ich wollte unbedingt die große Porzellanschüssel vom Küchentisch auf die Anrichte stellen, als sie mir durch die Hände glitt und auf dem Fußboden zerbrach." „Ach ja, du warst darüber so erschrocken, dass du stocksteif mit weit aufgerissenen Augen vor mir standst, und keinen Ton herausbrachtest." „Ich glaube, ich hatte damals Angst vor einer Strafe, aber dann geschah für mich Unfassbares. Du hast mich nur angesehen und laut aufgelacht. Dann sagtest du: na los, mein Junge, lass uns die Ausreißer mal wieder einfangen, bevor sie davon schwimmen können. Lustig war dann die Suche nach dem letzten Brathering, der weit unter den Küchenschrank gerutscht war. Der war gar nicht so leicht zu erreichen, und mit dem Stil von deinem Küchenbesen ließ er sich nicht hervorschieben. Er rutschte im Gegenteil immer weiter nach hinten an die Wand. Noch viele Tage lang roch es bei dir in der Küche leicht säuerlich und erinnerte an diese mittlere Katastrophe."

„Das war alles nicht so schlimm. Ich hatte die Fische in einen Topf gegeben, nachdem ich sie genau besehen und möglichst gesäubert hatte. Am nächsten Tag gab es dann mittags Pellkartoffeln mit Brathering. Mir war nur peinlich, dass ausgerechnet dein Vater ein Haar an seinem Fisch fand, das er dann mit spitzen Fingern entfernen musste." Bärbel saß lächelnd neben ihrem Wolfram. Die Geschichten aus seiner Kindheit berührten sie, denn in ihrem Elternhaus war der Alltag streng geregelt und ihre Kindheit wenig abenteuerlich verlaufen. „Tante Gerda, ich denke besonders gern auch an die Spiele im Sandkasten. Ich habe ihn gesehen, als wir kamen. War das spannend, die Burgen und Wälle zu bauen und die Indianer aufzustellen." „Einen Moment, mein Junge", sagte Gerda, stand von ihrem Platz auf und ging in die Küche. Das Aufziehen eines Schubkastens war zu hören, und kurz darauf kam sie wieder an den Wohnzimmertisch. Sie legte vier Spielfiguren auf den Tisch. „Siehst du, das sind deine Indianer. Die konnte ich retten, die restlichen haben sich leider davongeschlichen. Am besten, du nimmst die gleich mit. Vielleicht wird ja mal ein kleiner Starke damit spielen?" Der Nachmittag mit der liebevollen Frau war nicht nur für Wolfram kurzweilig und schön. Auch Bärbel fühlte sich angenommen und sie empfand eine tiefe Zuneigung zu der Frau, die in ihrem Leben so vieles ertragen und bewältigt hatte.

Ein Vormittag wurde zum Besuch bei Harald und seiner Frau genutzt. Die beiden waren erst vor zwei Monaten in das Haus eingezogen, das die Großmutter bis zu Ihrem Tod bewohnt hatte. Mit ihren Eltern und Schwiegereltern hatten sie vieles umgebaut und renoviert. Das Haus war groß und geräumig und hatte schon zwei Kinderzimmer. Anke, Haralds Frau, war schwanger, und erwartete zu Beginn des neuen Jahres das erste Kind. Wolfram verspürte in sich den Wunsch, endlich auch ein eigenes Zuhause einrichten zu können. Ein Gedanke blitzte auf, den er aber sofort wieder verwarf: Was wäre, wenn er zurück in seine Heimat ginge? Könnten so seine Wohnungswünsche erfüllt werden?

Am Heiligen Abend wickelten Wolfram und Bärbel auch das Geschenk von Chuong aus dem bedruckten Papier. Es war die neueste Langspielplatte von Pink Floyd, „The Dark Side Of The Moon", die inzwischen in allen Hitparaden legendär erfolgreich war. Gemeinsam lasen sie am Abend den langen Brief von Gerhard. Wolfram unterhielt sich angeregt mit seinem Vater, den er darüber informierte, was der Berliner Pastor ihm vorgeschlagen hatte: ein Theologiestudium zu beginnen. Werner war von dieser Idee begeistert und er ermutigte seinen Sohn, ernsthaft über solch ein Studium nachzudenken.

Am 28. Dezember waren Wolfram und Bärbel wieder zurück in Berlin. Sie bereiteten noch die letzten Dinge vor, packten die beiden kleinen Koffer ein, und dann konnte es ja wieder los gehen. Ab dem 29. Dezember wollten 32 junge Leute aus der Berliner Kirchgemeinde für eine Woche zusammen sein. Sie würden mit dem Zug nach Brandenburg / Havel reisen und dort den Jahreswechsel gemeinsam feiern.

Erwartungsfroh traf die Jugendgruppe in Brandenburg ein. Die Zimmer im kircheneigenen Ferienheim wurden bezogen. Einige spielten gleich eine Runde Tischtennis, während andere noch die Betten bezogen. Mit dem Abendessen starteten sie dann offiziell in die gemeinsame Woche. Es wurde viel gesungen und gelacht, geredet und meditiert. Am Silvesternachmittag stand ein Körbchen mit Spruchkärtchen auf dem Tisch. Daneben lagen 32 Papierstreifen mit den Namen der Teilnehmer der Jugendfreizeit, die aber auf die Rückseite gedreht waren. So sah niemand, wessen Name aufgeschrieben war. Noch vor dem Abendessen entschied man sich für einen dieser umgedrehten Papierstreifen, um dann für diese Person ein Spruchkärtchen aus dem Korb zu ziehen. Für den Silvesterabend war geplant, dass jeder den Bibelspruch von der gezogenen Karte vorlas, und dann mitteilte, für wen er das Wort gezogen hatte. Am Abend saßen alle erwartungsvoll im großen Kreis zusammen. Spiele, Geschichten, lustige Lieder – alles trug dazu bei, dass die ganze Atmosphäre sehr aufgelockert wurde. Kurz vor dem Jahreswechsel ging es dann um die Sprüche der einzelnen Karten. Jeder las seinen Bibelspruch vor und dann, für wen er gezogen wurde. Susi, eine Siebzehnjährige, las laut: „Fürchte dich nicht. Ich habe dich mit Namen berufen, du bist mein. Jesaja 43, Vers 1. Das habe ich für Wolfram gezogen. Einen guten Start in das neue Jahr, Wolfram! Hoffentlich ist das der richtige Spruch für dich."

Schnell neigten sich die gemeinsamen Tage dem Ende zu. Aber das war ja immer so, dass die Zeit besonders schnell verging, wenn man mit Freunden und in angenehmer Umgebung zusammen war. Die persönlichen Sachen wurden wieder eingepackt, und die Rückreise nach Berlin angetreten. Es würde wieder mehrere Stunden dauern, bis die Gruppe in Berlin eintraf. Der weite Umweg über den Berliner Ring war schon recht langwierig. Auf der Rückreise saßen Wolfram und seine Frau Bärbel nebeneinander im Zugabteil. Sie hielten sich an den Händen, sahen sich lange in die Augen und Wolfram sagte: „Möge Gott uns segnen und unser Sehnen erfüllen. Wie schön, dass es dich gibt und wir gemeinsam in das neue Jahr gehen können." Bärbel nickte nur und lehnte ihren Kopf gegen seine Schulter.

Sie waren glücklich miteinander und sich sicher, gemeinsam alle Herausforderungen des Lebens zu meistern.

Im Januar kam, verspätet um fast eine ganze Woche, Chuong wieder aus Vietnam zurück nach Berlin. Nach dem Tod der Mutter hatte er noch Verwandte besucht. Auch wenn er durch sein Berliner Aufbaustudium nahezu alle familiären Verbindungen verloren hatte, legten diese jedoch viel Wert auf die Begegnungen und Gespräche mit ihm. Chuong besprach mit ihnen seinen Wunsch, für die nächsten Jahre in Berlin zu bleiben. Er berichtete von der neuen Wohnung in Westberlin, die er erst drei Wochen vor der Reise bezogen hatte. Von allen Seiten bekam er für seine Pläne viele Glückwünsche und Ermutigungen. Mit diesen positiven Eindrücken reiste er dann ab, um in Europa neue Lebenswege zu beschreiten. Zwei Tage nach der Rückreise besuchte er seine Freunde Wolfram und Bärbel, um über vieles zu berichten. Mit Eifer schilderte er die politische Situation des Landes, beschrieb seine Schönheit und überreichte schließlich ein zusammengeschnürtes Päckchen. Bärbel wickelte es auf und entnahm zwei große Stoffstücke, ausreichend für mindestens ein Kleid und ein Hemd. Sie bewunderte den Seidenstoff in kräftigem Royalblau und mit eingewebten gleichfarbigen Mustern. Das andere Tuch, ebenfalls Seide in einem zarten hellblau war für ein Herrenhemd gedacht. Bärbel und Wolfram freuten sich riesig, und gemeinsam wurde nun überlegt, welche Kleidungsstücke genäht werden sollten. Aber wer war für solche Schneiderarbeiten geeignet? Chuong schlug vor, einen befreundeten asiatischen Schneider, der sein Geschäft im Westberliner Kreuzberg führte, beim nächsten Besuch mitzubringen. Der könnte dann hier bei den Freunden Maß nehmen und später in seiner Schneiderei die maßgerechte Kleidung nähen.

Schon zwei Tage später war der angekündigte Schneider mit Chuong zusammen in Ostberlin. Zu viert saßen sie nun im kleinen Zimmer der Starkes. Während erst einmal die Maße für ein Kleid und ein Hemd aufgeschrieben wurden, betätigte sich Chuong wie schon oft als Koch und bereitete ein asiatisches Reisgericht mit viel Gemüse und knusprigem Hühnerfleisch. Während des Essens erzählte dann Herr Yalong Li, wie er nach Westberlin gekommen war, und dort nach einigen

Schwierigkeiten sein Geschäft eröffnet hatte. Bärbel staunte über den Mut des kleingewachsenen Mannes, aber der wehrte die lobenden Worte ab. „Wissen sie", sagte er lächelnd, „nicht jeder Mensch mag Reisgerichte. Genauso wenig kann man es jedem Recht machen. Aber das heißt nicht, seinen Weg infrage zu stellen, sondern einfach geradeaus weiter gehen." Hilde nickte zustimmend und bestätigte seine Worte. „Und dabei ist es so schön, dass es immer auch Menschen neben uns gibt, die uns aufrichten, weiterhelfen und ermutigen." Chuong hatte die Teller und kleinen Schüsseln inzwischen auf ein Tablett gestellt und in die Küche gebracht. Als er wieder bei seinen Freunden saß fragte er Yalong: „Was meinst du, Yalong, wirst du wieder zu Besuch zu Wolfram und Bärbel kommen? Du liebst ja dein Kreuzberg, wo du lebst und arbeitest. Wäre es nicht zusätzlich schön für dich, Ostberlin näher kennen zu lernen? Ich würde dir so einiges zeigen können, aber ganz sicher sind meine Freunde auch gerne bereit, mich dabei zu unterstützen, vor allem aber, dir vieles zu erklären." Yalong nickte lächelnd und fragte Wolfram: „Wollen wir nicht das förmliche „Sie" beiseite lassen? Ich bin Yalong, das bedeutet etwa „eleganter Drache". Ich bin

48 Jahre alt und glücklich verheiratet." Bärbel umarmte den zierlichen Mann und lachte ihm fröhlich ins Gesicht. „Dann musst du uns aber auch erklären, was ich im Rundfunk hörte. Wir seien im Jahr des Tigers, aber was bedeutet das denn?" Yalong sah in die Runde, lächelte und begann: „Zwischen Januar und Februar beginnt das chinesische Jahr mit dem Neujahrsfest, immer zum zweiten Neumond nach der Wintersonnenwende. Den Jahresrhythmus bestimmen 12 Tierzeichen, denen bestimmte Charaktereigenschaften zugeordnet sind. Es beginnt mit der Ratte, die als angriffslustig bezeichnet wird, gefolgt vom sanften Büffel. Der dritte ist der verwegene Tiger und Nummer vier der gutmütige Hase. Dem folgt der geistreiche Drache, der wiederum von der schlauen Schlange abgelöst wird. Das ungeduldige Pferd, das artige Schaf und der wendige Affe sind die Nummern sieben, acht und neun. Der stolze Hahn, abgelöst vom treuen Hund übergibt als letztem Tier, dem ehrlichen Schwein, den Jahreslauf. Entstanden ist das alles folgendermaßen. Buddha lud einst dreizehn Tiere zu einem Fest ein. Die Katze gehörte mit zu den Tieren, wurde aber von der Maus getäuscht und belogen. Die sagte nämlich zur Katze, das Fest sei erst einen Tag spä-

ter. So verschlief die Katze den eigentlichen Festbeginn. In der Reihenfolge, wie die Tiere zum Fest eintrafen, also erst die Ratte und zuletzt das Schwein, bekamen sie jeweils ein Jahr geschenkt. Alle waren hoch erfreut und dankten Buddha, und so begann vor 4611 Jahren dieser zyklische Jahresrhythmus, der nach 12 Jahren wieder mit dem Jahr der Ratte beginnt. Den Tierzeichen wird zusätzlich noch für jedes Jahr ein Element aus der Fünf-Elemente-Lehre zugeordnet, also Holz, Feuer, Erde, Metall oder Wasser. Aber das wird zu kompliziert und ist sicher nur für die Buddhisten von Bedeutung. Zum Abschluss der komplizierten Erklärung nur noch so viel: Seit dem 23. Januar sind wir im Jahr des Tigers, das bis zum 10. Februar 1975 dauert." Yalong lachte in die Runde und wischte mit einer Handbewegung seine eigene Erklärung weg. „Genug, es gibt viel Wichtigeres, und das ist der inzwischen kalt gewordene Kaffee. Danke dafür, liebe Bärbel. Hm, der gefüllte Streuselkuchen ist wirklich toll."

Es war Mitte Februar, als der Pastor noch einmal auf die theologische Ausbildung zu sprechen kam. Wolfram hatte eine längere

Bedenkzeit genutzt und ausführlich mit Bärbel über dessen Anfrage gesprochen. Inzwischen war er aber bereit, das Neue zu wagen und den Riesenschritt zu gehen. Wolfram war sich im Klaren, dass es schwer werden würde, in seinem Alltag alles unter einen Hut zu bringen. Er war verheiratet, sehr gern verheiratet, und wollte auf keinen Fall seine Frau vernachlässigen. Die Arbeit in der Physiotherapie forderte ihn, und auch in der Gemeinde hatte er vielfältige Aufgaben übernommen. Es wurde ein langes und sehr intensives Gespräch mit dem Pastor, das bis spät in den Abend dauerte. Wolfram brachte seine Bedenken vor, äußerte Hoffnungen und Wünsche, aber seine Zusage festigte sich immer mehr. Eine Woche später verabschiedete er sich aus der Jugendarbeit. Er wollte sich voll und ganz auf die Ausbildung konzentrieren. Mit einem Empfehlungsschreiben des Kirchgemeinderates und des Pastors begann er im März seinen neuen Lebensabschnitt in einer evangelischen Akademie. Die Themenvielfalt beeindruckte Wolfram, der sich oft fragte, wie er all das bewältigen würde. In der Theologie des Alten und Neuen Testamentes stand natürlich die Bibel im Mittelpunkt. Ein weiterer Hauptkomplex war die historische Theologie mit den Schwerpunkten Kirchen-, Religions- und Christentumsgeschichte. In der Systematischen Theologie ging es um Dogmatik, Ethik, Moral und christliche Soziallehre. Interessant und praxisnah waren die Bereiche der praktischen Theologie. Nicht nur theoretisch wurden Homiletik (Predigtlehre), Liturgik (Gottesdienstgestaltung), Seelsorge, Pastoraltheologie und Pastoralpsychologie, Religionspädagogik und Diakonik gelehrt, sondern mit praktischen Beispielen und Übungen verbunden.

Am 2. Mai eröffnete die Bundesrepublik Deutschland ihre Ständige Vertretung in Ostberlin. In den Medien kaum beachtet, wussten die Berliner um die Bedeutung dieser gegenseitigen Anerkennung. Politisch ging die DDR aber immer eigenständiger ihren Weg. Die Verfassung wurde gerändert und der ehemals verwendete Begriff der deutschen Nation mit dem Ziel der Wiedervereinigung ersatzlos gestrichen. Nun hieß das Dokument: „Verfassung der DDR". Die alte Währungsbezeichnung „Mark der Deutschen Notenbank" wurde nach der Einführung neuer Banknoten durch „Mark der DDR" ersetzt. Für die Menschen im Land bedeuteten diese Änderungen aber keine wesentlichen Verbesserungen. Auch wenn auf dem 8. Parteitag der SED als Hauptaufgabe in der entwickelten sozialistischen Gesellschaft die Erhöhung des materiellen und kulturellen Lebensniveaus des Volkes beschlossen wurde, war die wirtschaftliche Entwicklung alles andere als zufriedenstellend. Wolfram und Bärbel hatten sich mit Vielem abgefunden, und die langen Menschenschlangen vor Geschäften, wenn es um begehrte Konsumgüter ging, gehörten einfach zu ihrem Alltag dazu.

Im Sommer kam Hilde, Wolframs Mutter, nach Berlin. Sie hatte sich in einem Brief zum Besuch angemeldet und gleich betont, dass sie in einem kleinen Hotel am Rande Berlins schlafen würde. Es war schon eine Überraschung, dass sie gekommen war, vor allem aber, allein gekommen war. Gab es mit dem Vater Probleme, oder was wollte sie allein von ihrem Sohn? Lange saßen sie und Wolfram schon am ersten Abend im Hotelrestaurant zusammen. Bärbel hatte Spätdienst und war nicht dabei. Aber sie hatte ohnehin empfohlen, dass Wolfram zunächst allein mit seiner Mutter reden sollte. Hilde sprach sehr offen über ihre Eheerfahrungen und wie sehr sich Werner verändert hatte. Seine strenge religiöse Lebensführung konnte und wollte sie nicht teilen. Nun hatte sie Angst um ihren Sohn Er hatte ja sein Studium der Theologie begonnen. Was würde diese Ausbildung aus ihm und seiner Ehe machen? Würde irgendwann Bärbel unter seinen Entscheidungen leiden? Hilde war nach ihrem Ausscheiden aus dem Kreisschulamt in einem Dienstleistungsbetrieb als Leiterin der Wäscherei eingestellt worden. Alle Versuche, sie in die SED aufnehmen zu wollen, hatte sie erfolgreich abgewehrt. Aufgrund ihrer großen Sachkompetenz und sicher auch ihrer Leitungserfahrung ließ man sie bald in Ruhe und bombardierte sie nicht mit Forderungen, nach Mitgliedschaft in der Partei. Ganz anders war Bärbels Situation. Sie war eine anerkannte und beliebte Kranken-schwester, aber aufgrund des Schichtdienstes von vielen gemeinsamen Unternehmungen abgeschnitten. Wolfram war zu oft allein unterwegs oder in der Gemeinde tätig. Was würde geschehen, wenn er nach dem Studium in einen Gemeindedienst gehen sollte? Würde Bärbel sich mit einbringen? Wie kämen die Eheleute dann mit sich selbst klar? Was würde aus dem bisher unerfüllten Kinderwunsch, und wie wäre es zu verkraften, wenn Bärbel in einem Gemeindedienst mit jungen Müttern zu tun hätte? All die Fragen beschäftigten Hilde so sehr, dass sie lieber vor Ort mit Wolfram über alles sprechen wollte. Ihr Versuch, diese Probleme mit Werner zu besprechen, war an der immer spärlicher gewordenen Kommunikation gescheitert. Nach dem intensiven Austausch mit ihrem Sohn hatte Hilde auch ein langes Gespräch mit ihrer Schwiegertochter. Sehr offen sprachen sie über die Dinge, die Hilde veranlasst hatten, nach Berlin zu kommen. Hilde war froh über diese junge Frau, die so fröhlich und lebendig ihren Alltag meisterte. Sie wusste ihren Wolfram in den besten Händen. Vor allem war sie zuversichtlich und beruhigt, denn in ihr war die Überzeugung gewachsen, dass das junge Ehepaar das Leben mit allen noch unbekannten Herausforderungen meistern würde.

Den Abschluss der Besuchstage bildete eine intensive Berlintour. Nach einem Besuch in der Informationsstelle am Fernsehturm ging es mit dem schnellen Lift ganz nach oben auf 207 Meter Höhe in das Restaurant „Telecafé". Vierzig Tische standen auf einem drehbaren Ring, der sich in einer Stunde um 360 Grad bewegte. So hatten die Drei eine beeindruckende Panoramasicht auf Berlin, als sie am zugewiesenen Tisch Platz genommen hatten und Eisbecher und Kaffekännchen serviert bekamen. Nach dem Besuch des Fernsehturmes ging es zu Fuß die Rathausstraße entlang, die Museen der Museumsinsel streifend. Unter den Linden und über die Jungfernbrücke ging es weiter am Märkischen Ufer entlang zum Köllnischen Park. Ein Taxi brachte die drei noch zum Volkspark Friedrichshain, und nach kurzem Stopp in das kleine Hotel in Köpenick.

Am nächsten Tag, Wolfram und Bärbel begleiteten die Mutter vom Hotel zum Bahnhof Lichtenberg, fuhr Hilde wieder zurück in den Süden. Für Werner nahm sie ein Geschenk mit, das ihn hoffentlich erfreuen würde. Es war ein Wandteller mit dem Abbild des Berliner Domes und ein Bildband über dessen Wiederaufbau. Ausgestattet mit lieben Grüßen an all die Verwandten in Großtrona, vor allem aber an den Vater, verabschiedeten sich Wolfram und Bärbel von der Mutter. Sie sollte besondere Grüße auch an Tante Gerda und an Harald mitnehmen. Hilde wusste schon dass sie einen Nachmittag bei Kaffee und Kuchen mit Gerda Esche verbringen würde. Zu erzählen gab es ja genug von diesem Besuch bei den Kindern.

Ein Höhepunkt im Jahr 1975 war der Sommerurlaub, den Wolfram und Bärbel im Gartengrundstück ihrer Eltern verbrachten. Am Rande Berlins gelegen, und mit der S-Bahn gut erreichbar, lag das recht große Grundstück. Bepackt mit allem Nötigen für zwei Wochen, ging es mit der S-Bahn an den Rand Berlins. Vom dortigen Bahnhof waren es noch rund sechs Kilometer, die aber mit einem Taxi schnell bewältigt wurden. Nun standen Wolfram und Bärbel im großen Garten vor der Tür des kleinen Wochenendhäuschens. Die Schlüssel trug Bärbel in einer Umhängetasche bei sich, und nach dem sie aufgesperrt hatte, wurden erst einmal im Häuschen alle Fenster weit geöffnet. Dann ging es an das Auspacken des Koffers. Ein kombinierter Schlaf- und Wohnraum mit ausklappbaren breiten Sofa, einer Kommode und sogar mit Fernsehgerät in der einen Haushälfte, wurde von einem dazwischenliegenden kleinen Flur und der kleinen Küche auf der anderen Seite ergänzt. Wasser gab es etwa fünf Meter vom Häuschen entfernt an einer Wasserstelle, die mit einer elektrischen Pumpe betrieben wurde. Die Toilette, ein Holzhäuschen im hinteren Gartenteil und aus Geruchsgründen fünfundzwanzig Meter entfernt, war mit einem

Holzsitz versehen und stand über einer fest gemauerten Grube, die von Zeit zu Zeit gelehrt werden musste. Es war wunderschön im Garten, der an allen vier Seiten von umlaufenden Hecken blickgeschützt war. Die straßenferne hintere Hälfte des Grundstückes, war in Beete und Anbauflächen aufgeteilt. Kartoffeln, Bohnen und Tomaten, Radieschen und Feldsalat, Kohlrabi und Möhren standen bereit, um geerntet und verzehrt zu werden. Die vordere Gartenhälfte, mit Häuschen und viel Rasen, bot ausreichend Platz für Ruhepausen. Liegestühle und ein aufblasbares Planschbecken lagen im Vorraum bereit. Bärbel legte ihre Kleidung ab und ging, mit einem knappen Bikini bekleidet, auf einen ersten Rundgang durch den Garten. Sie hatte angesichts des frischen Gemüses schon eine Vorstellung, was es in den nächsten Tagen als Mittagsmahlzeit geben könnte. Auch Wolfram entledigte sich der Kleidung, aber aufgrund der flimmernden Hitze zog er keine Badehose an, er blieb einfach nackt. Als er seiner Bärbel bei den Vorbereitungen für das erste Abendesse zusah, sie hatte Gurke und Tomaten für einen Salat geschnitten, regte sich die Hormone. Es war nicht zu übersehen, wozu er jetzt Lust hatte. Bald darauf stand auch schon Bärbel vor ihm, küsste ihn sanft auf den Mund und schob ihn mit der linken Hand auf die Schlafstatt im Zimmer. Die gemeinsame Lust steigerte sich bis zum Höhepunkt, so intensiv und innig hatten sie sich schon lange nicht mehr geliebt. Zu Hause waren diese Höhepunkte immer ziemlich schnell vorbei, aber hier, im Gartenhaus und ungestört, fern ab von jeglichem Tumult und Lärm, konnten beide auf besonders intensive Art genießen. So oft und intensiv, wie sie sich in diesem Urlaub liebten, hatten sie das noch nie erlebt. Bärbel und Wolfram waren glücklich und ausgeglichen. Sie fühlten sich schon am übernächsten Tag auf wundersame Weise erholt und fernab von all den täglichen Anforderungen, die sie sonst zu bedenken und zu regeln hatten. Am dritten Urlaubstag kam Chuong zu Besuch. Er hatte eine Überraschung angekündigt, als das gemeinsame Treffen vereinbart wurde. Chuong und eine junge Frau kamen mit Fahrrädern von der S-Bahnstation. Schnell erfuhren Wolfram und Bärbel, dass es sich um Hanna handelte. Sie war seit kurzem mit Chuong befreundet und freute sich, seine besten Freunde kennenzulernen. Hanna war eine zierliche, dunkelhaarige Frau. Ihre langen Haare hatte sie zu einem Zopf geflochten, der ihr über die Schulter hing. Sie wohnte in Charlottenburg und arbeitete als junge Gynäkologie-Ärztin im Auguste-Viktoria-Klinikum in Berlin Schöneberg. Auf der Chirurgie dieses Krankenhauses hatte Chuong für fünf Tage ein Praktikum absolviert, das für seine Dissertation wichtig war. So waren sich Chuong und Hanna begegnet, und nach einem ersten Kennenlernen hatten sie sich regelmäßig getroffen. Man sah es den beiden jungen Medizinern an, wie verliebt sie ineinander waren. Die gemeinsamen Stunden zu viert im Garten waren so schön, dass Chuong und Hanna versprachen, noch einmal für einen ganzen Tag zu kommen.

Der Urlaub wurde für Bärbel zum Schönsten, was sie seit langem erlebt hatte. Sie las in Büchern, die schon lange angelesen auf sie warteten, sie redete sehr viel und in aller Ruhe mit Wolfram. Gemeinsam wurden Pläne für die Zukunft gemacht, wieder verworfen und abgeändert. Auch die Wohnsituation kam oft zur Sprache, aber diesmal ohne Druck und bangen Worten. Waren es der Sommer, die Ruhe oder das ausgesprochen schöne und langanhaltende Hoch, die Bärbel so ausgeglichen machten? Sie war auf jeden Fall rundum glücklich und zufrieden. Auch ihre Liebe konnte sie unverkrampft und erfüllend ausleben, und in diesem Sommer verloren sie die letzten Reste von Scheu, die sie vielleicht noch voreinander hatten.

Ausgeruht und mit Freude starteten sie gemeinsam wieder in den Alltag. Wolfram hatte immer wieder Zwischenprüfungen, wenn ein Fachgebiet abgearbeitet war. Das Lernen fiel ihm leicht, weil er mit großem Interesse und Eifer an allen Lehrveranstaltungen teilnahm. Er hatte inzwischen so viele Bücher gelesen, wie noch nie vorher. Die Gemeindekontakte waren nach wie vor intensiv. Choung und Hanna hatten sich verlobt, und so wurden die Treffen etwas weniger. Außerdem hatte Chuong erfolgreich seine Dissertation mit „cum laude", mit Lob, gut, abgeschlossen. Seit September arbeitete er ebenfalls in der gleichen Klinik, wie seine Hanna.

Im November bat Bärbels Vater um Hilfe. Er hatte sich beim Radfahren am Bein verletzt und war nun nicht in der Lage, den Garten bei Berlin winterfest zu machen. Wolfram und Bärbel erklärten sich gerne bereit, zum

Grundstück zu fahren. Tagsüber sollten die Beete auf die Winterruhe vorbereitet, und die gesamte Wiese noch einmal abgeharkt werden. Es war schon empfindlich kalt, aber ein kleiner Dauerbrandofen sorgte für Wärme und Gemütlichkeit im Häuschen. Für Wolfram und Bärbel wurde es trotz der nötigen Arbeiten noch einmal eine entspannte und erholsame Woche. Wieder liebten sie sich besonders innig und intensiv. Im Dezember fühlte sich Bärbel irgendwie anders, als sonst. Eine Untersuchung durch ihre Gynäkologin ergab, dass sie schwanger sei. Zuerst konnte sie das gar nicht glauben, aber dann wuchs in ihr die Freude. All ihr Sehnen und alle Gebete waren endlich erhört. Sie würden im kommenden Jahr ein Baby haben. Wolfram konnte es ebenfalls zunächst nicht fassen, als er von der Schwangerschaft erfuhr, aber dann übermannte ihn die Freude und jauchzend hob er seine Frau in die Höhe und drehte sich mit ihr im Kreis.

Das Jahr ging zu Ende. Die Bilanz für Wolfram und Bärbel fiel positiv aus. Sie hatten viel erreicht und waren Wege gegangen, die große Auswirkungen in der Zukunft haben würden. Im Land gab es wenig Hoffnung auf

Veränderung, aber wenigstens war der furchtbare Krieg in Vietnam endlich zu Ende. Der Frieden hatte, trotz der massiven Aufrüstung in Ost und West, gehalten. Im zurückliegenden Jahr feierte der Boxers Muhammad Ali viele Erfolge. Noch ein anderer Sportler war in Ost und West in aller Munde. Der Österreicher Niki Lauda gewann mit dem Ferrari 312 T seinen ersten Formel 1 – Weltmeistertitel.

Das Weihnachtsfest und auch den Jahreswechsel verbrachten Wolfram und Bärbel mit Chuong und Hanna, die fast alle Speisen und Getränke mitbrachten. Die Feiertage waren ruhig und friedevoll, untermalt von viel Musik von Langspielplatten und Kassettenrekorder. Hanna hatte sich vor einem knappen Jahr einen VW Polo I gekauft, einen dreitürigen Kleinwagen mit Schrägheck. Immer kurz vor Mitternacht fuhren die Freunde mit diesem kleinen Auto in den Westteil der Stadt, um dann schon wenige Stunden später wieder zurück zu sein.

Am Silvesterabend saßen die vier Freunde im kleinen Zimmer von Bärbel und Wolfram zusammen. Hanna hatte einen Diaprojektor mitgebracht, und gemeinsam bestaunten sie die Farbfotos, die sie auf ihren vielen Reisen geschossen hatte. Chuong übersetzte noch einen Brief, den Wolfram als Antwort auf die Weihnachtspost von Wanja geschrieben hatte, während Hanna und Bärbel das Geschirr spülten. Kurz vor Mitternacht holte Hanna ein Losungsbüchlein aus ihrer Tasche und las die Jahreslosung 1976: „Weise mir, Herr, deinen Weg." Psalm 86, 11. Für Bärbel und Wolfram sprach sie noch ein Segensgebet und bat für alle um Frieden und Geleit im neuen Jahr.

Von den XII. Olympischen Winterspielen, die vom 4. – 15. Februar in Innsbruck stattfanden, nahm Wolfram nur wenig wahr. Viel zu sehr beschäftigte ihn ein Praktikum während des Theologiestudiums. Er konnte in seiner Berliner Gemeinde den Pastor begleiten und dessen alltägliche Aufgaben kennenlernen. Alles das geschah, während Wolfram noch immer in der physiotherapeutischen Abteilung arbeitete. So fand er kaum Zeit, die Zusammenfassungen der Sportereignisse im Fernsehen zu verfolgen.

Nach zweijähriger Bauzeit eröffnete am 26. April am Marx-Engels-Platz der Palast der

Republik. Er war Sitz der Volkskammer und beherbergte eine große Zahl von Veranstaltungsräumen als öffentliches Kulturhaus. Das Baugelände war Teil eines Grundstückes des ehemaligen Berliner Stadtschlosses. Im zweiten Weltkrieg ausgebrannt, wurde es 1950 gesprengt. Der freie Platz diente dann viele Jahre als Fest- und Aufmarschplatz. Das neue Gebäude bestand aus zwei massiven Außenblöcken und einem eingefügten Mittelstück in Form eines Quaders mit einer Gesamtlänge von 180, einer Breite von 85 und einer Höhe von 32 Metern. Die Fassade des Stahlskelettbaues wurde mit Glas verkleidet. In der Mitte der Hauptfassade war als Schmuck das mehrere Meter hohe in Kupfer getriebene DDR-Staatswappen angebracht.

Wolfram und Bärbel besuchten einen Monat später den eindrucksvollen Bau. Sie bestaunten die vielen Lampen, standen aber auch lange vor den Bildern im 1. und 2. Geschoß. Bärbel betrachtete besonders lange das großformatige Bild von Bernhard Heisig, „Ikarus". Wenige Tage zuvor hatte sie der Chefarzt auf einen Schonarbeitsplatz versetzt, und nun war sie bis zum Freistellungstermin nur noch im Tagdienst tätig. Würde sich das Kind, auf das sie voller Freude wartete, wie Ikarus erheben und Weiten erobern? Was sollte überhaupt werden, wo sich doch die Gesamtlage in der DDR immer schwieriger gestaltete?

Kurz vor der Sommerpause, im August sollte auch das Kind von Wolfram und Bärbel geboren werden, erschütterten eine Nachricht aus Uganda die ganze Welt. Ein Air-France-Flugzeug, am 27. Juni in Athen gestartet, wurde von zehn Terroristen nach Entebbe in Uganda entführt. Verhandlungen auf höchster Ebene blieben erfolglos, und den Forderungen der Terroristen wurde nicht stattgegeben. Am 4. Juli befreite eine Eliteeinheit aus Israel 100 Geiseln. Sieben der zehn Terroristen starben, auch drei Geiseln, ein Israeli und fünfundvierzig ugandische Soldaten.

Einen knappen Monat später berichteten auch die DDR Zeitungen von einem Rennunfall. Der Österreicher Niki Lauda war auf dem Nürburgring verunglückt und schwer verletzt worden, ausgerechnet an dem Tag, an dem die XXI. Sommerolympiade in Montreal / Kanada zu Ende ging.

Nur noch wenige Tage blieben bis zum errechneten Geburtstermin von Wolframs und Bärbels Kind. Ein lang ersehnter Brief kam aus Amerika. Wanja, der Freund der Eheleute, hatte eine Anfrage von Bärbel mit großer Freude beantwortet. Sie hatte ihn angeschrieben, ob er es möglich machen könnte und die Patenschaft für das Kind übernähme. Bärbel schrieb ihm, dass ihr Kind entweder Wanja oder Hanna heißen sollte. Noch wussten sie ja nicht, ob es ein Junge oder ein Mädchen würde. Der Freund aus Amerika, er arbeitete inzwischen im Auswärtigen Amt des Präsidenten der USA, noch war es Gerald Ford, würde auf jeden Fall nach Westberlin fliegen und mit den Freunden die Geburt des Kindes feiern. Sie sollten ihn telegrafisch informieren, wenn es soweit wäre.

In der Nacht des 17. August setzten bei Bärbel die Wehen ein. Kurz vor Mitternacht brachte Hanna, die in den letzten beiden Tagen bei ihr geblieben war, die werdende Mutter in die Klinik. Inzwischen war der neue Tag angebrochen. Wolfram saß auf einem Stuhl vor dem Kreissaal. Aber lange still sitzen war ihm unmöglich. Also stand er wieder auf, wanderte den Flur entlang und schaute aus dem Fenster in den dunklen Innenhof des Krankenhauses.

Kurz vor sieben Uhr holte Hanna, den jungen Vater in den Kreissaal, wo ihm Bärbel mit einem Neugeborenen in den Armen glücklich entgegensah. „Wir haben einen Jungen, und er ist gesund" empfing sie ihren nun erleichterten Mann. Hanna, die bei der Geburt dabei gewesen war, strich der erschöpften Mutter die Haare aus der Stirn. Diesen Tag und die Geburt ihres ersten Kindes, würden Wolfram und Bärbel nicht vergessen. Sie waren überglücklich und dankbar für ihren gesunden Jungen.

Ein anderes Ereignis, nur wenige Stunden nach Wanjas Geburt, sollte einen Mann das Leben kosten. Die zeitliche Nähe beider Ereignisse, brannte sich an diesem Tag tief in das Gedächtnis und die Seele von Wolfram ein.

Was geschah an diesem 18. August? In der Kreisstadt Zeitz stellte am späten Vormittag ein Mann zwei Transparente auf sein Autodach. Es war der evangelisch lutherische Pfarrer Brüsewitz aus Rippicha. Er hatte wenige Tage vorher vor seiner Kirche gegen den SED-Slogan „Ohne Gott und Sonnenschein bringen wir die Ernte ein." protestiert, und gekontert: „Ohne Regen, ohne Gott geht die ganze Welt bankrott." Nun stand er vor der

Michaeliskirche und auf seinen Plakaten war zu lesen: „Funkspruch an alle: Die Kirche in der DDR klagt den Kommunismus an wegen Unterdrückung in Schulen, an Kindern und Jugendlichen." Dann übergoss er sich aus einer mit Benzin gefüllten Milchkanne, zündete ein Streichholz an und bis zu vier Meter hohe Flammen loderten auf. Ein Busfahrer war in der Nähe. Er lief mit einer Decke zu ihm, warf diese über den Pfarrer und erstickte die Flammen. Brüsewitz starb vier Tage später an seinen Verbrennungen.

Einen Tag nach seinem Tod kam Bärbel mit ihrem Sohn nach Hause.

Ausblick

Nun war Wanja geboren und bereit, seine Welt zu erobern. Würde es gelingen, ihn frei und unbeschwert aufwachsen zu lassen. Oder hatte sein Vater Wolfram mit der Entscheidung zum Theologiestudium auch die Wege des Sohnes vorprogrammiert? Auch die politische Situation in der DDR war wenig verheißungsvoll. Dreizehn Jahre nach Wanjas Geburt verkündete Erich Honecker in einer Rede: „Den Sozialismus in seinem Lauf hält weder Ochs noch Esel auf. Die Mauer wird in 50 und auch in 100 Jahren noch bestehen bleiben, wenn die dazu vorhandenen Gründe nicht beseitigt werden."
Erst am Ende des Jahrhunderts, oder auch des Jahrtausends, sollten die Ausmaße der Veränderung sichtbar werden, die die Familie Starke, und natürlich besonders auch Wanja, betreffen würde.

Bleiben Sie neugierig und seien Sie gespannt – auf Wanja und seine Geschichte im 4. Band der Familiengeschichte „Jahrhundert – Vier Generationen in Deutschland"

FSC
www.fsc.org
MIX
Papier | Fördert
gute Waldnutzung
FSC® C083411

Zeitfracht Medien GmbH
Ferdinand-Jühlke-Straße 7
99095 Erfurt, Deutschland
produktsicherheit@kolibri360.de